MAIS FORTE QUE O SOL

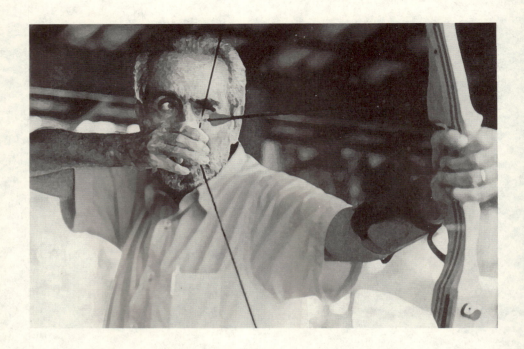

O Arqueiro

GERALDO JORDÃO PEREIRA (1938-2008) começou sua carreira aos 17 anos, quando foi trabalhar com seu pai, o célebre editor José Olympio, publicando obras marcantes como *O menino do dedo verde*, de Maurice Druon, e *Minha vida*, de Charles Chaplin.

Em 1976, fundou a Editora Salamandra com o propósito de formar uma nova geração de leitores e acabou criando um dos catálogos infantis mais premiados do Brasil. Em 1992, fugindo de sua linha editorial, lançou *Muitas vidas, muitos mestres*, de Brian Weiss, livro que deu origem à Editora Sextante.

Fã de histórias de suspense, Geraldo descobriu *O Código Da Vinci* antes mesmo de ele ser lançado nos Estados Unidos. A aposta em ficção, que não era o foco da Sextante, foi certeira: o título se transformou em um dos maiores fenômenos editoriais de todos os tempos.

Mas não foi só aos livros que se dedicou. Com seu desejo de ajudar o próximo, Geraldo desenvolveu diversos projetos sociais que se tornaram sua grande paixão.

Com a missão de publicar histórias empolgantes, tornar os livros cada vez mais acessíveis e despertar o amor pela leitura, a Editora Arqueiro é uma homenagem a esta figura extraordinária, capaz de enxergar mais além, mirar nas coisas verdadeiramente importantes e não perder o idealismo e a esperança diante dos desafios e contratempos da vida.

Julia Quinn
MAIS FORTE QUE O SOL

Irmãs Lyndon
2

Título original: *Brighter than the sun*

Copyright ©1997 por Julie Cotler Pottinger
Copyright da tradução © 2018 por Editora Arqueiro Ltda.
Publicado mediante acordo com a Harper Collins Publishers.

Todos os direitos reservados. Nenhuma parte deste livro pode ser utilizada ou reproduzida sob quaisquer meios existentes sem autorização por escrito dos editores.

tradução: Viviane Diniz
preparo de originais: Magda Tebet
revisão: Cristhiane Ruiz e Suelen Lopes
diagramação: Ilustrarte Design e Produção Editorial
capa: Raul Fernandes
imagem de capa: Lee Avison/ Arcangel Images
impressão e acabamento: Bartira Gráfica

CIP-BRASIL. CATALOGAÇÃO NA PUBLICAÇÃO
SINDICATO NACIONAL DOS EDITORES DE LIVROS, RJ

Q64m   Quinn, Julia
           Mais forte que o sol/ Julia Quinn; tradução de Viviane Diniz. São Paulo: Arqueiro, 2018.
           288 p.; 16 x 23 cm. (Irmãs Lyndon; 2)

           Tradução de: Brighter than the sun
           Sequência de: Mais lindo que a lua
           ISBN 978-85-8041-799-9

           1. Ficção americana. I. Diniz, Viviane. II. Título. III. Série.

18-48696   CDD: 813
                                                           CDU: 821.111(73)-3

Todos os direitos reservados, no Brasil, por
Editora Arqueiro Ltda.
Rua Artur de Azevedo, 1.767 – Conj. 177 – Pinheiros
05404-014 – São Paulo – SP
Tel.: (11) 2894-4987
E-mail: atendimento@editoraarqueiro.com.br
www.editoraarqueiro.com.br

Querida leitora,

Não sei quanto a você, mas eu adoro histórias de casamento por conveniência. Não me entenda mal, não me imagino casando por nenhum outro motivo que não um amor profundo e duradouro. No entanto, quando se trata de contos de fadas e romances... Bem, não consigo resistir quando um herói e uma heroína descobrem que seu casamento não é tão conveniente assim.

Então não foi uma surpresa quando me sentei para escrever *Mais forte que o sol* e pensei: "Hum, ainda não escrevi uma história sobre casamento por conveniência." Mas eu sabia que precisava ter o cuidado de deixar minha marca registrada na história. Afinal, dizem que não há tramas originais, e que tudo o que um autor pode fazer é contar uma história já conhecida com sua própria voz e seu estilo. Por isso criei Charles Wycombe, conde de Billington, um herói por quem eu poderia me apaixonar, e a Srta. Eleanor Lyndon, uma heroína que poderia ser minha melhor amiga; e a tudo isso acrescentei uma boa dose de diversão e risadas.

Agora, sem me estender mais, seja bem-vinda ao casamento por conveniência ao estilo Julia Quinn. Espero que goste.

Com carinho,

Julia Q.

Para tia Susan: obrigada.
– Srta. Julie

*E para Paul,
mesmo que ele não consiga entender por que não posso
terminar todos os meus títulos com pontos de exclamação.*

CAPÍTULO 1

*Kent, Inglaterra
Outubro de 1817*

Eleanor Lyndon cuidava de seus afazeres quando Charles Wycombe, o conde de Billington, caiu – quase literalmente – em sua vida.

Ela caminhava sozinha, assobiando uma melodia alegre e tentando estimar o lucro anual da East & West Sugar Company (empresa da qual possuía várias ações), quando, para sua grande surpresa, um homem despencou do céu e aterrissou aos – ou, para ser mais preciso, *nos* – seus pés.

Uma observação mais atenta revelou que o homem em questão caíra não do céu, mas de um grande carvalho. Como sua vida havia ficado mais tediosa no último ano, Ellie teria preferido que ele tivesse *de fato* caído do céu. Teria sido, sem dúvida, mais emocionante.

Ela retirou o pé esquerdo, preso embaixo do ombro do desconhecido, suspendeu as saias acima dos tornozelos para impedir que se sujassem e se agachou.

– Senhor? – chamou. – Está bem?

– Ai... – limitou-se ele a dizer.

– Ah, meu Deus – murmurou ela. – O senhor não quebrou nenhum osso, certo?

Ele nada disse, apenas expirou longamente. Ellie recuou quando o hálito dele a atingiu.

– Minha nossa – queixou-se ela. – Parece que o senhor bebeu uma vinícola inteira.

– Uísque – replicou ele com a voz engrolada. – Um *cavalheiro* bebe uísque.

– Não *tanto* uísque – retrucou Ellie. – Somente um bêbado toma toda essa quantidade de qualquer bebida.

Ele se sentou, com grande dificuldade, e sacudiu a cabeça para clarear as ideias.

– Exatamente – disse ele, agitando a mão no ar e se encolhendo quando o movimento o deixou zonzo. – Creio que estou um pouco bêbado.

Ellie achou melhor não comentar mais nada a respeito.

– Tem certeza de que não se feriu?

Ele tocou o cabelo castanho-avermelhado e piscou.

– Minha cabeça lateja como o diabo.

– Desconfio que não seja apenas por causa da queda.

Ele tentou se levantar, mas logo se sentou novamente.

– A senhorita é uma moça de língua afiada.

– Sim, eu sei – disse ela com um sorriso irônico. – Por isso sou uma solteirona. Bem, agora vamos ao que importa: para cuidar direito de seus ferimentos, preciso saber quais são.

– Eficiente também – murmurou ele. – Por que tem tanta certeza de que estou ferido... hum... ferido?

Ellie olhou para a árvore. O galho mais próximo do chão estava a uns bons cinco metros de altura.

– Não vejo como possa ter caído de tão alto e *não* ter se machucado.

Ele balançou a cabeça, descartando o comentário dela, e tentou se levantar de novo.

– Bem, nós, os Wycombes, somos duros na queda. Seria preciso muito mais do que um simples tomb... Ai! – berrou ele.

Ellie se esforçou ao máximo para não parecer presunçosa, mas disse:

– Uma dor? Uma torção? Um mau jeito, talvez.

Ele estreitou os olhos castanhos enquanto se agarrava ao tronco da árvore em busca de apoio.

– É uma mulher dura e cruel, Srta. Seja Lá Qual For o Seu Nome. Parece sentir prazer com minha agonia.

Ellie tossiu para disfarçar uma risada.

– Sr. Seja Lá Quem For, devo protestar e ressaltar que tentei cuidar de seus ferimentos, mas o senhor insistiu em dizer que não tinha nenhum.

Ele franziu a testa de um jeito infantil e sentou-se mais uma vez.

– É lorde Seja Lá Quem For – murmurou ele.

– Muito bem, milorde – disse ela, esperando não tê-lo irritado muito.

Um nobre tinha muito mais poder do que a filha de um vigário e, se ele quisesse, poderia tornar a vida dela bastante difícil. Ellie desistiu da esperança de manter o vestido limpo e sentou-se no chão.

– Qual tornozelo está doendo, milorde?

Ele apontou para o direito e fez uma careta quando ela o ergueu com as mãos. Após um exame rápido, Ellie o fitou e disse com sua voz mais educada:

– Terei que tirar sua bota, milorde. O senhor me pemite?

– Gostava mais da senhorita quando estava cuspindo fogo.

Ellie também gostava mais de si mesma daquele jeito, então sorriu.

– O senhor tem um canivete?

Ele bufou.

– Se acha que colocarei uma arma em suas mãos...

– Muito bem. Creio que posso simplesmente puxar a bota. – Ela inclinou a cabeça e fingiu refletir sobre o assunto. – Pode doer um pouco quando prender em seu tornozelo tão inchado, mas, como ressaltou, o senhor vem de uma linhagem dura na queda, e um homem deve conseguir suportar um pouco de dor.

– De que diabo a senhorita está falando?

Ellie começou a puxar a bota. Não com força – ela jamais seria tão cruel –, apenas o bastante para demonstrar que a bota não sairia do pé dele com facilidade.

Quando ele gritou, Ellie desejou não ter tentado lhe dar uma lição, pois levou outra baforada de uísque.

– Quanto o senhor bebeu? – perguntou ela, prendendo a respiração.

– Não o bastante – respondeu ele, gemendo. – Ainda não inventaram uma bebida forte o suficiente...

– Ora, por favor – disse Ellie. – Não sou tão ruim assim.

Para sua surpresa, ele riu.

– Querida – falou o lorde num tom que evidenciava que costumava agir como um patife –, a senhorita foi o que de menos ruim aconteceu comigo nos últimos meses.

Aquele elogio deselegante fez com que Ellie sentisse um estranho arrepio na nuca. Grata por seu grande chapéu esconder seu rubor, concentrou-se no tornozelo dele.

– Mudou de ideia sobre eu cortar sua bota?

Em resposta, ele colocou o canivete na mão dela.

– Tinha certeza de que havia algum bom motivo para eu carregar essa coisa. Só nunca soube qual era. Até hoje.

O canivete estava um pouco cego, e em pouco tempo Ellie começou a cerrar os dentes enquanto cortava a bota. Ela ergueu os olhos da tarefa por um instante.

– Avise-me se eu...

– Ai!

– ... acertá-lo – completou ela. – Sinto muitíssimo.

– É tocante a tristeza que ouço em sua voz – disse ele num tom cheio de ironia.

Ellie conteve outra risada.

– Ah, pelo amor de Deus – resmungou ele. – Pode rir. Deus sabe como minha vida é motivo de riso.

A filha do vigário, que vira sua própria vida descer ao fundo do poço desde que seu pai viúvo anunciara a intenção de se casar com a maior bisbilhoteira do povoado de Bellfield, viu-se tomada de empatia. Ela não sabia o que poderia ter levado aquele homem extraordinariamente bonito e próspero a se embebedar daquele jeito, mas, o que quer que fosse, sentia muito por ele. Deixou a bota de lado por um instante, encarou-o com seus olhos azul-escuros e disse:

– Meu nome é Eleanor Lyndon.

Os olhos dele se enterneceram.

– Obrigado por compartilhar essa informação pertinente, Srta. Lyndon. Não é todo dia que permito que uma desconhecida corte minhas botas.

– Não é todo dia que quase sou lançada ao chão por homens que caem de árvores. Homens *desconhecidos* – acrescentou ela enfaticamente.

– Ah, sim, su... suponho que deva me apresentar. – Então inclinou a cabeça de uma maneira que mostrou a Ellie que ainda estava mais do que ligeiramente embriagado. – Charles Wycombe ao seu dispor, Srta. Lyndon. Conde de Billington. – E murmurou: – Se é que isso vale algo.

Ellie encarou-o sem piscar. Billington? Aquele era um dos solteiros mais cobiçados do condado. Tão cobiçado que até mesmo ela, que não estava em nenhuma lista de jovens cobiçadas, já ouvira falar dele. Corriam boatos de que era o pior tipo de libertino. Ela ouvira rumores sobre ele em reuniões do povoado, embora, como uma mulher solteira, jamais tivesse se inteirado das fofocas mais picantes.

A moça também ficara sabendo que ele era incrivelmente rico, ainda mais do que o conde de Macclesfield, com quem sua irmã Victoria se casara havia pouco tempo. Ellie não poderia garantir aquela informação, já que não tinha visto seus livros contábeis e fazia questão de nunca especular sobre questões financeiras sem provas concretas, mas sabia que a propriedade dos Billingtons era antiga e imensa.

E ficava a uns bons 30 quilômetros de distância.

– O que o senhor está fazendo aqui em Bellfield? – perguntou ela.

– Apenas visitando alguns lugares da minha infância.

Ellie indicou os galhos acima deles com a cabeça.

– Sua árvore favorita?

– Eu a escalava o tempo todo com Macclesfield.

Ellie terminou de abrir a bota e pousou o canivete.

– Robert? – perguntou ela.

Charles pareceu desconfiado e um pouco protetor.

– A senhorita o trata pelo primeiro nome? Ele se casou recentemente.

– Sim. Com minha irmã.

– O mundo fica menor a cada segundo – murmurou ele. – É um prazer conhecê-la.

– Talvez o senhor repense esse sentimento daqui a um instante – comentou Ellie.

Com um toque gentil, ela deslizou o calçado para fora do pé inchado. Charles olhou para a bota cortada com uma expressão sofrida.

– Suponho que meu tornozelo seja mais importante – declarou ele, melancólico, sem parecer acreditar no que dizia.

Ellie tateou com habilidade o tornozelo dele.

– Acho que o senhor não quebrou nenhum osso, mas arrumou uma torção feia.

– A senhorita soa experiente nesta questão.

– Costumo resgatar todo tipo de animal ferido – informou ela, franzindo a testa. – Cães, gatos, pássaros...

– Homens – completou ele.

– Não – disse ela de modo audacioso. – O senhor é o primeiro. Mas não imagino que seja *muito* diferente de um cachorro.

– Suas presas estão à mostra, Srta. Lyndon.

– Estão? – perguntou ela, estendendo a mão para tocar o rosto. – Tenho que me lembrar de escondê-las.

Charles caiu na risada.

– A senhorita é mesmo um achado.

– É o que vivo dizendo a todo mundo – falou ela dando de ombros, com um sorriso travesso –, mas ninguém parece acreditar em mim. Acho que o senhor vai precisar usar uma bengala durante alguns dias. Possivelmente uma semana. Tem alguma à disposição?

– Aqui?

– Quis dizer em casa, mas... – Ellie parou de falar e olhou em volta. Viu um longo galho caído a vários metros de distância e se levantou. – Isso deve servir – disse ela, pegando-o e entregando-o a ele. – Precisa de ajuda para se levantar?

Ele sorriu com ar de predador enquanto se inclinava na direção dela.

– Qualquer desculpa para estar em seus braços, minha querida Srta. Lyndon.

Ellie sabia que deveria se sentir afrontada, mas, que diabo, ele era tão encantador. Ela imaginou que fora assim que conquistara sua tão bem-sucedida fama de libertino. Aproximou-se do conde e enfiou as mãos sob seus braços.

– Devo avisar que não sou muito delicada.

– Por que isso não me surpreende?

– Quando eu contar até três, então. Está pronto?

– Isso depende, eu suponho, de...

– Um, dois... três!

Ellie grunhiu, fazendo força, e ergueu o conde. Não foi uma tarefa fácil. Ele devia ser uns 25 quilos mais pesado do que ela e, além disso, estava bêbado. Os joelhos dele cederam e Ellie mal conseguiu deixar de praguejar enquanto firmava os pés e o apoiava. O conde começou a oscilar na outra direção e ela teve que correr para ficar de frente e evitar que ele caísse.

– Isso é bom – murmurou ele ao sentir seu peito pressionando o dela.

– Lorde Billington, devo insistir para que use sua bengala.

– Na senhorita?

Ele parecia intrigado com a ideia.

– Para andar! – gritou ela.

Ele se encolheu por causa do barulho e balançou a cabeça.

– É estranho, mas sinto um desejo avassalador de beijá-la.

Pela primeira vez desde a queda do conde, Ellie ficou sem fala.

Charles mordia, pensativo, o lábio inferior.

– Acho que é o que vou fazer.

Isso foi o suficiente para fazê-la agir. Ela saltou para o lado e ele caiu, esparramando-se no chão.

– Santo Deus, mulher! – berrou ele. – Por que fez isso?

– O senhor ia me beijar.

Ele esfregou a cabeça, que atingira o tronco da árvore.

– E a perspectiva foi *tão* apavorante assim?

Ellie piscou.

– Apavorante não é exatamente a palavra.

– Por favor, não diga repulsiva – resmungou ele. – Eu não aguentaria.

Ela expirou e estendeu-lhe a mão de forma conciliadora.

– Sinto muito por tê-lo deixado cair, milorde.

– Mais uma vez, seu rosto é o retrato da tristeza.

Ellie lutou contra o impulso de bater o pé.

– Falei sinceramente desta vez. Aceita minhas desculpas?

– Parece – disse ele, erguendo as sobrancelhas – que a senhorita poderia me causar algum dano físico se eu não aceitasse.

– Seu pedante desprezível – falou ela. – Estou tentando me desculpar.

– E *eu* – replicou ele – estou tentando aceitar suas desculpas.

O conde estendeu o braço e segurou a mão enluvada de Ellie. Ela o ajudou a se levantar e tratou de ficar fora de seu alcance assim que ele se equilibrou com a bengala improvisada.

– Vou acompanhá-lo até a cidade – disse Ellie. – Não é tão longe assim. De lá, o senhor conseguirá chegar em casa?

– Deixei meu coche no Bee and Thistle – respondeu ele.

Ela limpou a garganta.

– Agradeceria se o senhor se comportasse com discrição e polidez. Posso ser uma solteirona, mas tenho uma reputação a zelar.

Ele lhe lançou um olhar meio de lado.

– Receio que eu tenha fama de canalha.

– Eu sei.

– Sua reputação provavelmente foi destruída no momento em que aterrissei em cima da senhorita.

– Por Deus, o senhor caiu de uma árvore!

– Sim, é claro, mas a senhorita colocou suas mãos desnudas em meu tornozelo nu.

– Por um motivo nobre.

– Sinceramente, pensei que beijá-la me parecia bastante nobre, mas a senhorita pareceu discordar.

Ela contraiu os lábios, contrariada.

– É desse tipo de comentário impertinente que estou falando. Sei que não deveria, mas me importo com o que as pessoas pensam de mim, e tenho que morar aqui pelo resto da minha vida.

– Tem mesmo? – perguntou ele. – Que triste.

– Isso não é engraçado.

– Não era para ser.

Ela suspirou com impaciência.

– Procure se comportar quando chegarmos à cidade, está bem?

Ele se apoiou no galho de árvore e se curvou em um cumprimento cortês.

– Tento nunca decepcionar uma dama.

– Pode parar! – disse ela, agarrando-o pelo cotovelo. – O senhor vai acabar caindo.

– Ora, Srta. Lyndon, creio que está começando a se importar comigo.

Ela deixou escapar um grunhido. Com as mãos cerradas, passou a caminhar com passos decididos em direção à cidade. Charles mancava atrás dela, sorrindo o tempo todo. No entanto, ela caminhava muito mais rápido do que ele e, quando a distância entre os dois aumentou, ele foi forçado a chamá-la.

Ellie virou-se.

Charles abriu o que esperava ser um sorriso cativante.

– Receio que eu não consiga acompanhá-la.

Ele estendeu as mãos em um gesto de súplica e logo perdeu o equilíbrio. Ellie correu para ajudá-lo.

– O senhor é um desastre ambulante – declarou ela, mantendo a mão no cotovelo do conde.

– Um desastre manco – corrigiu ele. – E não consigo... – Ele levou a mão livre até a boca para encobrir um arroto. – Não consigo mancar rápido assim.

Ela suspirou.

– Venha. O senhor pode se apoiar no meu ombro. Juntos, devemos conseguir levá-lo até a cidade.

Charles sorriu e passou o braço pelo ombro dela. Ellie era pequena, mas forte, então ele decidiu sondar o terreno apoiando-se um pouco mais perto dela. Ellie se enrijeceu e soltou outro suspiro alto.

Lentamente, seguiram em direção à cidade. Charles sentia que se apoiava cada vez mais nela. Se sua dificuldade se devia à torção ou à embriaguez, ele não sabia. O corpo de Ellie era quente, ao mesmo tempo forte e suave, e ele não se importava muito com a forma como se metera naquela situação, só pensava em aproveitá-la enquanto durasse. A cada passo, a lateral do seio dela pressionava suas costelas, e a sensação era bastante agradável.

– É um lindo dia, não acha? – perguntou ele, pensando que deveria puxar conversa.

– Sim – concordou Ellie, perdendo um pouco o equilíbrio sob o peso dele. – Mas está ficando tarde. Não há como o senhor ser um pouco mais rápido?

– Nem mesmo eu sou tão cafajeste a ponto de fingir estar mancando só para desfrutar das atenções de uma bela dama – retrucou Charles.

– Pare de balançar o braço! Nós vamos perder o equilíbrio.

Charles não sabia direito por que, e talvez fosse apenas por ainda estar bêbado, mas gostou do som da palavra *nós* saindo dos lábios dela. Havia algo em relação àquela Srta. Lyndon que o deixava feliz pelo simples fato de estarem lado a lado. Ela parecia leal, sensata e justa. E tinha um senso de humor ferino. O tipo de pessoa que um homem gostaria de ter por perto quando precisasse de apoio.

Ele virou o rosto para ela.

– A senhorita cheira bem.

– O quê? – guinchou ela.

E era divertido torturá-la. Ele se lembrou de acrescentar isso à lista de atributos. Era sempre bom cercar-se de pessoas que poderia provocar um pouco. Ele fingiu inocência.

– A senhorita cheira bem – repetiu.

– Esse não é o tipo de coisa que um cavalheiro diz a uma dama.

– Estou bêbado. Não sei o que estou falando.

Ela estreitou os olhos, desconfiada.

– Tenho a sensação de que o senhor sabe *exatamente* o que está dizendo.

– Ora, Srta. Lyndon, está me acusando de tentar seduzi-la?

Ele não pensou que fosse possível, mas o rosto dela ficou ainda mais ruborizado. Ele queria poder ver a cor de seu cabelo sob aquele chapéu horrendo. Suas sobrancelhas eram louras e se destacavam de modo engraçado em contraste com o vermelho de seu rosto.

– Pare de distorcer minhas palavras.

– A senhorita distorce as palavras muito bem – afirmou. E quando ela não disse nada, ele acrescentou: – Isso foi um elogio.

Ellie seguiu com dificuldade pela estrada de terra, puxando-o com ela.

– O senhor me desconcerta, milorde.

Charles sorriu, pensando que era muito divertido desconcertar a Srta. Eleanor Lyndon. Ele ficou em silêncio por alguns minutos e, ao dobrarem uma esquina, perguntou:

– Estamos chegando?

– Acho que já percorremos a metade do caminho. – Ellie estreitou os olhos na direção do horizonte, observando o sol afundar cada vez mais. – Ah, Deus. Está ficando tarde. Papai vai me matar.

– Juro pelo túmulo do meu pai... – Charles tentava parecer sério, mas começou a soluçar.

Ellie virou-se tão de repente que seu nariz bateu no ombro dele.

– O que disse, milorde?

– Eu tentava, *ic!*, jurar à senhorita que não estou, *ic!*, deliberadamente tentando diminuir o ritmo.

Os lábios dela se contraíram.

– Não sei por que motivo, mas acredito no que diz – respondeu ela.

– Talvez porque meu tornozelo esteja parecendo uma pera velha – brincou ele.

– Não – falou ela, pensativa. – Porque acho que o senhor é uma pessoa boa, embora pareça se esforçar para que pensem o contrário.

Ele bufou com deboche.

– Estou longe, *ic!*, de ser bom.

– Aposto que dá a todos os seus funcionários um pagamento extra no Natal.

Para sua irritação, ele corou.

– Arrá! – gritou ela, triunfante. – O senhor dá!

– Isso gera lealdade – murmurou ele.

– Isso lhes permite comprar presentes para suas famílias – declarou ela com suavidade.

Ele grunhiu e virou a cabeça para o outro lado.

– Lindo pôr do sol, não acha, Srta. Lyndon?

– Um pouco confuso com relação a mudanças de assunto – disse ela com um sorriso astuto –, mas, sim, bem bonito.

– É surpreendente – continuou ele – observar quantas cores compõem o pôr do sol. Vejo laranja, rosa e pêssego. Ah, e um toque de amarelo-alaranjado bem ali. – Ele apontou para o sudoeste. – E o mais incrível é que será tudo diferente amanhã.

– O senhor é um artista? – perguntou Ellie.

– Não. Apenas gosto do pôr do sol.

– A cidade fica logo após a próxima curva – informou ela.

– É mesmo?

– O senhor parece decepcionado.

– Acho que não quero ir para casa – replicou ele.

Charles suspirou, lembrando-se do que o aguardava por lá. O amontoado de pedras que constituía Wycombe Abbey. Um amontoado de pedras que custava uma maldita fortuna para ser mantido. Uma fortuna que escaparia pelos seus dedos em menos de um mês graças ao seu pai intrometido.

O controle de George Wycombe sobre as finanças da família deveria ter diminuído com sua morte, mas a verdade é que ele encontrara uma maneira de manter, do além-túmulo, as mãos em torno do pescoço do filho. Charles praguejou baixinho ao se dar conta de como aquela imagem era apropriada. Ele certamente se sentia como se estivesse sendo estrangulado.

Dentro de precisamente quinze dias, ele faria 30 anos. Dentro de precisamente quinze dias, toda a sua herança seria arrancada dele. A menos que...

A Srta. Lyndon tossiu e limpou a poeira do olho. Charles olhou-a com renovado interesse.

A menos que... Lentamente a ideia foi tomando forma em seu cérebro ainda grogue, e ele se esforçou para não deixar escapar nenhum detalhe importante... A menos que, em algum momento nos próximos quinze dias, ele conseguisse encontrar uma esposa.

A Srta. Lyndon levou-o à High Street e apontou para o sul.

– O Bee and Thistle fica logo ali. Não vejo seu coche. Está nos fundos?

A Srta. Lyndon tem uma bela voz, pensou Charles. Ela tinha uma bela voz, um cérebro inteligente, bom senso e – embora ele não soubesse a cor do seu cabelo – um bonito par de sobrancelhas. E era ótimo sentir seu corpo apoiado no dela.

Ele limpou a garganta.

– Srta. Lyndon.

– Não me diga que confundiu o lugar em que deixou seu coche.

– Srta. Lyndon, tenho algo de grande importância para lhe falar.

– Seu tornozelo piorou? Eu sabia que colocar peso nele era uma má ideia, mas não havia outra forma de trazê-lo para a cidade. Um pouco de gelo teria...

– Srta. Lyndon! – exclamou Charles, quase gritando.

Isso fez com que ela se calasse.

– A senhorita acha que poderia...

Ele tossiu e desejou estar sóbrio, pois tinha a sensação de que seu vocabulário era mais amplo quando não estava embriagado.

– Lorde Billington? – indagou ela com uma expressão preocupada.

Por fim, ele simplesmente perguntou:

– Acha que poderia se casar comigo?

CAPÍTULO 2

Ellie o deixou cair.

Charles aterrissou de modo espalhafatoso, gritando de dor quando o tornozelo cedeu.

– Isso foi algo terrível de se dizer! – gritou ela.

Charles coçou a cabeça.

– Pensei apenas tê-la pedido em casamento.

Ellie piscou, tentando conter lágrimas traiçoeiras.

– É cruel brincar com isso.

– Eu não estava brincando.

– É claro que estava – rebateu ela, mal contendo o impulso de chutá-lo. – Fui muito gentil com o senhor esta tarde.

– Muito gentil – repetiu ele.

– Não precisava parar para ajudá-lo.

– Não – murmurou ele –, não precisava.

– Quero que saiba que eu poderia estar casada se quisesse. Estou solteira por opção.

– Eu não imaginaria outra coisa.

Ellie pensou ter ouvido um tom de deboche na voz dele, e desta vez o chutou mesmo.

– Maldição, mulher! – exclamou Charles. – Por que diabo fez isso? Estou falando sério.

– O senhor está bêbado.

– Sim – admitiu ele –, mas nunca pedi uma mulher em casamento antes.

– Ah, por favor – zombou ela. – Se está tentando me dizer que se apaixonou perdidamente por mim à primeira vista, permita-me dizer que não acredito nisso nem por um instante.

– Não estou tentando lhe dizer nada do tipo – esclareceu ele. – Eu jamais insultaria sua inteligência dessa maneira.

Ellie piscou, pensando que ele podia ter acabado de insultar algum outro aspecto seu, mas sem saber direito qual.

– A questão é... – Ele parou e limpou a garganta. – A senhorita acha que podemos continuar essa conversa em outro lugar? Talvez num local onde eu possa me sentar em uma cadeira e não no chão?

Ellie franziu a testa por um segundo antes de, com relutância, estender-lhe a mão. Ainda não tinha certeza de que ele não estava debochando dela, mas o tratara de maneira pouco gentil, e isso pesava em sua consciência. Ela não achava certo chutar um homem quando ele estava caído, principalmente quando fora ela quem o derrubara.

Charles pegou a mão dela e levantou-se.

– Obrigado – disse de modo seco. – A senhorita é, sem dúvida, uma mulher de grande personalidade. Por isso estou pensando em tomá-la como esposa.

Os olhos de Ellie se estreitaram.

– Se não parar de zombar de mim...

– Acredito que já tenha afirmado que estou falando sério. Eu nunca minto.

– Ah, isso sim é uma inverdade – retrucou ela.

– Bem, nunca minto sobre algo importante.

Ela levou a mão aos quadris e deixou escapar um som que indicava descrença.

Ele expirou, ligeiramente irritado.

– Asseguro-lhe de que não mentiria sobre algo *assim*. Devo dizer que a senhorita tem uma opinião terrível a meu respeito. Por quê? É o que me pergunto.

– Lorde Billington, o senhor é considerado o maior libertino de Kent! Meu próprio cunhado disse isso.

21

– Lembre-me de estrangular Robert na próxima vez que o vir – murmurou Charles.

– O senhor poderia muito bem ser o maior libertino de toda a Inglaterra. E eu não saberia, já que não saio de Kent há anos, mas...

– Dizem que os libertinos se tornam os melhores maridos – interrompeu ele.

– Os libertinos *regenerados* – ressaltou ela com firmeza. – E duvido muito que tenha planos nesse sentido. Além disso, não vou me casar com o senhor.

Ele suspirou.

– Gostaria muito que aceitasse meu pedido.

Ellie olhou-o, incrédula.

– O senhor é louco.

– Perfeitamente são, eu lhe asseguro. – Ele fez uma careta. – Meu pai é que era louco.

Ellie de repente imaginou uma situação envolvendo pessoas bastante loucas e recuou. Diziam que insanidade era algo hereditário.

– Ah, pelo amor de Deus – resmungou Charles. – Não louco de verdade. O fato é que ele me deixou em uma maldita enrascada.

– Não vejo o que isso tem a ver comigo.

– Tem tudo a ver com a senhorita – afirmou ele de modo enigmático.

Ellie deu outro passo para trás, concluindo que lorde Billington estava mais do que louco... estava pronto para ser internado em Bedlam.

– Se me der licença – falou ela –, é melhor eu ir logo para casa. Tenho certeza de que, daqui, o senhor conseguirá chegar ao seu destino. Seu coche... está nos fundos. O senhor deve conseguir...

– Srta. Lyndon – disse ele, com a voz firme.

Ela parou de imediato.

– Preciso me casar – declarou ele de maneira franca –, e preciso fazer isso nos próximos quinze dias. Não tenho escolha.

– Não consigo imaginá-lo fazendo qualquer coisa que esteja fora de seus propósitos.

Ele a ignorou.

– Se não me casar, perderei toda a minha herança. Até a última moeda. – Ele riu de forma sarcástica. – Ficarei apenas com Wycombe Abbey, e acredite quando lhe digo que aquele amontoado de pedras em breve estará em ruínas se eu não tiver dinheiro para mantê-lo.

– Nunca ouvi falar de uma situação assim – disse Ellie.

– Não é tão incomum.

– A meu ver, parece bastante estúpido.

– Quanto a isso, senhorita, estamos completamente de acordo.

Ellie retorceu parte do tecido da saia marrom enquanto avaliava as palavras dele.

– Não entendo por que o senhor me escolheu para ajudá-lo nesta questão – disse ela por fim. – Tenho certeza de que poderia encontrar uma esposa adequada em Londres. Não chamam a cidade de "Mercado Casamenteiro"? Creio que o senhor seria considerado uma excelente opção.

Ele abriu um sorriso irônico.

– A senhorita faz com que eu me sinta um peixe.

Ellie olhou-o e prendeu a respiração. Era impossível ficar imune àquele homem incrivelmente bonito e charmoso.

– Não – disse ela –, não um peixe.

O duque deu de ombros.

– Venho adiando o inevitável. Sei disso. Mas então a senhorita cai na minha vida, no momento de maior desespero...

– Perdão, mas creio que o *senhor* caiu na minha vida.

Ele deu uma risada.

– Cheguei a comentar que a senhorita também é muito divertida? Eu pensei: "Bem, ela servirá tão bem quanto qualquer outra, e..."

– Se seu objetivo era me cortejar – disse Ellie em tom ácido –, não está conseguindo.

– Servirá melhor do que a maioria – corrigiu ele. – É verdade, a senhorita é a primeira que conheço que acredito que poderia suportar.

Não que Charles tivesse planos de se dedicar a uma esposa. Ele realmente só precisava de uma para ter o nome dela em uma certidão de casamento. Ainda assim, teriam que passar *algum* tempo juntos, e seria bom que fosse uma dama respeitável. A Srta. Lyndon parecia atender com perfeição a seus propósitos.

E, pensou ele, teria que providenciar um herdeiro algum dia. Seria interessante que fosse com alguém que tivesse algo na cabeça. Não seria nada bom ter uma prole burra. Ele a examinou mais uma vez. Ela o encarava, desconfiada. Sim, ela era inteligente.

Havia algo de muito atraente em Ellie. Charles tinha a sensação de que o processo de providenciar o herdeiro seria tão agradável quanto o resultado. Ele se curvou de maneira elegante, agarrando-se ao cotovelo dela em busca de apoio.

– O que me diz, Srta. Lyndon? Podemos tentar?

– Se podemos tentar? – repetiu ela, quase engasgando.

Aquele decididamente não era o pedido de casamento dos seus sonhos.

– Bem, não tenho muito jeito para isso. A verdade, Srta. Lyndon, é que, se tenho que arrumar uma esposa, deve ser alguém de quem eu *goste*. Afinal, teríamos que passar algum tempo juntos, entende?

Ela olhou para ele com descrença. Ainda estava muito bêbado? Ellie limpou a garganta várias vezes, tentando encontrar as palavras. E então disparou:

– Está tentando dizer que gosta de mim?

Ele sorriu de modo sedutor.

– Muito.

– Tenho que pensar sobre isso.

Ele inclinou a cabeça.

– Eu não gostaria de me casar com alguém que tomaria uma decisão como essa num momento impulsivo.

– Precisarei de alguns dias.

– Não muitos, espero. Tenho apenas quinze antes que meu odioso primo Phillip coloque as garras no meu dinheiro.

– Devo preveni-lo de que minha resposta provavelmente será não.

O conde não disse nada. Ellie teve a desagradável sensação de que ele já estava pensando a quem recorrer caso ela recusasse seu pedido.

Após um instante, ele perguntou:

– Devo acompanhá-la até sua casa?

– Não será necessário. Fica a poucos minutos da estrada. O senhor conseguirá chegar ao seu destino?

Ele assentiu.

– Srta. Lyndon.

– Lorde Billington – disse ela, curvando-se em um breve cumprimento.

Então virou-se, se afastou e, quando ele já não podia mais vê-la, deixou o corpo tombar sobre a lateral de um prédio, murmurando:

– Ah, meu *Deus*.

O reverendo Lyndon não tolerava que as filhas mencionassem o nome do Senhor em vão, mas Ellie estava tão atordoada com o pedido de Billington que, ao cruzar a porta de sua casa, ainda murmurava "Ah, meu Deus".

– Essa linguagem é bastante imprópria a uma jovem, mesmo que ela já não seja tão jovem – disse uma voz de mulher.

Ellie gemeu. A única pessoa pior do que seu pai quando se tratava de padrões morais era a noiva dele, Sally Foxglove, que enviuvara recentemente. Ellie abriu um sorriso forçado, tentando seguir direto para o quarto.

– Sra. Foxglove.

– Seu pai não gostará nem um pouco de saber disso.

Ellie gemeu mais uma vez. Estava presa em uma armadilha, então se virou.

– Do que, Sra. Foxglove?

– Da falta de respeito com que a senhorita trata o nome de nosso Senhor.

A Sra. Foxglove levantou-se e cruzou os braços roliços. Ellie pensou em lembrar à mulher que ela não era sua mãe e que não tinha autoridade sobre sua vida, mas se conteve. A vida já seria difícil quando seu pai se casasse de novo. Não era necessário torná-la impossível enfrentando deliberadamente a Sra. Foxglove. Ellie respirou fundo e colocou a mão sobre o peito, fingindo inocência.

– Foi *isso* que pensou que eu estava dizendo? – perguntou ela, dando à voz um tom ofegante.

– *O que* estava dizendo então?

– Eu estava dizendo: "Ah, foi mesmo." Espero que não tenha entendido mal.

A Sra. Foxglove a encarou com óbvia incredulidade.

– Eu tinha julgado mal um certo... problema – continuou Ellie. – Ainda não posso acreditar que fiz isso. Por isso, eu dizia "Ah, foi mesmo", porque, percebe, eu pensava de um jeito e, se não tivesse pensado assim, não teria me confundido na minha lógica.

A Sra. Foxglove parecia tão perplexa que Ellie teve vontade de dar um gritinho de prazer.

– Bem, seja qual for o caso – declarou a mulher mais velha –, com esse comportamento estranho nunca arrumará um marido.

– Como chegamos a essa questão? – perguntou Ellie, pensando que casamento tinha se tornado o assunto do dia.

– A senhorita tem 23 anos – continuou a Sra. Foxglove. – Uma solteirona, com certeza, mas podemos encontrar um homem que aceite tomá-la por esposa.

Ellie a ignorou.

– Meu pai está em casa?

– Ele está fazendo suas visitas e me pediu para ficar aqui para o caso de algum paroquiano aparecer.

– Ele a deixou encarregada disso?

– Serei esposa dele em dois meses. – A Sra. Foxglove endireitou-se e alisou a saia marrom. – Devo preservar minha posição na sociedade.

Ellie balbuciou algumas frases ininteligíveis em voz baixa. Temia se permitir esboçar palavras, pois seria muito pior do que mencionar o nome do Senhor em vão. Então expirou lentamente e tentou sorrir.

– Se me der licença, Sra. Foxglove, estou cansada. Creio que vou me reitrar para o meu quarto.

Uma mão gorducha pousou em seu ombro.

– Não tão rápido, Eleanor.

Ellie virou-se. A Sra. Foxglove a ameaçava?

– Perdão?

– Temos alguns assuntos a discutir e achei que esta noite seria uma boa oportunidade. Enquanto seu pai está fora.

– O que teríamos para discutir que não poderíamos falar na frente de papai?

– Diz respeito à sua posição na minha casa.

Ellie ficou boquiaberta.

– *Minha* posição na *sua* casa?

– Quando me casar com o bom reverendo, esta será a *minha* casa, e cuidarei de tudo da maneira que eu quiser.

Ellie de repente se sentiu mal.

– Não pense que poderá viver da minha generosidade – continuou a Sra. Foxglove.

Ellie não se moveu por medo de estrangular a futura madrasta.

– Se não se casar e se mudar, terá que ganhar seu sustento – informou a Sra. Foxglove.

– Está insinuando que devo ganhar meu sustento de maneira diferente da que faço agora?

Ellie pensou em todas as tarefas que realizava para o pai e sua paróquia. Preparava três refeições por dia para ele. Levava comida para os pobres. Até lustrava os bancos da igreja! Ninguém podia dizer que não ganhava seu sustento.

Mas a Sra. Foxglove não pensava da mesma forma, porque revirou os olhos e disse:

– A senhorita vive da generosidade de seu pai. Ele é indulgente demais com a senhorita.

Ellie arregalou os olhos. Uma coisa de que o reverendo Lyndon nunca poderia ser chamado era indulgente. Certa vez ele amarrara a irmã mais velha de Ellie para impedir que ela se casasse com o homem que amava. Ellie limpou a garganta em mais uma tentativa de controlar a raiva.

– O que exatamente deseja que eu faça, Sra. Foxglove?

– Inspecionei a casa e preparei uma lista de tarefas.

A mulher entregou à futura enteada um pedaço de papel. Ellie leu aquelas linhas e se sentiu sufocada de tanta raiva.

– Quer que eu limpe a chaminé?

– É um desperdício gastarmos dinheiro com um limpador de chaminés quando a senhorita pode fazer isso.

– Não acha que sou um pouco robusta demais para essa tarefa?

– Essa é outra questão. A senhorita come demais.

– O quê? – guinchou Ellie.

– A comida é um bem precioso.

– Metade dos paroquianos paga seus dízimos em víveres – disse Ellie, tremendo de raiva. – Podemos não ter muitas coisas, mas nunca nos faltou comida.

– Se não gosta das minhas regras – declarou a Sra. Foxglove –, sempre pode se casar e ir embora.

Ellie sabia por que a Sra. Foxglove estava tão determinada a fazê-la sair de casa. Provavelmente era uma daquelas mulheres que não admitia nada menos do que autoridade absoluta em seu lar. E Ellie, que administrava toda a vida do pai havia anos, ficaria em seu caminho.

Ellie se perguntou o que a velha intrometida diria se ela lhe contasse que havia recebido uma proposta de casamento naquela tarde. E de um conde. Ellie colocou as mãos nos quadris, pronta para dar à noiva de seu pai a descompostura furiosa que vinha contendo, quando a Sra. Foxglove lhe estendeu outro papel.

– O que é isso? – disparou Ellie.

– Tomei a liberdade de fazer uma lista dos solteiros adequados da região.

Ellie bufou. Isso ela tinha que ver. Então desdobrou o papel e viu a lista. Sem levantar os olhos, disse:

– Richard Parrish está noivo.

– Não de acordo com as minhas fontes.

A Sra. Foxglove era a maior fofoqueira de Bellfield, então Ellie acreditou nela. Não que fizesse diferença. Richard Parrish era corpulento e tinha mau hálito. Ela continuou a ler e engasgou.

– George Millerton tem mais de 60 anos.

A Sra. Foxglove torceu o nariz com desdém.

– A senhorita não está em posição de ser exigente com relação a um assunto tão trivial.

Os três nomes seguintes da lista pertenciam a homens igualmente idosos, sendo que um deles era conhecido por ser má pessoa. Diziam que Anthony Ponsoby batia na primeira esposa. De maneira alguma Ellie iria se prender a um homem que achava que a comunicação conjugal era melhor conduzida com a força de uma vara.

– Santo Deus! – exclamou Ellie enquanto seus olhos desciam até o penúltimo nome da lista. – Robert Beechcombe não deve ter mais do que 15 anos. No que estava pensando?

A Sra. Foxglove estava prestes a responder quando Ellie a interrompeu.

– Billy Watson! – gritou ela. – Ele não é certo da cabeça. Todo mundo sabe disso. Como se atreve a tentar me casar com alguém como ele?

– Como eu disse, uma mulher na sua posição não pode...

– Não diga isso! – interrompeu Ellie, o corpo inteiro tremendo de raiva. – Não diga uma palavra.

A Sra. Foxglove riu.

– A senhorita não pode falar comigo assim na minha casa.

– Ainda não é sua casa, sua velha rebugenta – rebateu Ellie, furiosa.

– Estou chocada! – exclamou a Sra. Foxglove, inclinando-se para trás.

– Eu jamais fui a favor da violência – rebateu Ellie, irritada –, mas estou sempre disposta a tentar algo novo – declarou, enquanto agarrava a Sra. Foxglove pela gola e a empurrava porta afora.

– Vai se arrepender disso! – gritou a mulher.

– Nunca vou me arrepender – retrucou Ellie. – Nunca!

Em seguida, bateu a porta e se atirou no sofá. Não havia dúvida. Precisava descobrir uma maneira de escapar da casa do pai. O rosto do conde de Billington surgiu em sua mente, mas ela o afastou. Não estava tão desesperada a ponto de se casar com um homem que mal conhecia. Tinha que haver outra maneira.

Na manhã seguinte, Ellie havia pensado em um plano. Ela não era tão indefesa quanto a Sra. Foxglove gostaria de acreditar. Possuía algum dinheiro guardado. Não era uma grande quantia, mas o suficiente para bancar uma mulher de gosto modesto e natureza frugal.

Ellie colocara o dinheiro em um banco, anos antes, mas ficara insatisfeita com a insignificante taxa de juros. Então começou a ler o *London Times*, tomando nota dos itens relacionados ao mundo dos negócios e do comércio. Quando sentiu que tinha um conhecimento abrangente sobre o assunto, foi atrás de um procurador para administrar seus fundos. Teve que fazer isso utilizando o nome do pai, é claro. Nenhum procurador iria administrar o dinheiro de uma jovem, em especial uma que estivesse investindo sem o conhecimento do pai. Então ela viajou para uma cidade longe dali, conheceu o Sr. Tibbett, um homem que não sabia quem era o reverendo Lyndon, e disse-lhe que seu pai era um recluso. O Sr. Tibbett trabalhava com um corretor em Londres, e o pé-de-meia de Ellie só aumentava.

Era hora de recorrer a esses fundos. Não tinha outra escolha. Ter a Sra. Foxglove como sua madrasta e ainda morar com ela seria intolerável. O dinheiro poderia sustentá-la até sua irmã Victoria voltar das férias prolongadas no exterior. Victoria se casara recentemente com um conde rico e Ellie não tinha dúvidas de que eles poderiam ajudá-la a encontrar uma posição na sociedade – talvez como professora ou dama de companhia.

Ellie pegou uma carruagem para Faversham, seguiu para o escritório Tibbett & Hurley e esperou sua vez de ver o Sr. Tibbett. Após dez minutos, a secretária dele a conduziu até a sala.

O Sr. Tibbett, um homem corpulento com um grande bigode, levantou-se quando ela entrou.

– Bom dia, Srta. Lyndon – disse ele. – Veio com mais instruções de seu pai? Devo dizer que é um prazer fazer negócios com um homem que presta tanta atenção a seus investimentos.

Ellie abriu um sorriso contido, odiando o fato de seu pai receber todo o crédito por sua perspicácia empresarial.

– Não exatamente, Sr. Tibbett. Vim retirar parte dos meus fundos. Metade, para ser mais precisa.

Ellie não sabia bem quanto custaria alugar uma pequena casa numa parte respeitável de Londres, mas conseguira juntar cerca de 300 libras, e pensou que 150 seriam suficientes.

– Com certeza – concordou o Sr. Tibbett. – Só vou precisar que seu pai venha aqui, em pessoa, para liberar os fundos.

Ellie engasgou.

– Perdão?

– Na Tibbett & Hurley, nos orgulhamos de nossas práticas comerciais rigorosas. Eu não poderia liberar os fundos nas mãos de ninguém além de seu pai.

– Mas venho conduzindo negócios com o senhor há anos – protestou Ellie. – Meu nome está na conta como codepositante!

– Uma *co*depositante. Seu pai é o titular.

Ellie engoliu em seco.

– Meu pai é um recluso. O senhor sabe disso. Ele nunca sai de casa. Como poderei trazê-lo aqui?

O Sr. Tibbett deu de ombros.

– Ficarei feliz em visitá-lo.

– Não, isso não será possível – disse Ellie, notando que sua voz ficava cada vez mais estridente. – Ele fica nervoso junto de estranhos. Muito nervoso. O coração dele, o senhor sabe. Eu realmente não poderia arriscar.

– Então precisarei de instruções escritas com a assinatura anexada.

Ellie suspirou aliviada. Ela podia falsificar a assinatura do pai até mesmo dormindo.

– E precisarei que essas instruções sejam testemunhadas por outro cidadão honrado. – O Sr. Tibbett estreitou os olhos com desconfiança. – A *senhorita* não se qualifica como testemunha.

– Muito bem, vou encontrar...

– Conheço o magistrado em Bellfield. A senhorita pode conseguir a assinatura dele como testemunha.

Ellie sentiu-se tomada pelo desânimo. Também conhecia o magistrado e sabia que não haveria maneira de conseguir sua assinatura naquele papel vital, a menos que ele de fato testemunhasse o pai dela escrever as instruções.

– Muito bem, Sr. Tibbett – disse ela, a voz embargada. – Eu vou... ver o que consigo fazer.

E saiu depressa do escritório, pressionando um lenço contra o rosto para esconder as lágrimas de frustração. Sentia-se como um animal encurralado. Não tinha como resgatar o dinheiro com o Sr. Tibbett. E Victoria só voltaria dali a vários meses. Ellie pensou em tentar a compaixão do sogro de Victoria, o marquês de Castleford, mas achou que ele seria tão pouco receptivo à sua presença quanto a Sra. Foxglove. O marquês não gostava muito de Victoria; Ellie imaginou que ele se sentiria da mesma forma em relação à irmã dela.

Ellie caminhou sem rumo por Faversham, tentando organizar seus pensamentos. Sempre se considerara o tipo de mulher prática, que podia contar com sua mente afiada e sua perspicácia. Jamais sonhara que poderia algum dia se encontrar em uma situação em que não conseguiria resolver as coisas com uma boa conversa.

E agora estava presa naquela cidade, a 30 quilômetros de uma casa para a qual nem queria voltar. Sem qualquer opção, exceto...

Ellie balançou a cabeça. *Não* ia considerar o pedido de casamento do conde de Billington.

O rosto de Sally Foxglove surgiu em sua mente. E aquela face hedionda começou a falar de chaminés e de solteironas que deveriam ser gratas por toda e qualquer coisa. A proposta do conde, então, começou a ter uma aparência cada vez melhor.

Ela teve que admitir para si mesma que, quando se tratava da aparência, ele era perfeito. Era pecaminosamente bonito, e Ellie tinha a sensação de que ele sabia disso. Esse devia ser um ponto negativo a respeito do conde, ponderou. Ele aparentava ser muito convencido e não devia ter dificuldade em conquistar a atenção de todo tipo de mulher, respeitável ou não.

– Ah! – disse ela em voz alta, olhando em volta para ver se alguém a ouvira.

Era provável que o desgraçado tivesse até que espantar as mulheres que corriam atrás dele. E ela não queria lidar com um marido com essa espécie de "problema".

Por outro lado, não estava apaixonada pelo sujeito. Por isso, talvez pudesse se acostumar com a ideia de um marido infiel. Esse pensamento ia contra tudo em que acreditava, mas a outra opção era uma vida com Sally Foxglove, o que era horrível demais para se considerar.

Ellie se deu conta de que Wycombe Abbey não ficava muito longe dali. Se ela se lembrava bem, estava situada na costa norte de Kent, a poucos quilômetros de distância. Ela poderia caminhar até lá. Não que planejasse aceitar cegamente a proposta do conde, mas poderia discutir o assunto e chegar a um acordo que a deixasse satisfeita.

Decidida, ergueu o queixo e começou a caminhar na direção norte. Procurou manter a mente ocupada, tentando adivinhar quantos passos levaria para alcançar um marco à frente. Cinquenta passos até a árvore grande. Setenta e dois até a cabana abandonada. Quarenta até o...

Ah, droga! Aquilo era uma gota de chuva? Ellie secou a água do nariz e olhou para cima. As nuvens estavam se aglomerando e, se não fosse uma mulher tão prática, ela juraria que estavam se juntando bem acima de sua cabeça.

Emitiu um grunhido e seguiu em frente, tentando não praguejar quando outra gota de chuva atingiu seu rosto. E então outra caiu em seu ombro, e outra, e mais outra...

– Alguém lá em cima está muito irritado comigo – gritou ela, brandindo a mão para o céu. – E eu gostaria de saber por quê!

A chuva desabou sobre ela, que, em segundos, estava completamente encharcada.

– Lembre-me de nunca mais questionar Seus propósitos – murmurou ela de maneira pouco amável, longe de soar como a jovem dama temente a Deus que seu pai a criara para ser. – Está claro que o Senhor não gosta de receber críticas.

Um relâmpago cruzou o céu, seguido pelo estrondo reverberante de um trovão. Ellie deu um pulo. O que o marido de sua irmã lhe dissera anos antes? Quanto mais próximo ao relâmpago vem o trovão, mais perto o relâmpago está da pessoa... Robert sempre tivera interesse pelas ciências, então Ellie tendia a acreditar nele com relação a isso.

Ela saiu em disparada. E, quando seus pulmões ameaçaram explodir, ela diminuiu o ritmo. Depois de um ou dois minutos, no entanto, passou para uma caminhada rápida. Afinal, não iria chegar mais molhada do que já estava.

Outro trovão soou no céu, fazendo Ellie dar um pulo, tropeçar na raiz de uma árvore e aterrissar na lama.

– Maldição! – berrou.

Aquela era provavelmente a primeira vez na vida que falava tal palavra, em vez de apenas pensar nela. Se havia algum momento ideal para começar o hábito de praguejar, era agora.

Ellie levantou-se, cambaleante, e olhou para cima, a chuva batendo no rosto. O chapéu caiu sobre seus olhos, bloqueando-lhe a visão. Ela o arrancou, olhou para o céu e gritou:

– Não estou achando graça!

Mais raios.

– Estão todos contra mim – murmurou ela, começando a se sentir um pouco irracional. – Todos eles.

Seu pai, Sally Foxglove, o Sr. Tibbett e quem quer que controlasse o clima. Mais trovões.

A jovem trincou os dentes e seguiu adiante. Finalmente, uma antiga e colossal construção de pedra surgiu no horizonte. Ela nunca conhecera Wycombe Abbey, mas já vira um desenho à venda em Bellfield. Ela se dirigiu à porta da frente, o alívio se instalando dentro dela, e bateu.

Um criado de libré veio atender e fitou-a de forma bastante condescendente.

– Eu... eu estou aqui pa... para ver o conde – disse Ellie, trincando os dentes.

– As entrevistas para criados são conduzidas pela governanta – replicou o mordomo. – Use a entrada dos fundos.

Ele começou a fechar a porta, mas Ellie conseguiu enfiar o pé na abertura.

– Nãooo! – gritou, sentindo que, se deixasse aquela porta se fechar em seu rosto, seria condenada a uma vida inteira de mingau frio e chaminés sujas.

– Madame, retire o pé.

– Não nesta vida – disparou Ellie, enfiando o cotovelo e o ombro para dentro da casa. – Verei o conde e...

– O conde não se associa a mulheres do seu tipo.

– Meu tipo?! – berrou Ellie.

Aquilo era mais do que podia aguentar. Ela estava com frio, molhada, sem poder colocar as mãos no dinheiro que era seu por direito, e agora um mordomo todo empolado insinuava que ela era uma *meretriz*?

– Deixe-me entrar neste instante! Está chovendo aqui fora.

– Estou vendo.

– Seu monstro – sibilou ela. – Quando eu vir o conde, ele...

– Rosejack, que diabo está acontecendo aqui?

Ellie quase desmaiou de alívio ao ouvir a voz de lorde Billington. Na verdade, teria mesmo desmaiado, se não tivesse certeza de que o mordomo se aproveitaria daquela fraqueza para empurrá-la para fora.

– Há uma criatura aqui na porta que se recusa a sair – respondeu Rosejack.

– Sou uma "dama", seu cretino! – exclamou Ellie, usando o punho para bater na parte de trás da cabeça dele.

– Por Deus – disse Charles –, abra a porta e deixe-a entrar.

Rosejack abriu a porta e Ellie caiu lá dentro, sentindo-se como um rato molhado em meio a um ambiente tão esplêndido e opulento. Havia belos tapetes no chão, uma pintura na parede que ela juraria ser de Rembrandt e o vaso que derrubara ao cair... Bem, ela tinha o mau pressentimento de que fora importado da China.

Ela ergueu o rosto, tentando desesperadamente tirar os cachos molhados da face. Charles parecia achar graça, e estava lindo e irritantemente seco.

– Milorde? – arfou ela, quase sem voz.

Não soou como ela mesma, a voz parecia áspera e rouca após suas discussões com Deus e com o mordomo.

Charles fitou-a.

– Perdão, madame – disse ele. – Nós nos conhecemos?

CAPÍTULO 3

Ellie nunca fora de perder a paciência. Ah, ela era, como o pai costumava dizer, um pouco tagarela, mas, no geral, comportava-se como uma dama sensata e equilibrada, nem um pouco dada a explosões e birras.

No entanto, este aspecto de sua personalidade não estava em evidência em Wycombe Abbey naquele momento.

– O quê?! Como ousa?! – bradou ela.

Levantando-se, a jovem se lançou em direção a lorde Billington. O conde tentou recuar, mas, atrapalhando-se por conta de sua lesão e da bengala, acabou no chão com ela.

Charles gemeu.

– Se fui jogado no chão – disse ele –, então deve ser a Srta. Lyndon.

– É claro que sou a Srta. Lyndon! – gritou ela. – Quem mais eu seria?

– Devo ressaltar que a senhorita está bem diferente.

Isso fez Ellie parar um pouco. Tinha certeza de que devia estar parecendo um rato molhado, com as roupas sujas de lama, o chapéu... Ela olhou em volta. Onde diabo estava o chapéu?

– Perdeu alguma coisa? – perguntou Charles.

– Meu chapéu – respondeu Ellie, de repente se sentindo muito encabulada.

Ele sorriu.

– Gosto mais da senhorita sem ele. Fiquei me perguntando de que cor era seu cabelo.

– É ruivo – disparou ela, pensando que aquela devia ser a afronta final.

Ela sempre odiara o próprio cabelo.

Charles tossiu para disfarçar outro sorriso. Ellie estava furiosa. Na verdade, muito mais do que furiosa, e ele não conseguia se lembrar da última vez que se divertira tanto. Bem, na realidade conseguia. Fora no dia anterior, quando caíra de uma árvore e tivera a sorte de aterrissar em cima dela.

Ellie estendeu a mão para tirar uma mecha úmida colada ao rosto e o movimento fez com que o vestido encharcado evidenciasse seu colo. Charles foi tomado por um calor repentino.

Ah, sim, pensou ele, ela daria uma ótima esposa.

– Milorde? – interveio o mordomo, abaixando-se para ajudar Charles. – Conhecemos essa pessoa?

– Receio que sim – respondeu Charles, ganhando com isso um olhar fulminante de Ellie. – Parece que a Srta. Lyndon teve um dia difícil. Talvez possamos lhe oferecer um pouco de chá. E – olhou para ela de maneira duvidosa – uma toalha.

– Isso seria ótimo – disse Ellie, empertigando-se. – Obrigada.

Charles observou-a se levantar.

– Creio que tenha pensado em minha proposta.

Rosejack parou imediatamente e se virou.

– Proposta? – falou ele, engasgando.

Charles sorriu.

– Sim, Rosejack. Espero que a Srta. Lyndon me dê a honra de se tornar minha esposa.

Rosejack ficou lívido.

Ellie fechou a cara para ele.

– Fui pega por uma tempestade – explicou ela, pensando que *isso* deveria ser evidente. – Em geral sou um pouco mais apresentável.

— Ela foi pega por uma tempestade — reforçou Charles. — E posso atestar o fato de que em geral é muito mais apresentável. Ela dará uma excelente condessa, eu lhe asseguro.

— Ainda não aceitei — murmurou Ellie.

Rosejack parecia prestes a desmaiar.

— Mas vai aceitar — disse Charles com um sorriso astuto.

— Como o senhor...

— Por que mais a senhorita teria vindo? — interveio ele. Então virou-se para o mordomo. — Rosejack, o chá, por favor. E não se esqueça de trazer uma toalha. Ou talvez duas. — E, quando observou que Ellie deixara pequenas poças pelo piso de parquê, acrescentou: — É melhor trazer logo uma pilha.

— Não vim aceitar sua proposta — esclareceu Ellie. — Só queria conversar com o senhor a respeito. Eu...

— É claro, minha querida — falou Charles. — Gostaria de me acompanhar até a sala de estar? Eu lhe ofereceria meu braço, mas receio que não possa garantir um grande apoio esses dias — observou ele, apontando a bengala.

Ellie expirou, um tanto frustrada, e o seguiu até uma sala próxima. Era decorada em tons de creme e azul, e ela não se atreveu a sentar-se.

— Não creio que meras toalhas serão suficientes, milorde — declarou ela, se recusando a pisar no tapete com suas saias pingando daquele jeito.

Charles a examinou, pensativo.

— Receio que esteja certa. Gostaria de uma muda de roupa? Minha irmã está casada e agora mora em Surrey, mas guarda alguns vestidos aqui. Calculo que vista seu tamanho.

Ellie não gostava da ideia de vestir a roupa de alguém sem pedir permissão, mas sua outra opção era acabar contraindo uma pneumonia. Olhou para seus dedos, que tremiam com o frio e a umidade, e assentiu.

Charles tocou a sineta e uma criada entrou logo depois na sala. Charles lhe deu instruções de levar Ellie ao quarto de sua irmã. Então, sentindo como se tivesse de alguma forma perdido o controle de seu destino, Ellie seguiu a criada.

Charles sentou-se em um sofá confortável, soltou um longo suspiro de alívio e enviou um silencioso agradecimento a quem quer que fosse o responsável por ela ter aparecido à sua porta. Começara a temer que tivesse que ir a Londres e se casar com uma daquelas horríveis debutantes que sua família insistia em atirar para cima dele.

Então assobiou enquanto esperava pelo chá e pela Srta. Lyndon. O que a levara até ali? Ele ainda estava embriagado quando lhe fizera aquele pedido de casamento bizarro no dia anterior, mas não estava tão bêbado a ponto de não conseguir avaliar os sentimentos dela.

Achara que ela iria recusar. Estava quase certo disso.

Ela era sensata. Isso ficara óbvio no momento em que se conheceram. O que a faria dar sua mão em casamento a um homem que mal conhecia?

Havia os motivos habituais, é claro. Ele tinha dinheiro e um título e, se ela se casasse com ele, também teria dinheiro e um título. Mas Charles não acreditava que fosse isso. Ele vira o desespero nos olhos da Srta. Lyndon quando ela...

Franziu a testa, depois riu enquanto se levantava para olhar pela janela. A Srta. Lyndon o atacara. Bem ali no saguão. Não havia outra palavra para isso.

O chá chegou poucos minutos depois e o conde instruiu a criada a deixá-lo na chaleira para continuar em infusão. Gostava de chá forte.

Alguns minutos depois, ouviu uma batida hesitante à porta. Ele se virou, surpreso com o som, uma vez que a criada havia deixado a porta aberta ao se retirar.

Ellie estava de pé junto à entrada, a mão levantada para bater de novo.

– Pensei que não tivesse me ouvido – disse ela.

– A porta estava aberta. Não havia necessidade de bater.

Ela deu de ombros.

– Não queria me intrometer.

Charles fez sinal para ela entrar, observando-a atravessar a sala com um olhar avaliador. O vestido de sua irmã ficara um tanto comprido, e ela precisava segurar a saia verde-clara enquanto caminhava. Foi quando ele notou que ela não usava sapatos. Engraçado como a visão de um pé podia causar aquela excitação em seu corpo...

Ellie o pegou olhando para seus pés e corou.

– Sua irmã tem pés pequenos e meus sapatos estavam encharcados.

Ele piscou, como se estivesse perdido em pensamentos, então balançou a cabeça e fitou-a.

– Não importa – disse ele, voltando a pousar seu olhar nos pés dela.

Ellie soltou a saia, perguntando-se que diabo havia de tão interessante em seus pés.

– A senhorita ficou encantadora com esse tom de menta – declarou ele, mancando para junto dela. – Deveria usá-lo com mais frequência.

– Todos os meus vestidos são escuros e práticos – informou Ellie, sua voz ao mesmo tempo irônica e melancólica.

– Que pena. Terei de comprar-lhe vestidos novos quando estivermos casados.

– Veja bem – protestou Ellie –, eu não aceitei sua proposta. Estou aqui só para... – Ela parou quando percebeu que estava gritando e continuou em um tom mais suave. – Estou aqui só para discutir isso com o senhor.

Ele abriu um sorriso.

– O que a senhorita quer saber?

Ellie expirou, desejando ter iniciado aquela conversa com um pouco mais de compostura. Não que isso fosse ajudar muito, pensou com certo pesar, depois da entrada que fizera. O mordomo nunca a perdoaria. Erguendo os olhos, ela disse:

– Importa-se se eu me sentar?

– É claro que não. Como fui rude. – Ele indicou o sofá e ela se acomodou. – Gostaria de tomar um chá? – perguntou Charles.

– Sim, adoraria. – Ellie estendeu a mão para a bandeja e começou a servir. Parecia um ato pecaminosamente íntimo servir chá para aquele homem estando na casa dele. – Leite?

– Por favor. Sem açúcar.

Ela sorriu.

– Também prefiro assim.

Charles tomou um gole e observou-a sobre a borda de sua xícara. Ela estava nervosa. Não podia culpá-la. Era uma situação bastante incomum, e ele a admirava por encarar tudo com tanta firmeza. Ele a viu esvaziar a xícara e depois disse:

– A propósito, seu cabelo não é ruivo.

Ellie engasgou.

– Como é que chamam mesmo? – indagou ele, pensativo, levantando a mão e esfregando os dedos no ar, como se isso pudesse ajudar sua mente. – Ah, sim, acobreado. Embora isso me pareça bastante inadequado.

– É ruivo – rebateu Ellie.

– Não, não. Na verdade não é. É...
– Ruivo.

Seus lábios se abriram em um sorriso debochado.

– Ruivo, então, se insiste.

Ellie sentiu-se estranhamente decepcionada por ele ter desistido. Sempre quisera que seu cabelo fosse mais exótico do que apenas ruivo. Era uma herança inesperada de algum antepassado irlandês havia muito esquecido. A única coisa boa em relação a isso era o fato de ser uma constante fonte de irritação para seu pai, que chegava a ter náuseas à menor insinuação de que poderia ter algum ancestral católico.

Ellie sempre gostara da ideia de ter um tratante católico escondido em sua árvore genealógica. Sempre gostara da ideia de existir um componente fora do comum, qualquer coisa que pudesse acabar com a monotonia de sua vida enfadonha. Olhou para lorde Billington, que se esparramara de modo elegante na cadeira à sua frente.

Aquele homem definitivamente se qualificava como extraordinário. Assim como a situação em que ele a colocara. Ele tinha um rosto lindo e seu charme... bem, não havia dúvida de que era letal. Ainda assim, ela precisava conduzir aquela conversa como a mulher sensata que era.

Limpou a garganta.

– Creio que estávamos discutindo...

Ela franziu a testa. Mas sobre que diabo estavam discutindo?

– Sobre seu cabelo, na realidade – disse ele.

Ellie sentiu o rosto queimar.

– Certo. Bem... Hum...

Charles sentiu pena dela e falou:

– Não imagino que queira me contar o que a levou a considerar minha proposta.

Ela ergueu os olhos de forma brusca.

– O que o faz pensar que houve um incidente específico?

– O desespero em seus olhos.

A jovem não podia fingir-se ofendida com aquela declaração, pois sabia que era verdadeira.

– Meu pai vai se casar novamente no mês que vem – revelou ela após um longo suspiro. – E a noiva dele é uma bruxa.

Os lábios de Charles se contraíram.

– Tão ruim assim?

Ellie teve a sensação de que ele achou que estava exagerando.

– Não estou brincando. Ontem ela me mostrou duas listas. A primeira consistia de tarefas que devo passar a executar, além das que já faço.

– Ela lhe disse para limpar a chaminé? – provocou Charles.

– Sim! – disparou Ellie. – E não foi uma piada! E então, quando ressaltei que eu não caberia na chaminé, teve a audácia de dizer que como demais.

– Acho que a senhorita é do tamanho perfeito – murmurou ele.

Mas ela não o ouviu e, provavelmente, foi melhor assim. Ele não precisava assustá-la. Não quando estava tão perto de ter o nome dela naquela abençoada certidão de casamento.

– Qual era a outra lista? – perguntou.

– Possíveis pretendentes – respondeu ela com uma voz cheia de desgosto.

– Eu estava nela?

– Claro que não. Ela só listou homens com quem pensou que eu pudesse ter alguma chance.

– Ah, céus.

Ellie franziu a testa.

– Ela não tem uma opinião muito boa a meu respeito.

– Estremeço só de pensar em quem estava na lista.

– Vários homens com mais de 60 anos, um com menos de 16 e um que é meio bobo da cabeça.

Charles não pôde deixar de rir.

– Isso não é engraçado! – exclamou Ellie. – E nem mencionei aquele que batia na primeira esposa.

O bom humor de Charles desapareceu de imediato.

– A senhorita não se casará com alguém que vai lhe bater.

Os lábios de Ellie se entreabriram de surpresa. O tom dele foi quase possessivo. Que estranho.

– Asseguro-lhe que não. Se me casar, será com o homem que eu escolher. E receio dizer, milorde, que, de todas as minhas opções, o senhor me parece a melhor.

– Sinto-me lisonjeado – murmurou ele.

– Eu não achava que *teria* que me casar com o senhor, entende?

Charles franziu a testa, pensando que ela não precisava parecer tão resignada.

– Tenho algum dinheiro – continuou ela. – O suficiente para me manter por algum tempo. Pelo menos até minha irmã e o marido voltarem das férias.

– Que será em...

– Três meses – concluiu Ellie. – Ou talvez um pouco mais. O bebê deles tem um pequeno problema respiratório, e o médico achou que um clima mais quente lhe faria bem.

– Espero que não seja grave.

– Não – disse Ellie, com um aceno reconfortante. – Uma dessas coisas que melhora com a idade. Mas ainda me encontro numa situação complicada.

– Não entendo.

– Meu procurador não vai liberar meu dinheiro.

Ellie relatou os acontecimentos daquele dia, deixando de lado sua discussão indigna com o Senhor. Ele não precisava saber de tudo sobre ela. Melhor não dizer algo que pudesse levá-lo a pensar que ela era um tanto desmiolada.

Charles escutou tudo em silêncio.

– O que exatamente quer que eu faça pela senhorita? – perguntou quando ela terminou.

– Seria perfeito se o senhor pudesse entrar no escritório do procurador e exigir que ele liberasse meus fundos. Então eu poderia morar com tranquilidade em Londres, esperando pela volta da minha irmã.

– E não vai se casar comigo? – indagou ele com um sorriso malicioso.

– O senhor não aceitará isso, não é?

Ele balançou a cabeça.

– Podemos, então, fazer da seguinte forma: nós nos casamos, o senhor resgata meu dinheiro e, assim que sua herança estiver segura, pedimos a anulação... – declarou ela, tentando soar convincente, mas parando de falar quando o viu balançar a cabeça de novo.

– Esse cenário apresenta dois problemas – disse ele.

– Dois? – indagou ela.

Ellie poderia conseguir contornar um, mas dois? Seria difícil.

– O testamento do meu pai aborda especificamente a possibilidade de eu entrar em um casamento armado apenas para receber minha herança. Se eu obtiver uma anulação, meus bens serão tomados e passados para o meu primo.

Ellie foi tomada pelo desânimo.

– Em segundo lugar – continuou ele –, uma anulação exigiria que não consumássemos nosso casamento.

Ela engoliu em seco.

– Não vejo problema nisso.

O conde se inclinou para a frente, os olhos ardendo com algum sentimento que ela não reconheceu.

– Não? – perguntou ele com gentileza.

Ellie não gostou do frio que sentiu na barriga. O conde era bonito demais, bonito demais para *ela*.

– Se nos casarmos – começou ela, de repente ansiosa para mudar de assunto –, o senhor terá que resgatar meu dinheiro para mim. Pode fazer isso? Porque não me casarei se não puder.

– Posso prover seu sustento de forma generosa sem esse dinheiro – ressaltou Charles.

– Mas é meu, e trabalhei duro por ele. Não vou deixar meu dinheiro apodrecer nas mãos de Tibbett.

– Claro que não – murmurou Charles, parecendo se esforçar muito para não rir.

– É uma questão de princípios.

– E princípio é o que importa para a senhorita, não é?

– Com certeza. – Ela fez uma pausa. – É claro que princípios não colocam comida na mesa. Se colocassem, eu não estaria aqui.

– Muito bem. Recuperarei seu dinheiro. Não deve ser tão difícil.

– Para o senhor, talvez seja fácil – falou Ellie de maneira nada elegante. – Não consegui fazer o maldito homem reconhecer que eu era mais inteligente do que uma ovelha.

Charles riu.

– Não tenha medo, Srta. Lyndon, não cometerei o mesmo erro.

– E esse dinheiro continuará sendo meu – insistiu Ellie. – Sei que, quando nos casarmos, todas as minhas posses, ainda que escassas, se tornarão suas, mas gostaria de uma conta separada em meu nome.

– Combinado.

– E o senhor garantirá que o banco saiba que tenho controle total sobre esses fundos?

– Se a senhorita assim desejar.

Ellie fitou-o com desconfiança. Charles captou o olhar e declarou:

– Meu próprio dinheiro é mais do que suficiente, desde que nos casemos logo. Não preciso do seu.

Ela deu um suspiro aliviado.

– Que bom. Gosto de fazer investimentos. E não quero precisar da sua assinatura toda vez que quiser fazer uma transação.

Charles ficou boquiaberto.

– A senhorita faz investimentos?

– Sim, e sou muito boa nisso, se quer saber. Tive um bom lucro com o açúcar no ano passado.

Charles sorriu, incrédulo. Eles se dariam muito bem. O tempo que passaria com sua nova esposa seria mais do que agradável, e parecia que ela teria com o que se ocupar enquanto ele estivesse cuidando de seus próprios negócios em Londres. A última coisa de que precisava era ficar preso a uma mulher que se lamentasse toda vez que fosse deixada sozinha.

Ele estreitou os olhos.

– A senhorita não é daquele tipo de mulher que quer administrar tudo, não é?

– O que isso quer dizer?

– A última coisa de que preciso é uma mulher que queira assumir o controle da minha vida. Preciso de uma esposa, não de uma governanta.

– O senhor é bem exigente para alguém que tem apenas quatorze dias antes de perder a fortuna para sempre.

– Casamento é para a vida inteira, Eleanor.

– Acredite em mim, eu sei.

– E então? É?

– Não – disse ela, parecendo querer revirar os olhos. – Não sou. O que não quer dizer que eu não queira administrar a *minha* vida, é claro.

– Claro – murmurou ele.

– Mas não interferirei na sua. Nem saberá que estou aqui.

– Disso, eu duvido.

Ela franziu a testa.

– O senhor sabe o que quero dizer.

– Muito bem – falou ele. – Acho que estamos firmando um acordo bastante justo. Eu me caso com a senhorita e a senhorita recebe seu dinheiro. A senhorita se casa comigo e eu recebo meu dinheiro.

Ellie piscou.

– Realmente não tinha pensado nas coisas dessa forma, mas sim, é basicamente isso.

– Ótimo. Temos um acordo?

Ellie engoliu em seco, tentando ignorar a sensação de que acabara de vender sua alma ao diabo. Como o conde acabara de ressaltar, casamento era para a vida inteira, e só conhecia aquele homem havia dois dias. Ela fechou os olhos por um instante, depois assentiu.

– Excelente. – Charles sorriu ao se levantar, apoiando-se no braço da cadeira enquanto firmava a bengala. – Devemos selar nosso acordo de uma maneira mais festiva.

– Champanhe? – perguntou Ellie, repreendendo-se por soar tão esperançosa.

Ela sempre quis saber qual era o gosto.

– Uma boa ideia – murmurou ele, atravessando a sala em direção ao sofá onde ela estava. – Tenho certeza de que tenho algum por aqui. Mas eu estava pensando em algo um pouco diferente.

– Diferente?

– Mais íntimo.

Ela parou de respirar.

Ele se sentou ao lado dela.

– Creio que um beijo seria apropriado.

– Ah – falou Ellie. – Não é necessário.

E, só para o caso de ele não entender, balançou bem a cabeça.

Ele, então, segurou o queixo dela de maneira suave, mas firme.

– *Au contraire*, minha esposa, acho que é muito necessário.

– Não sou sua...

– Mas será.

Ela não tinha como argumentar.

– Devemos ter certeza de que nos entendemos, não acha? – explicou ele, se inclinando para perto.

– Tenho certeza de que vamos nos entender. Não precisamos...

Ele encurtou a distância entre eles.

– Alguém já lhe disse que a senhorita fala muito?

– Ah, o tempo todo – respondeu ela, desesperada por fazer ou falar qualquer coisa para evitar que ele a beijasse. – Na verdade...

– E nas ocasiões mais inoportunas também – acrescentou ele, balançando a cabeça de maneira docemente repreendedora.

– Bem, não tenho uma noção muito boa de momento apropriado. Basta olhar para...

– Silêncio.

Ele falou com uma autoridade tão suave que ela obedeceu. Ou talvez tenha sido por causa de seus olhos ardentes. Ninguém olhara para Eleanor Lyndon daquela maneira antes. Foi mais do que surpreendente.

Os lábios dele roçaram os seus, e ela sentiu um formigamento na espinha enquanto ele levava a mão ao pescoço dela.

– Ah, meu Deus – sussurrou Ellie.

Ele riu.

– A senhorita fala enquanto beija também.

– Ah. – Ela ergueu os olhos, ansiosa. – Eu não deveria?

Ele deu uma risada e se afastou dela.

– Na verdade – disse –, acho encantador.

– Ah – repetiu ela.

– Devemos tentar de novo? – perguntou ele.

Ellie pensou que já tinha esgotado todos os seus protestos com o beijo anterior. Além disso, agora que experimentara uma vez, estava mais curiosa. Então acenou ligeiramente a cabeça.

Os olhos dele brilharam com algo muito masculino e possessivo, e sua boca tocou os lábios dela mais uma vez. Este beijo foi tão suave quanto o anterior, mas tão mais profundo. A língua de Charlie roçou a linha dos lábios dela até Ellie entreabri-los com um suspiro. Então ele entrou, explorando sua boca com indolente confiança.

Ellie entregou-se ao momento, derretendo-se contra o corpo firme dele. Charlie era quente e forte, e havia algo excitante na maneira como as mãos dele pressionavam as costas dela. Ellie sentia sua pele queimar, como se de alguma forma estivesse sendo marcada como dele.

A paixão dele parecia cada vez mais intensa... e assustadora. Ellie nunca beijara um homem antes, mas podia ver que ele era um especialista no assunto. Ela não tinha ideia do que fazer; ele sabia demais... O corpo dela enrijeceu, sentindo que aquilo tudo passava da conta. Não estava certo. Ela não o conhecia e...

Charles se afastou, notando sua mudança de comportamento.

– A senhorita está bem? – sussurrou ele.

Ellie tentou se lembrar de como respirar, e finalmente encontrou sua voz novamente.

– O senhor já fez isso antes, não é? – Então fechou os olhos por um momento e murmurou: – O que estou dizendo? É claro que já.

Ele assentiu, tremendo com uma risada silenciosa.

– Isso é um problema?

– Não sei. Tenho a sensação de que sou uma espécie de... – interrompeu-se ela.

– Uma espécie de quê?

– Prêmio.

– Bem, a senhorita com certeza é – disse Charles, num tom que deixava claro que aquilo era um elogio.

Mas Ellie não encarou dessa forma. Não gostava de pensar em si mesma como um objeto a ser conquistado. E não apreciava, em particular, o fato de Charles quase fazê-la perder a razão ao beijá-la. Afastou-se rapidamente e sentou-se na cadeira em que ele estivera antes. Ainda conservava o calor do corpo de Charles, e ela podia jurar que sentia o cheiro dele, e...

Ela balançou ligeiramente a cabeça. Mas que diabo aquele beijo fizera com sua mente? Pensamentos surgiam de todos os lados, sem uma direção sensata. Ela não sabia se gostava de si mesma daquela maneira, tola e ofegante. Procurou se recompor e ergueu os olhos para ele.

Charles franziu as sobrancelhas.

– Vejo que tem algo importante a me dizer.

Ellie franziu a testa. Era assim tão transparente?

– Sim – disse ela. – Sobre esse beijo...

– Eu ficaria mais do que feliz em falar sobre esse beijo – declarou ele.

E ela não tinha certeza se ele estava rindo ou sorrindo ou... Ela estava fazendo aquilo de novo. Perdendo sua linha de raciocínio. Isso era perigoso.

– Não pode acontecer de novo – despejou ela.

– É mesmo? – indagou ele.

– Se nos casarmos...

– A senhorita já concordou com isso – interrompeu ele, a voz soando muito perigosa.

– Sei disso, e não sou de voltar atrás na minha palavra. – Ellie engoliu em seco, percebendo que era exatamente o que ameaçava fazer. – Mas não posso me casar com o senhor a menos que concorde que nós... que nós...

– Que não consumemos o casamento? – concluiu ele sem rodeios.

– Sim! – exclamou ela, tomada pelo alívio. – Sim, é isso.

– Está fora de questão.

– Não seria para sempre – acrescentou Ellie rapidamente. – Apenas até eu me acostumar com... o casamento.

– Com o casamento? Ou comigo?

– Os dois.

Ele ficou em silêncio por um minuto.

– Não estou pedindo muito – disse ela, desesperada para quebrar o silêncio. – Não quero uma mesada generosa. Não preciso de joias ou vestidos...

– A senhorita precisa de vestidos – interveio ele.

– Está certo – concordou ela, pensando que seria maravilhoso usar algo que não fosse marrom. – Preciso de vestidos, mas de mais nada.

Ele a encarou.

– *Eu* preciso de mais.

Ela engoliu em seco.

– E o senhor terá. Apenas não de imediato.

Ele uniu as pontas dos dedos. Era um costume que, na mente dela, pertencia exclusivamente a ele.

– Muito bem – disse Charles –, eu concordo. Desde que me conceda um pedido também.

– Qualquer coisa. Bem, quase tudo.

– Suponho que a senhorita me informará quando estiver pronta para consumar nosso casamento.

– Hã... sim...

Ela ainda não havia pensado sobre isso. Era difícil pensar em qualquer coisa quando ele estava sentado diante dela, encarando-a de forma tão intensa.

– Em primeiro lugar, devo insistir que sua não participação no ato conjugal não seja perpetuada.

Ellie estreitou os olhos.

– O senhor estudou direito? Isso soa extremamente legal.

– Um homem na minha posição deve providenciar um herdeiro, Srta. Lyndon. Seria tolo de minha parte entrar em tal acordo sem que a senhorita me garantisse que nossa abstinência não seria uma situação permanente.

– É claro – concordou ela em voz baixa, tentando ignorar a inesperada sensação de tristeza em seu peito.

47

Ela imaginou que havia despertado uma paixão profunda nele. Mas devia saber que não era bem isso. Ele tinha outros motivos para beijá-la.

– Eu... não vou fazê-lo esperar para sempre.

– Que bom. E agora a segunda parte da minha condição.

Ellie não gostou da maneira como ele a olhava.

Charles se inclinou para a frente.

– Reservo-me o direito de tentar convencê-la do contrário.

– Não entendi o que quer dizer.

– Não? Venha aqui.

Ela balançou a cabeça.

– Não acho que seja uma boa ideia.

– Venha aqui, Eleanor.

O uso de seu primeiro nome a surpreendeu. Ela não lhe dera permissão para isso, e, no entanto, concordara em se casar com ele, então supôs que não deveria se esquivar.

– Eleanor – repetiu ele, ficando impaciente com a distração dela.

Como a jovem continuou parada, ele estendeu o braço, agarrou sua mão e puxou-a, por cima da mesinha de mogno, para o seu colo.

– Lorde Billing...

Charles cobriu a boca de Ellie enquanto seus lábios encontravam a orelha dela.

– Quando falei que me reservava o direito de tentar convencê-la do contrário – sussurrou ele –, quis dizer isso.

Ele a beijou de novo e Ellie perdeu toda a capacidade de pensar. O conde interrompeu o beijo abruptamente, deixando-a trêmula. Charles sorriu.

– É justo?

– Eu... hã...

Ele parecia se divertir com a perplexidade dela.

– É a única maneira de eu aceitar seu pedido.

Ellie assentiu, desajeitada. Afinal, com que frequência ele iria querer beijá-la? Levantou-se, ainda sem chão.

– É melhor eu ir para casa.

– De fato. – Charles olhou pela janela. O tempo tinha melhorado, mas o sol começava a se pôr. – Quanto ao restante dos detalhes de nosso acordo, podemos decidi-los com o tempo.

Surpresa, Ellie perguntou:

– Detalhes?

– Presumi que uma mulher de sua suscetibilidade gostaria de conhecer seus deveres.

– O senhor também terá "deveres", imagino.

Charles deu um meio sorriso irônico.

– Mas é claro.

– Que bom.

O conde segurou o braço dela e acompanhou-a até a porta.

– Uma carruagem a levará para casa agora e retornará para buscá-la amanhã.

– Amanhã? – questionou ela, espantada.

– Não tenho tempo a perder.

– Não precisamos de uma licença?

– Eu tenho uma. Só preciso preencher com seu nome.

– O senhor pode fazer isso? – perguntou, confusa. – Isso é legal?

– Pode-se fazer bastante coisa quando se conhece as pessoas certas.

– Mas precisarei me preparar. Arrumar minhas coisas.

Arrumar algo para vestir, acrescentou silenciosamente. Não tinha nada adequado para se casar com um conde.

– Muito bem – disse ele –, depois de amanhã.

– Muito cedo – falou Ellie, colocando as mãos nos quadris numa tentativa de parecer firme.

Ele cruzou os braços.

– Daqui a três dias, e essa é minha oferta final.

– Acredito que tenhamos um acordo, milorde – disse Ellie com um sorriso.

Passara os últimos cinco anos investindo de forma clandestina. Palavras como *oferta final* eram confortáveis e familiares. Muito mais do que *casamento*.

– Mas, se preciso esperar três dias, devo exigir algo em troca.

Ela estreitou os olhos.

– Não é muito educado firmar um acordo e depois acrescentar outros termos.

– Creio que é exatamente o que a senhorita fez no que diz respeito à consumação de nosso casamento.

O rosto dela corou.

– Certo. E qual é a sua exigência?

– Nada demais, asseguro-lhe. Apenas uma tarde em sua companhia. Afinal, eu devo cortejá-la, não devo?

– Creio que podemos chamar assim...

– Amanhã – interrompeu ele. – Vou buscá-la à uma hora.

Ellie assentiu, achando melhor não se arriscar a dizer nada.

Poucos minutos depois, uma carruagem se aproximou e Charles observou um criado ajudá-la a subir. Apoiou-se na bengala, flexionando o tornozelo. Era melhor ficar bom da maldita torção logo; parecia que teria que perseguir sua esposa pela casa.

Ele permaneceu nos degraus da frente por vários minutos após a carruagem desaparecer de vista, vendo o sol que pairava no horizonte e pintava o céu.

O cabelo dela, pensou de repente. O cabelo de Eleanor era da cor exata do sol em sua hora preferida do dia.

Seu coração se encheu de inesperada alegria, e ele sorriu.

CAPÍTULO 4

Quando Ellie chegou em casa naquela noite, estava uma pilha de nervos. Uma coisa era concordar com aquele esquema louco de se casar com lorde Billington. Outra bem diferente era encarar calmamente seu pai severo e dominador e informá-lo de seus planos.

Para seu azar, a Sra. Foxglove já havia voltado, provavelmente para dizer ao reverendo como a filha dele era má e ingrata. Ellie ouviu com paciência as injúrias da futura madrasta até ela esbravejar:

– Sua filha – disse, apontando o dedo gordo na direção de Ellie – terá que se endireitar. Não sei como poderei viver em paz com ela em *minha* casa, mas...

– Não será preciso – interrompeu Ellie.

A Sra. Foxglove virou a cabeça, os olhos piscando, furiosos.

– Perdão?

– A senhora não terá que conviver comigo – informou Ellie. – Sairei de casa depois de amanhã.

– E aonde pensa que vai? – exigiu saber o Sr. Lyndon.

– Vou me casar.

Aquilo fez os dois se calarem.

– Em três dias. Vou me casar em três dias – acrescentou Ellie, quebrando o silêncio.

A Sra. Foxglove recuperou seu amplo poder de discurso e disse:

– Não seja ridícula. Sei que não tem pretendentes.

Ellie se permitiu abrir um pequeno sorriso.

– Receio que esteja enganada.

– E poderia nos contar o nome desse pretendente? – interrompeu o Sr. Lyndon.

– Estou surpresa que não tenham notado a carruagem dele quando cheguei em casa esta noite. É o conde de Billington.

– Billington? – repetiu o reverendo, incrédulo.

– Billington? – guinchou a Sra. Foxglove, incapaz de decidir se ficava encantada com o fato de que logo teria uma ligação com a aristocracia ou furiosa com Ellie pela audácia de tal reviravolta.

– Billington – disse Ellie com firmeza. – Creio que nos entenderemos muito bem. Agora, se os dois me derem licença, tenho que arrumar minhas coisas.

Ela estava na metade do caminho para o quarto quando ouviu o pai chamar seu nome. Ao se virar, ela o viu afastar a mão da Sra. Foxglove e seguir em sua direção.

– Eleanor – falou ele, com o rosto pálido e as rugas em torno dos olhos mais profundas do que de costume.

– Sim, papai?

– Eu... eu sei que fiz coisas terríveis com sua irmã. E... – Ele parou e limpou a garganta. – Ficaria honrado se me permitisse realizar a cerimônia na quinta-feira.

Ellie teve que se esforçar para conter as lágrimas. Seu pai era orgulhoso, e admitir sua culpa e fazer um pedido como aquele só poderiam ter vindo do fundo do coração.

– Não sei o que o conde planejou, mas ficaria honrada se o senhor realizasse a cerimônia. – Ela segurou a mão do pai. – Significaria muito para mim.

O reverendo assentiu e Ellie percebeu que havia lágrimas em seus olhos. Num impulso, ela ficou na ponta dos pés e lhe deu um beijo rápido no rosto. Havia muito tempo não fazia isso. Tempo de mais, percebeu, e prometeu que, de alguma forma, faria seu casamento dar certo. Quando tivesse a própria família, seus filhos não teriam medo de dizer aos pais o que sentiam. Só esperava que o conde pensasse da mesma maneira.

Charles logo percebeu que tinha esquecido de pedir a Ellie seu endereço, mas não foi difícil encontrar a residência do vigário de Bellfield. Ele bateu à porta à uma hora em ponto e ficou surpreso quando ela foi aberta não por Ellie, não por seu pai, mas por uma mulher rechonchuda e de cabelos escuros, que imediatamente gritou:

– Você deve ser o *connndeee*.

– Suponho que sim.

– Não consigo dizer como estamos *felizes* e *honrados* por se juntar à nossa humilde e pequena *família*.

Charles olhou em volta, perguntando-se se estava na casa errada. Aquela criatura não podia ser parente de Ellie. A mulher estendeu a mão para pegar seu braço, mas ele foi salvo por um som vindo do outro lado da sala, que só poderia ser descrito como um gemido mal contido.

Ellie. Graças a Deus.

– Sra. Foxglove – disse ela, a voz irritada, atravessando rapidamente a sala.

Ah, Sra. Foxglove. Aquela devia ser a terrível noiva do reverendo.

– Aí vem minha querida filha – falou a mulher mais velha, virando-se para Ellie com os braços abertos.

Ellie esquivou-se com um habilidoso passo para o lado.

– A Sra. Foxglove é minha futura *madrasta* – ressaltou ela. – Passa bastante tempo por aqui.

Charles conteve um sorriso, pensando que os dentes de Ellie virariam pó se continuasse a trincá-los daquele jeito, olhando furiosa para a Sra. Foxglove.

A mulher virou-se para Charles e disse:

– A mãe da querida Eleanor faleceu há muitos anos. Sinto-me encantada por ser como uma mãe para ela.

Charles olhou para Ellie, que parecia prestes a explodir.

– Meu coche está esperando lá fora – falou ele com gentileza. – Pensei que poderíamos fazer um piquenique no prado. Talvez devêssemos...

– Tenho uma pequena imagem de minha mãe – interrompeu Ellie, olhando para a futura madrasta enquanto dirigia suas palavras a Charles. – Caso o senhor queira ver como ela era.

– Isso seria maravilhoso – respondeu ele. – E poderemos sair em seguida.

– O senhor deveria esperar pelo reverendo – disse a Sra. Foxglove enquanto Ellie atravessava a sala e pegava uma pequena pintura em uma prateleira. – Ele ficará aborrecido se não o encontrar.

Charles ficara mesmo surpreso com o fato de o Sr. Lyndon não estar presente. Se *ele* tivesse uma filha que planejasse se casar de repente, ia querer dar uma boa olhada no noivo.

O conde se permitiu um discreto sorriso ao pensar em ter uma filha. A paternidade parecia uma coisa estranha.

– Meu pai estará aqui quando voltarmos – informou Ellie. Em seguida, virou-se para Charles e acrescentou: – Ele saiu para visitar alguns paroquianos. Geralmente não o deixam voltar logo.

A Sra. Foxglove parecia querer dizer algo, mas foi interrompida por Ellie, que passou por ela de forma brusca, estendendo uma pequena pintura.

– Esta é minha mãe – disse a Charles.

Ele pegou o quadro das mãos dela e olhou para a mulher de cabelos negros no retrato.

– Ela era muito bonita – afirmou ele em voz baixa.

– Era, sim.

– Era bem morena.

– Sim. Minha irmã Victoria se parece com ela. Tenho certeza de que isso aqui – Ellie tocou num pedaço de cabelo que escapara de seu coque bem-feito – foi uma grande surpresa.

Charles se curvou para beijar a mão dela.

– Uma surpresa encantadora.

– Sim – disse a Sra. Foxglove em voz alta, não gostando nem um pouco de ser ignorada –, nunca soubemos o que fazer com o cabelo de Eleanor.

– Sei exatamente o que fazer com ele – murmurou Charles, de modo tão suave que apenas Ellie pôde ouvi-lo.

Ela corou na mesma hora. Charles sorriu e disse:

– É melhor irmos logo. Sra. Foxglove, foi um prazer.

– Mas o senhor acabou...

– Vamos, Eleanor? – Ele a pegou pela mão e a levou porta afora. Assim que se afastaram da Sra. Foxglove, ele deixou escapar uma risada descontraída e falou: – Escapamos por pouco. Pensei que ela nunca nos deixaria ir.

Ellie olhou-o com ar irritado, as mãos nos quadris.

– Por que disse aquilo?

– O quê? Aquele comentário sobre o seu cabelo? Adoro provocá-la. Ficou constrangida?

– Claro que não. Nesses três dias, desde que o conheci, já me acostumei às suas declarações atrevidas.

– Então qual é o problema?

– O senhor me fez corar – explicou, furiosa.

– Pensei que estivesse acostumada às minhas declarações atrevidas, como tão delicadamente disse.

– Estou. Mas isso não significa que não vou corar.

Charles piscou e olhou à esquerda dela, como se estivesse falando com alguém imaginário.

– Ela está falando a minha língua? Juro que perdi o rumo dessa conversa.

– Ouviu o que ela disse sobre o meu cabelo? – indagou Ellie. – "Nunca soubemos o que fazer com o cabelo de Eleanor." Como se estivesse presente em minha vida há anos. Como se eu fosse deixá-la ocupar um lugar.

– Sim...? – incentivou Charles.

– Eu queria perfurá-la com meu olhar, esfolá-la com minha cara fechada, empalá-la com uma... *O que* o senhor está fazendo?

Charles teria respondido, mas ria tanto que estava com o corpo curvado.

– O rubor arruinou todo o efeito – resmungou ela. – Como eu poderia tratá-la com a frieza adequada quando minhas bochechas estavam da cor de fogo? Agora aquela mulher nunca saberá quanto estou furiosa com ela.

– Ah, eu diria que ela sabe – afirmou Charles sem fôlego, ainda rindo da tentativa de indignação de Ellie.

– Não tenho certeza se aprovo o senhor não levar a sério minha situação deplorável.

– Não tem *certeza*? Parece bem claro para mim. – Ele estendeu a mão e roçou o dedo indicador no canto da boca de Ellie. – Sua cara fechada é bem expressiva.

Ellie não sabia o que dizer, e *detestava* não saber o que dizer, então só cruzou os braços e deixou escapar um som indignado:

– Humpf.

Ele deu um suspiro dramático.

– A senhorita ficará mal-humorada a tarde toda? Porque, se for ficar, trouxe por acaso o *Times* para nosso piquenique, e posso lê-lo enquanto fita o campo e pensa nas cinquenta maneiras diferentes como gostaria de matar sua futura madrasta.

Ellie ficou atônita, mas logo se recompôs e replicou:

– Tenho no mínimo oitenta métodos em mente, se quer saber, e não me importo que leia o jornal, desde que *eu* fique com as páginas da seção financeira.

Ela se permitiu abrir um breve sorriso.

Charles riu enquanto lhe oferecia o braço.

– Na verdade, eu planejava verificar alguns dos meus investimentos, mas não me importaria de compartilhar as páginas com a senhorita.

Ellie pensou em quão perto teriam que ficar um do outro, sobre a toalha de piquenique, para ler o jornal juntos.

– Aposto que não – murmurou ela.

Então se sentiu estúpida, pois tal comentário implicava que ele queria seduzi-la, e ela estava se dando conta de que, na mente de Charles, as mulheres eram como mercadorias. Ah, ele iria se casar com ela, isso era verdade, porém Ellie tinha a desanimadora desconfiança de que fora escolhida porque era conveniente. Afinal, ele mesmo lhe dissera que tinha apenas quinze dias para encontrar uma noiva.

Ele parecia gostar de beijá-la, mas provavelmente gostaria de beijar qualquer mulher, exceto a Sra. Foxglove. E ele lhe explicara de modo claro o principal motivo pelo qual queria consumar o casamento. O que ele dissera mesmo? Um homem em sua posição devia providenciar um herdeiro.

– A senhorita parece séria – comentou Charles, fazendo-a erguer os olhos para ele e piscar várias vezes.

Ela tossiu e tocou a cabeça por reflexo.

– Ah, céus! – disparou de repente. – Esqueci meu chapéu.

– Não se preocupe com isso – tranquilizou Charles.

– Não posso sair sem ele.

– Ninguém vai vê-la. Só vamos ao prado.

– Mas...

– Mas o quê?

Ela expirou, irritada.

– Vou ficar cheia de sardas.

– Isso não me incomoda – disse ele, dando de ombros.

– Mas *me* incomoda!

– Não se preocupe. As sardas estarão no seu rosto, então não terá que vê-las.

Ellie encarou-o, perplexa ante sua falta de lógica.

– O fato é que eu gosto de ver seu cabelo – continuou ele.

– Mas ele é...

– Ruivo – concluiu Charles. – Eu sei. Gostaria que não insistisse em dizer que seu cabelo é dessa cor comum quando, na verdade, é muito mais do que isso.

– Milorde, é apenas cabelo.

– É mesmo? – murmurou ele.

Ellie revirou os olhos, concluindo que já era hora de mudar de assunto.

– Como está seu tornozelo? Notei que não está usando a bengala.

– Muito bem. Ainda sinto um pouco de dor, e às vezes manco um pouco, mas está tudo bem. Nem parece que caí de uma árvore.

Ela franziu os lábios, exasperada.

– O senhor não devia escalar árvores quando bebe uísque.

– Já soa como uma esposa – murmurou Charles, ajudando-a a subir no coche.

– É preciso praticar, não é? – replicou ela, determinada a não deixá-lo ter a última palavra, ainda que suas próprias palavras não fossem muito inspiradas.

– Suponho que sim. – Ele baixou os olhos e fingiu inspecionar o tornozelo, então subiu no coche. – Acho que a queda não causou nenhum dano permanente. Mas – acrescentou de modo travesso – o restante do meu corpo está cheio de marcas roxas e azuladas da contenda de ontem.

– Contenda? – perguntou Ellie, ao mesmo tempo surpresa e preocupada. – O que aconteceu? O senhor está bem?

Ele deu de ombros e suspirou, fingindo resignação, enquanto sacudia as rédeas e colocava os cavalos em movimento.

– Fui atirado no tapete por uma mulher impetuosa, de cabelos ruivos.

– Ah. – Ela engoliu em seco e olhou para fora, vendo a aldeia de Bellfield passar. – Perdoe-me. Estava fora de mim naquela hora.

– Verdade? Eu diria que era definitivamente a senhorita.

– Perdão?

Ele sorriu.

– Já notou que sempre diz "Perdão" quando não sabe o que falar?

Ellie se deteve uma fração de segundo antes de dizer "Perdão" de novo.

– Não está acostumada a não saber o que dizer, não é? – Ele não lhe deu tempo de responder. – É bastante divertido desconcertá-la.

– O senhor não me desconcerta.

– Não? – murmurou ele, tocando o canto da boca de Ellie. – Então por que seus lábios tremem como se quisesse muito falar algo mas não soubesse exatamente como fazê-lo?

– Sei exatamente o que quero dizer, sua peste.

– Eu me corrijo – continuou ele com uma risada divertida. – Evidentemente, a senhorita está no mais absoluto controle de seu extenso vocabulário.

– Por que tudo precisa ser um jogo para o senhor?

– Por que não? – rebateu ele.

– Porque... porque...

Ellie parou de falar quando percebeu que não tinha uma resposta pronta.

– Porque o quê? – insistiu ele.

– Porque o casamento é algo sério. Muito sério.

A resposta dele foi rápida e em voz baixa.

– Acredite em mim, ninguém sabe disso tão bem quanto eu. Se a senhorita desistisse do casamento, eu ficaria com um amontoado de pedras e sem capital para conservá-lo.

– Wycombe Abbey merece um apelido mais gracioso do que "amontoado de pedras" – disse Ellie de modo automático.

Sempre tivera enorme admiração pela grande arquitetura, e aquela era uma das mais belas construções do distrito.

Ele a encarou com um olhar penetrante.

– Será literalmente um amontoado de pedras se eu não tiver dinheiro para mantê-la.

A jovem teve a nítida impressão de que ele a alertava. O conde ficaria muito insatisfeito com ela se desistisse do casamento. Ela não tinha dúvidas de que ele poderia transformar sua existência no mais absoluto inferno se assim quisesse, e Ellie tinha a sensação de que, se o deixasse no altar, só o rancor já seria motivação suficiente para ele dedicar sua vida a arruinar a dela.

– Não precisa se preocupar – disse ela, resoluta. – Nunca quebrei minhas promessas, e não pretendo começar a fazer isso agora.

– Fico muito aliviado, milady.

Ellie franziu a testa. O conde não parecia aliviado. Soava muito mais presunçoso do que qualquer outra coisa. Ela se perguntava por que isso a perturbava quando ele falou:

– A senhorita precisa saber algo sobre mim.

Ela se virou para ele com os olhos arregalados.

– Posso tratar boa parte da vida como um jogo, mas sei ser bastante sério quando quero.

– Perdão?

Ela mordeu o lábio assim que disse isso.

– Não sou um homem que deva ser irritado.

Ela recuou.

– O senhor está me ameaçando?

– Minha futura esposa? – disse ele com tranquilidade. – É claro que não.

– Acho que o senhor *está* me ameaçando. E não gosto disso.

– Mesmo? É o que a senhorita acha?

– Acho que gostava mais do senhor quando estava bêbado – provocou ela.

Ele riu.

– Era mais fácil lidar comigo, não é? A senhorita gosta de estar no controle.

– E o senhor?

– Somos iguais nesse aspecto. Creio que nos entenderemos admiravelmente bem como marido e mulher.

Ela olhou para ele com ar de dúvida.

– Ou isso ou mataremos um ao outro.

– É uma possibilidade – afirmou ele, pensativo, esfregando o queixo. – Espero que possamos manter as apostas equilibradas.

– Do que diabo está falando?

Ele abriu um sorriso.

– Tenho uma boa pontaria. E a senhorita?

Ellie ficou tão atônita que nem conseguiu dizer "Perdão".

– Foi uma piada, Eleanor.

– É claro – disse ela, concisa. – Eu sabia.

– É claro que sim.

Ellie sentiu uma pressão crescendo dentro dela, uma frustração por aquele homem conseguir, a todo momento, deixá-la sem palavras.

– Não tenho uma excelente pontaria – respondeu ela, um sorriso discreto no rosto –, porém tenho uma habilidade incrível com facas.

Charles deixou escapar um som abafado e teve que cobrir a boca.

– E ando de modo muito silencioso. – Ela se inclinou para a frente, o sorriso tornando-se malicioso à medida que recuperava sua perspicácia. – O senhor pode querer manter a porta trancada à noite.

Ele também se inclinou para a frente, os olhos brilhando.

– Mas, minha querida, meu objetivo na vida é garantir que sua porta esteja destrancada à noite. Todas as noites.

Ellie sentiu um calor tomar conta de seu corpo.

– O senhor prometeu...

– E a senhorita prometeu – ele se aproximou, desta vez até seu nariz tocar o dela – me deixar tentar seduzi-la sempre que eu desejar.

– Ah, pelo amor de Deus – disse ela com tanto desdém que Charles recuou, confuso. – São as palavras mais estúpidas que já ouvi em uma única frase.

Charles piscou.

– A senhorita está me insultando?

– Bem, certamente não estou elogiando – zombou ela. – Deixá-lo tentar me seduzir. Ah, por favor. Prometi que o senhor poderia tentar. Eu nunca disse que o "deixaria" fazer nada.

– Jamais tive tantos problemas para seduzir uma mulher em minha vida.

– Eu acredito.

– Principalmente uma com quem aceitei me casar.

– Tive a impressão de que eu era a única a ter essa honra duvidosa.

– Veja bem, Eleanor – disse ele, a voz cada vez mais impaciente. – A senhorita precisa deste casamento tanto quanto eu. E não tente me dizer que não. Conheci a Sra. Foxglove. Sei o que lhe espera em casa.

Ellie suspirou. Ele sabia que ela estava de mãos atadas. A Sra. Foxglove e seus infinitos insultos tinham cuidado disso.

– E que diabo a senhorita quis dizer quando falou que acredita que eu nunca tive tantos problemas para seduzir uma mulher?

Ela o olhou como se ele fosse um tonto.

– Exatamente isso. Eu acredito no que disse. O senhor deve ter consciência de que é um homem muito bonito.

O conde parecia não saber como responder. Ellie ficou satisfeita por, dessa vez, *ele* ter ficado sem palavras. E continuou:

– E é muito charmoso.

Ele se iluminou.

– A senhorita acha?

– Charmoso *demais* – acrescentou ela, estreitando os olhos –, o que torna difícil discernir seus elogios sinceros da falsa lisonja.

– Apenas presuma que são todos elogios, e nós dois seremos mais felizes.

– O *senhor* será – retrucou ela.

– A senhorita também. Confie em mim.

– Confiar no senhor? Ah! Isso podia funcionar com suas amantes simplórias de Londres, que não se importavam com nada além da cor de suas fitas, mas sou bem mais séria e inteligente.

– Eu sei – replicou ele. – Por isso vou me casar com a senhorita.

– Está dizendo que provei minha inteligência superior pela minha capacidade de resistir aos seus encantos? – Ellie começou a rir. – Que maravilha. A única mulher inteligente o suficiente para ser sua condessa é aquela que enxerga seu caráter leviano.

– Algo assim – murmurou Charles, detestando a maneira como ela distorcera suas palavras, mas sem conseguir descobrir uma forma de distorcê-las de volta a seu favor.

Ellie ria com animação, mas ele não via a menor graça.

– Pare com isso – exigiu ele. – Pare com isso agora.

– Ah, eu não posso – declarou ela, ofegante. – Simplesmente não consigo.

– Eleanor, vou lhe dizer uma última vez...

Ela ergueu a cabeça para responder e seus olhos depararam com a estrada.

– Santo Deus! Preste atenção na estrada!

– Eu *estou* prestando atenção na...

Ele não conseguiu completar a frase, pois o coche atingiu um enorme buraco e deu um coice para o lado, atirando os passageiros ao chão.

CAPÍTULO 5

Charles grunhiu quando bateu no chão, sentindo o impacto em cada osso, cada músculo, cada maldito *pelo* de seu corpo.

Um segundo depois, Ellie caiu em cima dele, parecendo um imenso saco de batatas com muito boa mira.

O conde fechou os olhos, perguntando a si mesmo se algum dia poderia procriar, perguntando-se até mesmo se algum dia ainda *tentaria*.

— Ai! — deixou escapar ela, esfregando o ombro.

Ele adoraria ter respondido, de preferência com algo sarcástico, mas não conseguia dizer uma palavra. Suas costelas doíam tanto que tinha certeza de que iriam se partir se tentasse falar. Depois do que pareceu uma eternidade, ela rolou para o lado, o cotovelo pontudo encontrando o ponto sensível abaixo do rim esquerdo dele.

— Não posso acreditar que não vi aquele buraco — disse Ellie, conseguindo parecer altiva mesmo naquela situação.

Charles pensou em estrangulá-la. Em amordaçá-la. Pensou até em beijá-la, só para tirar aquela expressão irritante de seu rosto, mas, por fim, ficou apenas deitado, tentando respirar.

— Eu teria conduzido melhor o coche — continuou ela, levantando-se e limpando a saia. — Espero que não tenha danificado a roda. É muito caro substituí-las, e o fabricante de rodas de Bellfield está quase sempre bêbado. Pode-se ir a Faversham, é claro, mas eu não recomendaria...

Charles deu um gemido angustiado, embora não soubesse o que lhe causava mais sofrimento: suas costelas, sua cabeça ou o sermão dela.

Ellie agachou-se de novo, preocupada.

— O senhor não está ferido, está?

Charles moveu os lábios de modo a mostrar os dentes, mas nem a pessoa mais otimista chamaria aquilo de sorriso.

— Nunca me senti melhor — resmungou ele.

— O senhor *está* ferido! — exclamou Ellie em tom acusatório.

— Não muito — conseguiu dizer ele. — Só minhas costelas, minhas costas e meu... — Ele foi interrompido por um ataque de tosse.

— Ah, céus — disse ela. — Sinto muitíssimo. Deixei-o sem ar quando caí?

— Meu ar foi parar em Sussex.

Ellie pareceu preocupada ao tocar a testa dele.

– O senhor não parece nada bem. Está se sentindo quente?

– Maldição, Eleanor, não estou com febre.

Ela recolheu a mão e murmurou:

– Pelo menos o senhor não perdeu seu vasto e variado vocabulário.

– Por que será que, sempre que a senhorita está por perto, eu acabo machucado? – indagou ele com um suspiro resignado.

– Ah, por favor! – exclamou Ellie. – Isso não foi minha culpa. Eu não estava conduzindo o coche. E certamente não tenho nada a ver com o fato de o senhor ter caído de uma árvore.

Charles não se deu o trabalho de responder. O único som que emitiu foi um gemido quando tentou se sentar.

– Pelo menos deixe-me cuidar de seus ferimentos – falou Ellie.

Ele lhe lançou um olhar enviesado que demonstrava sarcasmo.

– Está bem! – disparou ela, levantando-se e erguendo os braços no ar. – Cuide de si mesmo, então. Espero que se divirta caminhando para casa, que fica... a que distância daqui mesmo? Vinte e cinco quilômetros?

Ele sentiu a cabeça latejar.

– Deve ser um passeio muito agradável – continuou ela –, principalmente com o tornozelo desse jeito.

Charles pressionou a têmpora com os dedos, esperando que a pressão de alguma forma diminuísse a dor.

– Aposto que a senhorita tem uma forte veia vingativa – resmungou ele.

– Sou a pessoa menos vingativa que conheço – declarou ela, torcendo o nariz. – E, se o senhor pensa o contrário, então talvez não deva se casar comigo.

– A senhorita vai se casar comigo nem que eu tenha que arrastá-la até o altar amarrada e amordaçada – grunhiu ele.

Ellie sorriu de forma petulante.

– O senhor poderia tentar – provocou ela –, mas, em suas condições, não conseguiria arrastar uma pulga.

– E diz que não é vingativa.

– Parece que estou desenvolvendo um gosto por isso.

Charles segurou a parte de trás da cabeça, onde parecia que alguém enfiava agulhas longas e enferrujadas.

– Não diga nada – pediu ele, se encolhendo, e acrescentou: – Nem uma palavra. – Ele arfou ao sentir outra pontada de dor. – Nem uma única maldita palavra.

Ellie, que não fazia ideia de que ele estava com tal dor de cabeça, interpretou aquilo como se ele a achasse inconsequente, estúpida e um grande estorvo. Esticou o corpo, cerrou os dentes e curvou as mãos em pequenas garras involuntárias.

– Não fiz nada para merecer esse tipo de tratamento – declarou com voz altiva.

E, com um "Humpf" bem alto, virou-se e seguiu na direção de casa.

Charles ergueu a cabeça por tempo suficiente para vê-la se afastar, irritada. Ele suspirou e desmaiou em seguida.

∽

– Que sujeito difícil – murmurou Ellie para si mesma. – Se acha que vou me casar com ele... Ele é pior do que a Sra. Foxglove! – Ela percebeu, do alto de seus 23 anos, que não adiantaria começar, agora, a mentir para si mesma. Por isso acrescentou: – Bem, quase.

Ellie caminhou mais alguns passos ao longo da estrada, se abaixando quando algo brilhante chamou sua atenção. Parecia um tipo de parafuso. Ela o pegou, rolou-o na mão por um instante e então enfiou-o no bolso. Havia um garotinho na paróquia de seu pai que adorava quinquilharias como aquela. Talvez pudesse lhe dar na próxima vez em que fosse à igreja.

Ela suspirou. Teria muito tempo para dar o parafuso a Tommy Beechcombe. Afinal, era provável que não se mudasse da casa do pai tão cedo. Era bom começar a praticar suas técnicas de limpeza de chaminé naquela tarde.

O conde de Billington trouxera um pouco de emoção à sua vida, mas estava claro que não dariam certo juntos. No entanto, ela se sentia um pouco culpada por deixá-lo caído na beira da estrada. Não que ele não merecesse, é claro, mas Ellie sempre tentava ser benevolente e...

Ela balançou a cabeça e revirou os olhos. Olhar para trás não a mataria. Só para ver se ele estava bem.

Ellie virou o corpo, mas percebeu que passara por uma pequena elevação e já não podia mais enxergá-lo. Com um longo suspiro, caminhou de volta para a cena do acidente.

– Isso não significa que você se preocupa com ele – disse a si mesma, em voz alta. – Significa apenas que é uma mulher boa e justa, que não abandona as pessoas, por mais rudes e vis que sejam – ela se permitiu abrir um pequeno sorriso –, quando não podem cuidar... Santo Deus!

Charles estava deitado onde ela o deixara, e parecia morto.

– Charles! – gritou ela, segurando a saia e correndo até lá.

Ela tropeçou em uma pedra e aterrissou ao seu lado, acertando-o no joelho.

O conde gemeu. Ellie soltou a respiração, que não tinha percebido que estava prendendo. Ela não pensara *de fato* que ele estivesse morto, mas ele parecia *tão* imóvel.

– Onde estão os malditos sais aromáticos quando precisamos deles? – murmurou ela.

A Sra. Foxglove sempre tinha poções de cheiro ruim. Para qualquer coisa.

– Não, eu não tenho sais aromáticos – informou ela ao conde inconsciente. – Ninguém nunca desmaiou perto de mim antes.

Ela procurava algo para reanimá-lo quando seus olhos pousaram em um pequeno frasco que devia ter caído do coche virado. Ela o pegou, abriu a tampa e cheirou.

– Ah, meu Deus! – exclamou, afastando-o e abanando a mão.

Vapores pungentes de uísque encheram o ar. Ellie se perguntou se a bebida alcoólica ficara ali desde o dia em que Charles caíra da árvore. Ela tinha certeza de que hoje ele não havia bebido, pois, se tivesse ingerido álcool, ela teria sentido o cheiro. Além do mais, não achava que o conde fosse do tipo que abusava das bebidas regularmente.

Ela olhou para aquele homem com quem estava pensando em se casar. Mesmo inconsciente, transmitia um certo ar decidido. Não, ele não precisaria de álcool para reforçar sua autoestima.

– Bem, suponho que possamos, pelo menos, usar o uísque para acordá-lo – falou em voz alta, segurando o frasco sob o nariz dele.

Nenhuma reação.

Ellie franziu a testa e colocou a mão sobre o coração dele.

– Milorde, o senhor não morreu depois da última vez que gemeu, não é?

O conde não respondeu, mas Ellie sentiu o coração dele batendo firme sob a palma de sua mão, o que a tranquilizou bastante.

– Milorde – disse ela, tentando parecer severa –, eu agradeceria muito se acordasse imediatamente.

Mais uma vez, ele nem se mexeu. Ellie então colocou os dedos indicador e médio na abertura do frasco e virou-o. Quando achou que a bebida umedecera bem seus dedos, bateu-os de leve sob o nariz dele.

– O que... Hã... Aaah!

Charles estava confuso quando voltou a si. Ele se levantou de modo brusco, piscando assustado, como se tivesse acordado rápido demais de um pesadelo.

Ellie recuou para fugir de seus braços agitados, mas não foi suficientemente rápida e ele derrubou o frasco de suas mãos. Toda a bebida caiu em Charles, que ainda balbuciava um tanto incoerente.

– Mas que diabo a senhorita fez comigo? – perguntou ele quando recuperou a capacidade de falar.

– O que *eu* fiz com o *senhor*?

Ele tossiu e franziu o nariz.

– Estou cheirando como um bêbado.

– Muito parecido com o seu cheiro dois dias atrás.

– Há dois dias eu...

– Estava bêbado – retrucou Ellie.

Os olhos dele escureceram.

– Eu estava bêbado, não *era* um bêbado. Há uma diferença. E a senhorita...

Ele apontou o dedo em sua direção, então se encolheu com o repentino movimento e agarrou a cabeça.

– Charles? – chamou Ellie, cheia de cuidados, esquecendo-se de que estava irritada com ele por colocar a culpa de tudo sobre seus ombros.

A expressão em seu rosto indicava que ele estava sentindo muita dor.

– Senhor Todo-Poderoso! – exclamou o conde. – Alguém acertou minha cabeça com um tronco?

– Fiquei tentada – brincou Ellie, imaginando que a descontração pudesse fazê-lo esquecer um pouco a dor.

– Disso não duvido. A senhorita daria um excelente comandante do exército se tivesse nascido homem.

– Há muitas coisas que eu poderia ter feito se tivesse nascido homem – murmurou Ellie –, e casar com o senhor não seria uma delas.

– Sorte minha – respondeu Charles, ainda se encolhendo. – Sorte sua.

– Isso ainda veremos.

Fez-se um silêncio constrangedor. Ellie, sentindo que deveria lhe explicar o que acontecera enquanto ele estava inconsciente, disse:

– Sobre o uísque... suponho que eu deva me desculpar, mas só estava tentando...

– Flambar-me?

– Não, embora a sugestão seja boa. Estava tentando reanimá-lo. Um sal aromático alcoólico, se preferir. O senhor derrubou o frasco quando se sentou.

– E por que me sinto como se tivesse sido torturado enquanto a senhorita parece ter saído perfeitamente ilesa?

Ellie deu um meio sorriso.

– Seria de se esperar que um nobre cavalheiro como o senhor ficasse satisfeito em ver que sua dama não se feriu.

– Sou sempre cavalheiro, milady. Mas também sinto que minha mente está uma maldita confusão.

– Só não é cavalheiro o suficiente para não praguejar na minha presença. No entanto – ela acenou a mão com indiferença no ar –, o senhor tem sorte de eu nunca ter me importado demais com essas coisas.

Ele fechou os olhos, perguntando-se por que ela precisava de tantas palavras para chegar ao ponto.

– Caí sobre o senhor quando fui atirada para fora do coche – explicou, enfim. – O senhor deve ter sofrido algumas lesões nas costas quando tombou, mas qualquer dor que esteja sentindo na sua... frente... provavelmente se deve a... mim.

Ela piscou algumas vezes e então ficou em silêncio, suas bochechas adquirindo um tom encantador de rosa.

– Entendo.

Ellie engoliu em seco.

– Gostaria de ajuda para se levantar?

– Sim, obrigado.

Ele pegou a mão dela e se levantou, tentando ignorar as pontadas de dor a cada movimento. Ao ficar de pé, colocou as mãos nos quadris e esticou o pescoço para a esquerda. Sua articulação estalou e Charles conteve a vontade de rir quando Ellie se encolheu.

– Isso não parece muito promissor – declarou ela.

Ele não respondeu, apenas esticou o pescoço na direção oposta, sentindo uma espécie de satisfação perversa com a segunda rodada de estalos. Passados alguns instantes, seus olhos pousaram no coche virado e ele praguejou em voz baixa. A roda tinha saído e estava esmagada sob o veículo.

Ellie seguiu seu olhar e disse:

– Sim, tentei lhe dizer que a roda não tinha conserto, mas agora percebo que o senhor estava sentindo muita dor para ouvir.

Quando Charles se ajoelhou para verificar o estrago, ela o surpreendeu ao acrescentar:

– Sinto muito por ter ido embora minutos atrás. Não percebi que estava machucado, ou jamais teria saído. De qualquer forma, eu... eu não deveria tê-lo deixado. Não foi correto de minha parte.

Charles ficou tocado com seu discurso sincero e impressionado com seu senso de honra.

– Seu pedido de desculpas é desnecessário – disse ele, um tanto ríspido –, mas apreciado e aceito.

Ellie inclinou a cabeça.

– Não estamos muito longe da minha casa. Não deve ser difícil voltar e levar os cavalos. Tenho certeza de que meu pai será capaz de providenciar um transporte para o senhor voltar para casa. Ou podemos arrumar um mensageiro para trazer um novo transporte de Wycombe Abbey.

– Isso será ótimo – murmurou ele, examinando com mais atenção o coche danificado.

– Algo errado, milorde? Fora o fato de termos passado por um buraco e virado?

– Veja isso, Eleanor. – Ele estendeu a mão e tocou a roda danificada. – Não está mais presa à carruagem.

– Creio que em razão do acidente.

Charles bateu os dedos contra a lateral do coche enquanto pensava.

– Não, ainda devia estar presa. Quebrada, mas presa ao ponto central.

– O senhor acha que a roda saiu sozinha?

– Sim – disse ele, pensativo. – Acho.

– Mas sei que passamos por aquele buraco profundo. Eu vi. E senti.

– O buraco foi provavelmente o catalisador para que a roda, já solta, se desprendesse.

Ellie inclinou-se e inspecionou o dano.

– Acho que está certo, milorde. Olhe bem a avaria. Os raios foram esmagados pelo peso do coche, mas o corpo da roda está inteiro. Estudei muito pouco de física, mas acho que deveria ter se partido quando viramos. E... Ah! Olhe! – exclamou, enfiando a mão no bolso e pegando o parafuso de metal.

– Onde encontrou isso?

– Na estrada. Além daquela colina. Deve ter se soltado e caído da roda.

Charles virou-se para olhá-la, o movimento repentino deixando-os cara a cara.

– Acho que está certa – disse ele com gentileza.

Os lábios de Ellie se entreabriram de surpresa. Ele estava tão perto que seu hálito tocou o rosto dela, tão perto que ela podia *sentir* suas palavras além de ouvi-las.

– Posso ter que beijá-la novamente.

Ela tentou fazer um som que transmitisse... Bem, ela não sabia exatamente o que queria transmitir, mas não fazia diferença, pois suas cordas vocais se recusaram a emitir um único barulho. Ela só ficou ali, completamente imóvel, enquanto ele se inclinava e pousava os lábios sobre os dela.

– Muito bom – murmurou ele, suas palavras entrando na boca de Ellie.

– Milorde...

– Charles – corrigiu ele.

– Nós... quero dizer...

Àquela altura, ela havia perdido por completo o controle de seus pensamentos. Ter o interior de seu lábio inferior acariciado pela língua de um homem fazia isso com ela.

Charles riu e ergueu a cabeça apenas alguns centímetros.

– A senhorita dizia?

Ellie não fez nada além de piscar.

– Então posso presumir que a senhorita só queria me pedir para continuar.

Ele abriu um sorriso voraz antes de levantar o queixo de Ellie e traçar a linha de sua mandíbula com os lábios.

– Não! – disparou Ellie, motivada por um aflito sentimento de urgência. – Não foi isso que eu quis dizer.

– Não foi? – provocou ele.

– Quis dizer que estamos no meio de uma estrada pública e...

– E a senhorita teme por sua reputação – concluiu ele.

– E pela sua também, portanto não precisa me fazer parecer pudica.

– Ah, não tenho nenhuma intenção de fazer isso, querida.

Ellie recuou apressada ao ouvir sua observação, perdeu o equilíbrio e acabou esparramada no chão. Então mordeu o lábio para evitar dizer algo de que pudesse se arrepender.

– Por que não vamos para casa agora? – perguntou ela calmamente.

– Uma excelente ideia – respondeu Charles, oferecendo-lhe a mão.

Ela aceitou e deixou que ele a ajudasse, apesar de suspeitar que o esforço o fazia sentir dor. Afinal, um homem tinha seu orgulho, e Ellie desconfiava que os Wycombes tinham mais do que o normal.

A caminhada de volta à casa do vigário levou cerca de dez minutos. Ellie procurou falar apenas sobre assuntos neutros, como literatura, culinária francesa e – ainda que se encolhesse diante da banalidade do tema – o clima. Charles parecia se divertir bastante com a conversa, como se soubesse exatamente o que ela estava fazendo. Pior, seu sorriso irônico era benevolente, como se estivesse de alguma forma *permitindo* que ela discursasse sobre tempestades e coisas do gênero.

Ellie não gostava do olhar convencido no rosto do conde, mas estava impressionada por ele conseguir manter a expressão enquanto mancava, esfregava a cabeça e às vezes levava a mão às costelas.

Quando avistaram a cabana, Ellie virou-se para Charles e disse:

– Meu pai voltou.

Ele ergueu as sobrancelhas.

– Como sabe?

– Ele acendeu uma vela no escritório. Está trabalhando em seu sermão.

– Já? Ainda faltam vários dias para o domingo. Lembro-me de meu vigário escrevendo freneticamente toda sexta. Muitas vezes ele ia a Wycombe Abbey em busca de inspiração.

– Mesmo? – perguntou Ellie com um sorriso divertido. – Ele o achava tão inspirador assim? Eu não sabia que o senhor era uma criança tão angelical.

– Muito pelo contrário, receio. Ele gostava de me observar para então decidir qual dos meus pecados seviria de tema para seu próximo sermão.

– Ah, céus – replicou Ellie, abafando uma risada. – Como o aguentava?

– Era pior do que pensa. Ele também era meu professor de latim e me dava aula três vezes por semana. E dizia que eu havia sido colocado neste mundo para torturá-lo.

– Isso parece bastante irreverente para um vigário.

Charles deu de ombros.

– Ele também gostava muito de beber.

Ellie estendeu o braço para abrir a porta da frente, mas, antes que sua mão alcançasse a maçaneta, Charles a segurou. Quando o fitou com ar indagador, ele falou em voz baixa:

– Posso ter uma palavra com a senhorita antes de conhecer seu pai?

– Claro – respondeu ela, afastando-se da porta.

O conde parecia tenso quando lhe disse:

– A senhorita ainda está decidida a se casar comigo depois de amanhã, não é?

Ellie de repente se sentiu zonza. Charles, que fora tão firme ao declarar que a faria cumprir sua promessa, parecia lhe oferecer uma chance de desistir. Ela podia voltar atrás, dizer que estava com medo...

– Eleanor – insistiu ele.

Ela engoliu em seco, pensando em como sua vida se tornara tediosa. A perspectiva de se casar com um desconhecido a aterrorizava, mas não tanto quanto uma vida de tédio. Não, seria pior do que isso. Uma vida de tédio pontuada por brigas com a Sra. Foxglove. Quaisquer que fossem os defeitos do conde – e Ellie tinha a sensação de que podiam ser muitos –, ela sabia em seu coração que ele não era um homem mau nem fraco. Com certeza poderia encontrar felicidade ao seu lado.

Charles tocou seu ombro e ela assentiu. Ellie pensou ter visto seu corpo relaxar de alívio, e, em alguns instantes, a expressão do jovem conde arrojado estava de volta ao seu rosto.

– Está pronto para entrar? – perguntou ela.

Ele confirmou e Ellie abriu a porta.

– Papai! – chamou. Após um instante de silêncio, ela disse: – Vou até o escritório buscá-lo.

Charles esperou e logo Ellie voltou para a sala, seguida por um homem com ar severo e cabelos grisalhos.

– A Sra. Foxglove teve que voltar para casa – explicou Ellie, abrindo um sorriso discreto para Charles. – Mas gostaria de lhe apresentar meu pai, o reverendo Lyndon. Papai, este é Charles Wycombe, conde de Billington.

Os dois homens apertaram as mãos, avaliando-se em silêncio. Charles pensou que o reverendo parecia muito rígido e austero para ser pai de uma chama tão ardente quanto Eleanor. Ele podia ver, pela maneira como o Sr. Lyndon o olhava, que também não atendia aos pré-requisitos de um genro ideal.

Eles se cumprimentaram com uma troca de gentilezas, sentaram-se e, quando Ellie deixou a sala para preparar um chá, o reverendo virou para Charles e disse:

– A maioria dos homens aprovaria um futuro genro apenas por ele ser um conde. Não sou assim.

– Não achei que fosse, Sr. Lyndon. É evidente que Eleanor foi criada por um homem de grande caráter moral.

A princípio, o intuito de Charles era que as palavras aplacassem o reverendo, mas, ao falar, percebeu que estava sendo sincero. Eleanor Lyndon jamais mostrara sinais de se deslumbrar com seu título ou sua riqueza. Na verdade, ela parecia muito mais interessada em suas 300 libras do que na vasta fortuna dele.

O reverendo inclinou-se para a frente, estreitando os olhos como se tentasse perceber a sinceridade por trás das palavras do conde.

– Não vou tentar impedir o casamento – disse ele. – Fiz isso uma vez, com minha filha mais velha, e as consequências foram desastrosas. Mas lhe direi uma coisa: se, de alguma forma, o senhor maltratar Eleanor, cairá sobre o senhor todo o fogo do inferno e sofrimento que eu for capaz de causar.

Charles não conseguiu deixar de erguer o canto dos lábios em um sorriso respeitoso. Imaginava que o reverendo seria capaz de lhe causar uma grande dose de fogo do inferno e sofrimento.

– O senhor tem a minha palavra de que Eleanor será tratada como uma rainha.

– Mais uma coisa.

– Sim?

O reverendo limpou a garganta.

– O senhor gosta muito de beber?

Charles piscou, um pouco assustado com a pergunta.

– Tomo alguma coisa quando é apropriado, porém não passo meus dias e noites em estupor alcoólico, se é o que está perguntando.

– Então talvez possa explicar por que cheira a uísque.

Charles conteve um enorme desejo de rir e explicou ao reverendo o que acontecera naquela tarde.

O Sr. Lyndon se recostou, satisfeito. Não sorriu, mas Charles duvidava que sorrisse com frequência.

– Que bom – declarou o reverendo. – Agora que nos entendemos, permita-me ser o primeiro a recebê-lo na família.

– Estou feliz em fazer parte dela.

O reverendo assentiu.

– Eu gostaria de realizar a cerimônia, se o senhor concordar.

– Claro.

Ellie voltou à sala naquele instante, carregando uma bandeja com um jogo de chá.

– Eleanor – disse o pai –, cheguei à conclusão de que o conde será um bom marido para você.

Ellie soltou a respiração, aliviada. Tinha a aprovação de seu pai, algo que significava mais para ela do que percebera até aquele momento. Agora tudo o que tinha a fazer era casar-se.

Casar-se. Engoliu em seco. Que Deus a ajudasse.

CAPÍTULO 6

No dia seguinte, um pacote endereçado a Ellie chegou por um mensageiro. Curiosa, desamarrou o cordão, parando quando um envelope caiu no chão. Ela se abaixou, pegou o envelope e o abriu.

Minha querida Eleanor,
 Por favor, aceite este presente como símbolo da minha estima e afeição. Estava tão linda de verde no outro dia que pensei que gostaria de se casar com essa cor.

Afetuosamente seu,
Billington
P.S. Por favor, não cubra seu cabelo.

Ellie mal conteve um suspiro quando seus dedos tocaram o belo tecido. Ela abriu o resto do pacote, que revelou o vestido mais bonito que já vira ou tivera a oportunidade de usar. Feito de veludo, num lindo tom de esmeralda, tinha um corte simples, sem franzidos ou babados. Ellie sabia que ficaria perfeito nela.

Com alguma sorte, o homem que lhe dera também seria perfeito para ela.

A manhã de seu casamento despontou clara e agradável. Uma carruagem chegou para levar Ellie, seu pai e a Sra. Foxglove para Wycombe Abbey, e Ellie se sentiu como uma princesa de contos de fadas. O vestido, a carruagem, o homem incrivelmente belo à sua espera no final da viagem – tudo parecia parte de alguma história mágica.

A cerimônia aconteceria na formal sala de estar de Wycombe Abbey. O reverendo Lyndon tomou seu lugar na frente; então, para o deleite de todos, deixou escapar um pequeno grito consternado e saiu correndo da sala.

– Tenho que acompanhar a noiva – explicou ao chegar à porta.

Mais risadas se seguiram quando ele disse "Quem concede a mão da noiva?" e depois acrescentou "Na verdade, eu".

Mas esses momentos de descontração não aliviaram a tensão de Ellie, que sentiu o corpo inteiro tenso quando o pai fez a pergunta que deveria responder com "Eu aceito".

Mal conseguindo respirar, olhou para o homem que seria seu marido. O que estava fazendo? Ela mal o conhecia.

Olhou para o pai, que a encarava com uma nostalgia atípica.

Olhou para a Sra. Foxglove, que parecia haver esquecido seus planos de usar Ellie como uma escova de chaminé humana e passara a viagem inteira de carruagem dizendo como sempre soubera que a "querida Eleanor daria um excelente partido" e "meu querido enteado, o *conde*".

– Eu aceito – falou Ellie. – Ah, se aceito.

Ao seu lado, pôde sentir o corpo de Charles tremer com uma risada.

Ele colocou uma pesada aliança de ouro no dedo anelar de sua mão esquerda e Ellie percebeu que, aos olhos de Deus e da Inglaterra, ela agora pertencia ao conde de Billington. Para sempre.

Para uma mulher que sempre se orgulhara de sua coragem, seus joelhos pareciam bastante bambos.

Quando o Sr. Lyndon concluiu a cerimônia, Charles se inclinou e deu um breve beijo nos lábios de Ellie. Para um observador, tudo não passou de um beijo gentil e discreto, mas Ellie sentiu a língua dele no canto de sua boca. Desconcertada com aquela carícia escondida, ela mal teve tempo de recuperar a compostura antes que Charles a tomasse pelo braço e a levasse até um pequeno grupo de pessoas que imaginou serem parentes dele.

– Não tive tempo de convidar minha família inteira – disse ele –, mas queria que conhecesse minhas primas. Permita-me apresentá-la à Sra. George Pallister, à Srta. Pallister e à Srta. Judith Pallister. – Então virou-se para a senhora e as duas garotas e sorriu. – Helen, Claire, Judith, permita-me apresentar-lhes minha esposa, Eleanor, condessa de Billington.

– Como estão? – disse Ellie.

Deveria se curvar, elas é que deveriam se curvar ou, na verdade, nenhuma delas precisava fazer isso? Como não soube que atitude tomar, apenas sorriu da maneira mais amigável que pôde. Helen, uma atraente senhora loura de cerca de 40 anos, sorriu de volta.

– Helen e suas filhas moram aqui em Wycombe Abbey – informou Charles. – Desde a morte do Sr. Pallister.

– Moram? – disse Ellie, surpresa. Então olhou para as novas primas. – Vocês moram aqui?

– Sim – respondeu Charles –, assim como minha tia solteira Cordelia. Não sei para onde ela foi.

– Ela é um pouco excêntrica – explicou Helen.

Claire, que parecia ter 13 ou 14 anos, não falou nada e estava com uma expressão mal-humorada.

– Tenho certeza de que nos daremos muito bem – disse Ellie. – Sempre quis morar com uma família grande. Minha casa anda bastante solitária desde que minha irmã foi embora.

– A irmã de Eleanor se casou recentemente com o conde de Macclesfield – informou Charles.

– Sim, mas ela saiu de casa muito antes disso – falou Ellie um tanto melancólica. – Somos só meu pai e eu há oito anos.
– Também tenho uma irmã! – gritou Judith. – Claire!
Ellie sorriu para a garotinha.
– É verdade. E quantos anos você tem, Judith?
– Seis – disse ela com orgulho, jogando o cabelo castanho-claro para trás. – E amanhã terei 12.
Helen riu.
– "Amanhã" costuma significar qualquer dia no futuro – observou ela, inclinando-se para beijar o rosto da filha. – Primeiro, você precisa fazer 7.
– E depois 12!
Ellie se agachou.
– Não ainda, querida. Depois 8, então 9...
– E 10, 11 – interrompeu Judith com orgulho –, e *depois* 12!
– Correto – confirmou Ellie.
– Sei contar até 62.
– É mesmo? – perguntou Ellie, usando sua melhor voz de quem estava "impressionada".
– Aham. Um. Dois. Três. Quatro...
– Mãe! – disse Claire com um suspiro atormentado.
Helen pegou Judith pela mão.
– Venha, pequena. Vamos praticar nossa contagem outra hora.
Judith revirou os olhos para a mãe antes de se dirigir a Charles.
– Mamãe falou que já era hora de o senhor se casar.
– Judith! – exclamou Helen, o rosto corado.
– Bem, a senhora falou que ele se resolvia com muitas mulheres e...
– Judith! – gritou Helen, agarrando-a pela mão. – Esta não é a hora.
– Está tudo bem – interveio Ellie. – Ela não fez por mal.
Helen parecia querer abrir um buraco no chão e desaparecer. Puxou o braço de Judith, dizendo:
– Creio que os recém-casados gostariam de um momento a sós. Vou levar todo mundo até a sala de jantar, onde está posto o café da manhã do casamento.
Enquanto Helen guiava os convidados para fora da sala, Ellie e Charles ouviram Judith indagar:
– Claire, o que é uma mulher perdida?

– Judith, você é uma peste – foi a resposta de Claire.

– Ela não sabe o caminho de casa? Não consegue se lembrar direito das coisas?

Ellie não sabia se ria ou chorava.

– Sinto muito por isso – falou Charles quando a sala ficou vazia.

– Não foi nada.

– Uma noiva não devia ser submetida, no dia do casamento, a histórias de pecados sem importância de seu novo marido.

Ellie deu de ombros.

– Não é tão terrível saindo da boca de uma criança de 6 anos. Embora eu imagine que ela pretendia dizer que o senhor se *envolvia* com muitas mulheres.

– Posso garantir que não me *resolvi* com ninguém.

Ellie teve que rir.

Charles olhou para a mulher que agora era sua esposa e sentiu um inexplicável orgulho crescendo dentro dele. Os acontecimentos da manhã haviam sido quase avassaladores, e ainda assim ela mantivera a graça e a dignidade. Ele escolhera bem.

– Fico feliz que não tenha coberto seu cabelo – murmurou.

Charles riu quando ela levou depressa as mãos à cabeça.

– Não consigo imaginar por que me pediu isso – disse, nervosa.

Ele estendeu a mão e tocou uma mecha de cabelo que escapara do penteado e deslizava pela base do pescoço dela.

– Não consegue?

Ellie não respondeu e Charles pressionou seu ombro até ela se inclinar na direção dele, os olhos vidrados de desejo. Charles foi tomado por uma sensação de triunfo ao perceber que seduzir a esposa não seria tão difícil quanto esperava.

O corpo do conde pareceu despertar, e ele se curvou para beijá-la, para correr as mãos por seu glorioso cabelo acobreado, e então...

Ela se afastou.

Subitamente.

Charles praguejou baixinho.

– Não é uma boa ideia, milorde – disse ela, com firmeza.

– Quero que me chame de Charles – disparou ele.

– Não quando o senhor está assim.

– Assim como?

– Assim... Hã, não sei. Com esse jeito imperioso. – Ela piscou. – Na verdade, parece que está sentindo alguma dor.

– *Estou* sentindo dor – rebateu ele.

Ellie deu um passo para trás.

– Ah. Sinto muito. Ainda está machucado do acidente com o coche? Ou é seu tornozelo? Notei que ainda manca um pouco.

Ele olhou para ela, perguntando-se se poderia mesmo ser tão inocente.

– Não é meu tornozelo, Eleanor.

– Se devo chamá-lo de Charles, o senhor deve me chamar de Ellie.

– Mas ainda não me chamou assim.

– É verdade, não chamei. – Ellie limpou a garganta, pensando que aquela conversa era a prova de que não conhecia aquele homem o suficiente para ser sua esposa. – Charles.

Ele sorriu.

– Ellie. Gostei. Combina com você.

– Somente meu pai me chama de Eleanor. – Ela franziu a testa, pensativa. – Ah, e a Sra. Foxglove também, acho.

– Então *nunca* vou chamá-la de Eleanor – prometeu ele, com um sorriso repuxando os lábios.

– Talvez chame – disse ela –, quando estiver irritado comigo.

– Por que diz isso?

– Todo mundo me chama assim quando está irritado comigo.

– Por que tem tanta certeza de que me irritarei com você?

Ela bufou.

– Ora, milorde, devemos ficar casados a vida inteira. Não consigo imaginar passar tanto tempo sem despertar sua ira pelo menos uma vez.

– Creio que eu deveria me alegrar por ter me casado com uma mulher realista.

– Somos o melhor tipo a longo prazo – respondeu ela com um sorriso bobo. – O senhor verá.

– Não tenho dúvidas.

Após um instante de silêncio, Ellie falou:

– Devíamos ir para o café da manhã.

– Suponho que sim – murmurou ele, estendendo a mão para acariciar a parte de baixo do queixo dela.

Ellie afastou-se.

– Nem tente isso.

– Não tente o quê? – Ele parecia achar graça.

– Beijar-me.

– Por que não? Isso era parte do nosso acordo, não era?

– Sim – respondeu Ellie de forma evasiva. – Mas sabe muito bem que não consigo pensar direito quando faz isso.

Ela se deu conta de que deveria ter guardado essa informação para si mesma, mas de que adiantava se ele sabia desse fato tanto quanto ela?

Os lábios de Charles se abriram num imenso sorriso.

– Essa é a ideia, minha querida.

– Talvez para você – retrucou ela. – Mas eu queria ter a chance de conhecê-lo melhor antes de entrar nessa... fase do nosso relacionamento.

– Muito bem, o que quer saber?

Ellie ficou em silêncio por um momento, sem ter ideia do que responder. Por fim, disse:

– Qualquer coisa.

– Qualquer coisa?

– Qualquer coisa que o senhor acredite que possa me ajudar a conhecer melhor o conde de Billington... Perdão, Charles.

Ele pensou por um instante, então sorriu e declarou:

– Sou um criador compulsivo de listas. É uma informação interessante?

Ellie não sabia bem o que esperava que ele revelasse sobre si mesmo, mas certamente não era isso. Um criador compulsivo de listas? Isso lhe revelava mais sobre ele do que qualquer passatempo.

– Sobre que tipo de coisas faz listas? – perguntou ela.

– A respeito de tudo.

– Fez uma lista sobre mim?

– É claro.

Ellie ficou esperando que ele entrasse em detalhes, então, impaciente, perguntou:

– O que havia nela?

Ele riu de sua curiosidade.

– Era uma lista de razões pelas quais eu achava que você daria uma boa esposa. Esse tipo de coisa.

– Entendo.

Ellie queria perguntar qual era o tamanho dessa lista de boas razões, mas achou que poderia soar um tanto indelicada.

Ele se inclinou para a frente, a malícia espreitando em seus olhos castanhos.

– Havia seis itens na lista.

Ellie recostou-se.

– Tenho certeza de que não lhe perguntei isso.

– Mas queria perguntar.

Ela ficou em silêncio.

– Bem, agora deve me contar algo sobre a Srta. Eleanor Lyndon.

– Não sou mais a Srta. Eleanor Lyndon – ressaltou ela de forma atrevida.

Ele riu de seu erro.

– A condessa de Billington. Como ela é?

– Ela costuma falar um pouco demais – respondeu.

– Eu já sabia disso.

Ellie fez uma careta.

– Muito bem. – Ela pensou por um instante. – Quando o tempo está bom, gosto de pegar um livro para ler do lado de fora. Às vezes não volto até o sol se pôr.

Charles estendeu a mão e pegou o braço dela.

– É muito bom o marido saber disso – disse baixinho. – Saberei onde procurar, caso um dia não a encontre.

Enquanto seguiam para a sala de jantar, ele se inclinou e declarou:

– Parece que o vestido lhe caiu perfeitamente bem. Você gostou?

– Ah, sim. É o vestido mais lindo que já usei. Precisou apenas de uns pequenos ajustes. Como o conseguiu em tão pouco tempo?

Ele deu de ombros.

– Paguei uma quantia obscena a uma costureira.

Antes que Ellie pudesse responder, eles já estavam entrando na sala de jantar. O pequeno grupo de convidados levantou-se para cumprimentar o novo casal.

O café da manhã do casamento transcorreu de modo tranquilo, com exceção da apresentação de Cordelia, tia-avó de Charles, que desaparecera misteriosamente durante a cerimônia e a maior parte do café. Ellie não pôde deixar de olhar para o assento vazio e se perguntar se a tia do marido tinha alguma objeção ao casamento.

Charles a pegou olhando para lá e murmurou:

– Não se preocupe. Ela é excêntrica e gosta de fazer as coisas em seu próprio tempo. Tenho certeza de que vai aparecer.

Ellie não acreditou nele até que uma mulher mais velha, usando um vestido que já devia estar fora de moda havia no mínimo vinte anos, irrompeu na sala, dizendo:

– A cozinha está em chamas!

Ellie e sua família já haviam levantado de seus assentos (na verdade, a Sra. Foxglove já estava a meio caminho da porta) quando perceberam que Charles e a família não tinham movido um músculo.

– Charles! – exclamou Ellie. – Não ouviu o que ela disse? Com certeza devemos tomar alguma providência.

– Ela está sempre dizendo que uma coisa ou outra está pegando fogo – replicou ele. – Acho que tem uma queda para o drama.

Cordelia foi até Ellie.

– A senhorita deve ser a noiva – falou ela sem rodeios.

– Hã, sim.

– Que bom. Precisávamos de uma por aqui – declarou, retirando-se em seguida e deixando Ellie boquiaberta.

Charles deu um tapinha nas costas da esposa.

– Viu? Ela gosta de você.

Ellie voltou a seu assento, perguntando-se se toda família aristocrática tinha uma tia solteira e louca escondida no sótão.

– Algum outro parente que gostaria de me apresentar? – indagou com voz fraca.

– Só meu primo Cecil – respondeu Charles, tentando não rir. – Mas ele não mora aqui. E é repulsivo como um sapo.

– Um sapo na família – murmurou Ellie, com um leve sorriso nos lábios. – Que peculiar. Não fazia ideia de que os Wycombes tinham um ramo anfíbio.

Charles riu.

– Sim, todos somos excelentes nadadores.

Então foi a vez de Ellie rir.

– Terá de me ensinar algum dia. Nunca consegui aprender.

Ele pegou a mão da esposa e a levou aos lábios.

– Será uma honra. Vamos até a lagoa assim que o tempo esquentar.

E, para todos os espectadores, os dois pareciam um jovem casal apaixonado.

⁓

Várias horas depois, Charles estava sentado em seu escritório, a cadeira inclinada para trás e os pés apoiados na beirada da mesa. Sentira que Ellie necessitava de alguns momentos sozinha para desfazer as malas e adaptar-se ao novo lar. Então, dizendo a si mesmo que havia uma série de negócios que exigiam sua atenção, recolheu-se àquele aposento. As responsabilidades de administrar um condado exigiam muito tempo, caso se quisesse fazer um trabalho decente. E ele pretendia dar andamento às tarefas que haviam se acumulado nos últimos dias. Iria cuidar das suas coisas enquanto Ellie cuidava das *dela* e...

Ele expirou profundamente, tentando com todas as forças ignorar o fato de que todo o seu corpo estava tenso de desejo por sua esposa.

Não estava conseguindo.

Com certeza não esperava desejá-la tanto. Sabia que estava atraído por ela; essa fora uma das razões pelas quais decidira pedi-la em casamento. Sempre se considerara um homem sensato, e não havia muito sentido em se casar com uma mulher que não o deixasse excitado.

Mas existia algo naquele meio sorriso de Ellie – como um segredo que nunca se revelaria – que o deixava louco. E os cabelos... Ele sabia que ela detestava a cor, mas tudo o que Charles queria era correr os dedos por eles e...

Seus pés escorregaram da mesa e sua cadeira caiu no chão com um estrondo. Qual era o comprimento do cabelo de sua esposa? Era algo que um marido deveria saber.

Ele o imaginou chegando aos joelhos, balançando enquanto ela caminhava. *Não deve ser tão longo*, concluiu. Seu coque não era tão grande.

Então imaginou o cabelo chegando à cintura de Ellie, roçando o umbigo e abrindo-se delicadamente ao alcançar os quadris. Ele balançou a cabeça. Também não parecia estar certo. Ellie – como ele gostava daquele apelido! – não aparentava ser uma mulher que tivesse paciência para manter um cabelo tão longo.

Talvez roçasse a curva dos seios. Podia ver um dos seios dela coberto por uma mecha de cabelo acobreado e o outro nu...

Charles passou a mão pela testa, como se o gesto pudesse tirar aquela imagem de sua mente. Precisava afastar tal cena do pensamento, pois ela só fazia *aumentar* seu desconforto.

Ele precisava agir. Quanto antes convencesse Ellie a ir para a cama com ele, mais cedo aquela loucura deixaria seu corpo e mais rápido poderia voltar à sua rotina.

Pegou uma folha de papel sobre a mesa e escreveu no alto:

PARA SEDUZIR ELLIE

Ele usou letras maiúsculas sem pensar, concluindo depois que aquilo indicava quão urgente era sua necessidade de possuí-la.

Charles pressionou as pontas dos dedos indicador e médio contra a têmpora enquanto pensava, e então finalmente começou a escrever:

1. *Flores.* Todas as mulheres gostam de flores.
2. *Uma aula de natação.* Isso exigirá que ela remova grande parte de sua roupa. *Problema:* o clima está bastante frio e ficará assim por meses.
3. *Vestidos.* Ela adorou o vestido verde e comentou que todas as suas roupas são escuras e práticas. Como condessa, ela precisará de um enxoval com o que há de mais recente em termos de moda, então isso não constitui uma despesa adicional.
4. *Elogie sua perspicácia nos negócios.* Os elogios mais comuns provavelmente não funcionarão com ela.
5. *Beije-a.*

De todos os itens da lista, Charles estava mais interessado no quinto, mas tinha medo de que isso acabasse por frustrá-lo. Ele não acreditava que pudesse seduzi-la com apenas um beijo; isso provavelmente exigiria repetidas tentativas ao longo de vários dias.

E isso significaria muitos dias difíceis e desconfortáveis para ele. O último beijo que trocaram o deixara zonzo de desejo e ele ainda sentia a dor de uma necessidade insatisfeita.

Ainda assim, as outras opções não eram viáveis naquele momento. Já estava tarde para ir até a estufa em busca de flores e fazia frio demais para nadar. Um guarda-roupa completo exigiria uma viagem a Londres, e elogiar sua perspicácia nos negócios... bem, isso seria difícil antes de ter uma chance real de avaliá-la. E Ellie era inteligente demais para não desconfiar de um falso elogio.

Não, avaliou ele com um sorriso. Teria que ser um beijo.

CAPÍTULO 7

Ellie olhou ao redor de seu novo quarto, perguntando-se como poderia transformar aquele espaço imponente em algo seu. Tudo ali exalava riqueza. Riqueza *antiga*. Ela duvidava que houvesse uma peça de mobília com menos de 200 anos. O quarto da condessa era ornamentado e pretensioso, e Ellie sentia-se tão pouco à vontade naquele cômodo quanto teria se sentido no castelo de Windsor.

Revirou o baú aberto, procurando bugigangas que pudesse usar para tornar o ambiente mais aconchegante e familiar. Encontrou o retrato da mãe. Aquilo certamente seria um começo. Foi até a penteadeira e pousou a pequena pintura, virando-a para que a luz da janela próxima não desbotasse a tinta.

– Pronto – disse com suavidade. – Ficará muito bem aí. Só não dê atenção a todas essas velhas carrancudas encarando-a.

Ellie olhou para as paredes repletas de retratos de antigas condessas com fisionomia pouco amigável.

– Vocês sairão daqui amanhã – murmurou ela, não se sentindo nem um pouco tola por falar com as paredes. – Ou, se possível, ainda esta noite.

Ellie voltou ao seu baú à procura de outro item que pudesse dar um toque de aconchego ao quarto. Examinava seus pertences quando ouviu uma batida à porta.

Charles. Só podia ser. Sua irmã lhe contara que os criados nunca batiam.

– Entre – disse ela, engolindo em seco.

A porta se abriu, revelando aquele homem que era seu marido havia menos de 24 horas. Ele estava vestido casualmente, já sem o paletó e a gravata. Ellie não conseguia tirar os olhos do pedacinho de pele que a camisa branca desabotoada mostrava.

– Boa noite – cumprimentou ele.

Ellie se forçou a olhar para o rosto do conde.

– Boa noite para você também.

Aquilo soou como se ela não se sentisse nem um pouco afetada pela proximidade dele. Infelizmente, Ellie tinha a sensação de que Charles podia compreender tudo através de sua voz alegre e de seu sorriso brilhante.

– Está conseguindo se acomodar? – perguntou ele.

– Sim, muito bem. – Ela suspirou. – Na verdade, não tão bem.

Ele ergueu uma sobrancelha.

– Este quarto é bastante assustador – explicou ela.

– O meu fica logo além da porta de ligação. Você é bem-vinda para se acomodar lá.

Ela parecia espantada.

– Porta de ligação?

– Não sabia que havia uma?

– Não, eu pensei... Bem, na realidade nem parei para pensar aonde essas portas levavam.

Charles atravessou o cômodo e começou a abrir as portas.

– Banheiro. Toucador. Uma sala para guardar as roupas. – Então foi até a única porta do outro lado do quarto e a abriu. – E, *voilà*, o quarto do conde.

Ellie conteve o desejo de rir de nervoso.

– Imagino que a maioria dos condes e condessas prefira quartos conectados.

– Na verdade, muitos não – declarou ele. – Meus antepassados eram bastante tempestuosos. Muitos condes e condessas de Billington detestavam um ao outro.

– Santo Deus – disse Ellie com voz fraca. – Que encorajador.

– E aqueles que *não*... – Charles fez uma pausa de efeito e abriu um sorriso malicioso. – Bem, esses eram tão perdidamente apaixonados que quartos separados... e camas separadas... eram impensáveis.

– E nenhum deles encontrou um meio-termo feliz?

– Só meus pais – revelou ele, dando de ombros. – Minha mãe tinha suas aquarelas, meu pai, seus cães de caça. E sempre trocavam uma palavra amável quando seus caminhos se cruzavam. O que não era muito frequente, é claro.

– É claro – ecoou Ellie.

– Bem, é óbvio que eles se encontraram intimamente pelo menos *uma vez* – acrescentou. – Minha própria existência é prova disso.

– Meu Deus, veja como o tecido adamascado desbotou – falou ela com a voz excessivamente alta ao se aproximar para tocar uma otomana.

Charles sorriu de sua óbvia tentativa de mudar de assunto.

Ellie se aproximou e espiou pela porta aberta. O quarto de Charles era decorado com muito menos pompa e opulência, sendo mais do seu agrado.

– A decoração é muito bonita – afirmou ela.

– Eu a troquei há vários anos. Creio que o quarto havia sido redecorado pela última vez por meu bisavô. E ele tinha um péssimo gosto.

Ellie olhou ao redor do próprio quarto e fez uma careta.

– Assim como sua esposa.

Charles riu.

– Fique à vontade para redecorá-lo da maneira que preferir.

– Mesmo?

– Claro. Não é isso que as esposas devem fazer?

– Eu não saberia. Nunca fui esposa.

– E eu nunca tive uma. – Ele pegou a mão de Ellie e acariciou sua delicada palma com os dedos. – Estou bastante feliz em ter uma agora.

– Está feliz por ter conseguido manter sua fortuna – retrucou ela, sentindo necessidade de manter uma distância entre os dois.

Ele soltou a mão dela.

– Está certa.

Ellie ficou um pouco surpresa por vê-lo admitir quando se empenhava tanto para seduzi-la. O materialismo e a ganância não eram considerados assuntos muito sedutores.

– É claro que estou bem feliz em ter você também – continuou ele, a voz animada.

Após um breve instante de silêncio, Ellie disparou:

– Isso é terrivelmente desconfortável.

Charles congelou.

– O quê? – perguntou com cautela.

– Isso. Mal o conheço. Eu não... não sei como agir em sua presença.

Charles tinha uma ótima ideia de como *gostaria* que ela agisse, mas isso exigiria que ela tirasse toda a roupa, e ele sabia que essa ideia não a atrairia.

– Você não pareceu ter dificuldade em mostrar seu eu naturalmente direto e divertido quando nos conhecemos – disse ele. – E eu achei isso revigorante.

– Sim, mas agora estamos casados e você quer...

– Seduzir você? – concluiu ele por ela.

Ellie corou.

– Precisa dizer isso em voz alta?

– Não é um segredo, Ellie.

– Eu sei, porém...

Ele tocou o queixo dela.

– O que aconteceu com a mulher enérgica que cuidou do meu tornozelo, machucou minhas costelas e nunca me deixou ter a última palavra?

– *Ela* não estava casada com você – retrucou Ellie. – *Ela* não lhe pertencia aos olhos de Deus e da Inglaterra.

– E aos seus olhos?

– Pertenço a mim mesma.

– Eu preferiria pensar que pertencemos um ao outro – ponderou ele. – Ou que nosso lugar é *junto* um do outro.

Ellie pensou que era uma maneira bonita de colocar as coisas, mas disse:

– Não muda o fato de que, em termos legais, você pode fazer o que quiser comigo.

– Mas prometi que não farei. Não sem sua permissão. – Como ela se calou, ele acrescentou: – Achei que isso lhe permitiria relaxar um pouco em minha presença. Que a faria agir como você mesma.

Ellie pensou a respeito. As palavras dele faziam sentido, no entanto não levavam em conta que seus batimentos triplicavam de velocidade toda vez que ele tocava seu queixo ou deslizava a mão por seu cabelo. Ela conseguia ignorar a atração que sentia por ele enquanto conversavam – as conversas com o marido eram tão agradáveis que parecia estar falando com um velho amigo. Mas, quando os dois ficavam em silêncio e ele a olhava como um gato voraz, ela sentia uma agitação por dentro, e...

Ellie balançou a cabeça. Pensar em tudo aquilo não a ajudava nem um pouco.

– Algo errado? – perguntou Charles.

– Não! – respondeu ela, com mais vigor do que pretendia. – Não – repetiu, desta vez com um pouco mais de graça. – Só preciso desfazer as malas e descansar. Tenho certeza de que você também está muito cansado.

– E com isso você quer dizer...?

Ellie pegou-o pelo braço e levou-o em direção à porta de ligação.

– Que foi um dia exaustivo. Tenho certeza de que ambos precisamos descansar. Boa noite.

– Boa...

Charles praguejou baixinho. A atrevida tinha fechado a porta na sua cara.

E ele nem tivera a chance de beijá-la. Em algum lugar, devia haver alguém rindo disso.

Charles cerrou o punho, pensando que se sentiria muito melhor se pudesse encontrar esse "alguém" e acertar a cara dele.

Na manhã seguinte, Ellie acordou cedo, como era seu costume, colocou seu melhor vestido – que desconfiava ser simples demais para a condessa de Billington – e saiu para explorar a nova casa.

Charles dissera que Ellie poderia redecorar tudo e ela ficara entusiasmada com aquela possibilidade. Adorava ter projetos e tarefas para realizar. Não queria mudar a casa inteira; gostava da ideia da antiga construção refletir o gosto de gerações de Wycombes. Ainda assim, seria bom ter alguns cômodos que representassem o gosto *desta* geração de Wycombes.

Eleanor Wycombe. Pronunciou seu novo nome algumas vezes e concluiu que poderia se acostumar com ele. Era a parte de ser a condessa de Billington que poderia levar algum tempo.

Chegou ao andar de baixo e seguiu para o grande salão, depois espiou várias salas. Ao encontrar a biblioteca, deixou escapar um suspiro alto de aprovação. Livros cobriam as paredes do chão ao teto, as lombadas de couro brilhando à luz do amanhecer. Se ela vivesse até os 90 anos, não conseguiria ler todos eles.

Ellie examinou com mais atenção alguns dos títulos. O primeiro que encontrou se chamava *Fogo do inferno cristão, o diabo, a Terra e a carne.*

Ellie sorriu, pensando que seu marido não deveria ter sido responsável pela compra daquele livro em particular.

Em seguida, viu uma porta aberta do outro lado da biblioteca e resolveu examinar o lugar. Ao enfiar a cabeça lá dentro, percebeu que devia ter descoberto o escritório de Charles. Era limpo e arrumado, mas a bagunça sobre sua mesa mostrava que ele usava a sala com frequência.

Sentindo-se uma intrusa, afastou-se dali e se dirigiu ao saguão. Por fim, encontrou a sala de jantar informal. Helen Pallister estava lá, tomando uma xícara de chá e comendo torrada com geleia. Ellie não pôde deixar de notar que a torrada estava queimada.

– Bom dia! – exclamou Helen, levantando-se. – Acordou cedo. Nunca tive o prazer de uma companhia no café da manhã antes. Ninguém nesta casa acorda tão cedo quanto eu.

– Nem mesmo Judith?

Helen riu.

– Judith só acorda cedo quando não tem aula. Em dias como hoje, para tirá-la da cama a professora quase precisa despejar um balde de água sobre sua cabeça.

Ellie sorriu.

– Uma garotinha muito inteligente. Já tentei continuar dormindo após o nascer do sol, mas nunca consigo.

– Também sou assim. Claire me chama de bárbara.

– Assim como minha irmã me chamava.

– Charles está acordado? – perguntou Helen, pegando outra xícara de chá. – Quer um pouco?

– Por favor. Com leite, sem açúcar, obrigada. – Ellie observou Helen servir a bebida e disse: – Charles ainda está na cama.

Ela não sabia se seu novo marido havia revelado a verdadeira natureza do casamento deles para a prima, e ela não se sentia confortável para fazê-lo.

– Gostaria de uma torrada? – indagou Helen. – Temos vários tipos de geleias.

Ellie olhou para as migalhas pretas no prato de Helen.

– Não, obrigada.

Helen segurou sua torrada no ar, observando-a.

– Não é muito apetitosa, não é?

– Não poderíamos ensinar a cozinheira a fazer uma torrada adequada?

Helen suspirou.

– A governanta prepara o café da manhã. Nosso chef francês diz que a refeição matinal não merece sua atenção. E, quanto à Sra. Stubbs, receio que seja muito velha e teimosa para mudar seus hábitos. Ela insiste em dizer que suas torradas são preparadas da forma correta.

– Talvez seja um problema do forno – sugeriu Ellie. – Alguém já deu uma olhada?

– Não tenho a menor ideia.

Cheia de determinação, Ellie empurrou a cadeira para trás e levantou-se.

– Vamos investigar então.

Helen piscou várias vezes antes de perguntar:

– Quer inspecionar o forno? Você mesma?

– Cozinhei a vida inteira para o meu pai – explicou Ellie. – Sei uma coisa ou outra sobre fornos e fogões.

Helen levantou-se, porém com ar hesitante.

– Tem certeza de que deseja se aventurar ali? A Sra. Stubbs não vai gostar... ela sempre diz que não é natural as pessoas da sociedade irem à área de serviço. E monsieur Belmont terá um ataque se achar que alguém tocou em algo na sua cozinha.

Ellie olhou para ela, pensativa.

– Helen, devemos lembrar que é a *nossa* cozinha, certo?

– Não acho que monsieur Belmont verá dessa maneira – replicou Helen, seguindo Ellie pela porta de volta ao grande salão. – Ele é muito temperamental. Assim como a Sra. Stubbs.

Ellie deu mais alguns passos antes de perceber que não fazia ideia de para onde estava indo. Então virou-se para Helen e falou:

– Talvez você devesse me mostrar o caminho. É difícil bancar o cruzado vingador quando não se sabe o caminho para a Terra Santa.

– Siga-me – disse Helen, rindo.

As duas mulheres atravessaram um labirinto de corredores e escadas até Ellie ouvir os sons inconfundíveis de uma cozinha através da porta à sua frente. Ela olhou para Helen com um sorriso.

– Sabe, na minha casa, a cozinha ficava bem ao lado da sala de jantar. O que é muitíssimo conveniente.

– O problema é que aqui ela é muito quente e barulhenta – explicou Helen. – Charles tem feito o possível para melhorar a ventilação, mas ela ainda é bastante abafada. Na época em que Wycombe Abbey foi construída, 500 anos atrás, devia ser insuportável. Não posso culpar o primeiro conde por querer manter seus convidados longe da cozinha.

– Imagino – murmurou Ellie, abrindo a porta e logo percebendo que o primeiro conde tinha sido, de fato, muito inteligente.

A cozinha de Wycombe Abbey não tinha nada a ver com o pequeno cômodo acolhedor que um dia compartilhara com o pai e a irmã. Panelas e frigideiras pendiam do teto, grandes balcões ocupavam o centro do cômodo e Ellie contou pelo menos quatro fogões e três fornos, incluindo um forno do tipo colmeia montado em uma grande lareira com o fogo aceso. Não havia muita atividade àquela hora da manhã, e Ellie ficou se perguntando como seria a movimentação ali antes de um jantar importante. Um completo caos, imaginou, com todos os utensílios, panelas e frigideiras em uso.

Três mulheres preparavam comida no canto mais distante. Duas delas, que aparentavam ser criadas da cozinha, estavam lavando e cortando carne. A outra, um pouco mais velha, tinha a cabeça enfiada em um dos fornos. Ellie supôs que fosse a Sra. Stubbs.

Helen pigarreou e as duas criadas se viraram para olhar para elas. A Sra. Stubbs levantou-se rápido demais e bateu a cabeça na porta do forno. Ela deixou escapar um pequeno grunhido de dor, murmurou algo que Ellie tinha certeza de que seu pai teria desaprovado, e se endireitou.

– Bom dia, Sra. Stubbs – cumprimentou Helen. – Gostaria de apresentá-la à nova condessa.

A Sra. Stubbs fez uma reverência, assim como as outras mulheres.

– Milady – disse ela.

– A senhora vai precisar de algo gelado para esse machucado – falou Ellie, sentindo-se à vontade agora que havia encontrado uma tarefa para cumprir. Ela se aproximou das criadas. – Vocês fariam a gentileza de me mostrar onde fica o gelo?

Ambas ficaram boquiabertas por um instante, até que uma delas respondeu:

– Vou buscar um pouco para a senhora, milady.

Ellie virou-se para Helen com um sorriso um tanto constrangido.

– Não estou acostumada a ter pessoas fazendo as coisas para mim.

Os lábios de Helen se contraíram.

– Obviamente não.

Ellie atravessou o aposento até a Sra. Stubbs.

– Deixe-me dar uma olhada nisso.

– Não, está tudo bem – se apressou em dizer a governanta. – Não preciso...

Mas os dedos de Ellie já haviam encontrado o inchaço. Não era muito grande, mas devia estar bastante dolorido.

– É claro que precisa – afirmou ela.

Ellie envolveu o gelo, que a criada lhe entregara com certa hesitação, em uma toalha fina que encontrara sobre o balcão e pressionou-a contra o galo na cabeça da governanta.

A Sra. Stubbs soltou um gemido e murmurou:

– Está muito gelado.

– Claro que está – replicou Ellie. – É gelo.

Então virou-se para Helen com um olhar exasperado, mas a nova prima cobria a boca com a mão, fazendo o maior esforço para não rir. Ellie arregalou os olhos e projetou o queixo em um silencioso pedido de cooperação.

Helen acenou com a cabeça, respirando fundo para conter o riso e disse:

– Sra. Stubbs, lady Billington veio à cozinha para inspecionar os fornos.

A cabeça da governanta se inclinou na direção de Ellie.

– Perdão?

– Não pude deixar de notar esta manhã que a torrada estava um pouco preta – falou Ellie.

– É assim que a Sra. Pallister gosta.

– Na verdade, Sra. Stubbs, prefiro minha torrada pouco queimada – informou Helen.

– Por que a senhora não disse nada?

– Eu disse. E a senhora falou que saíam assim, independentemente de quanto tempo ficassem no forno.

– Só posso concluir que o forno está com algum problema – interveio Ellie. – Como tenho uma grande experiência com fogões e fornos, pensei em dar uma olhada.

– A senhora? – perguntou a Sra. Stubbs.

– A senhora? – perguntou a criada número 1 (como Ellie a chamara em sua cabeça).

– A senhora? – perguntou a criada número 2 (por consequência, é claro).

91

As três estavam boquiabertas. Ellie pensou que a única razão para Helen não ecoar o *"A senhora?"* era porque já fizera isso na sala de jantar informal no andar de cima.

Ellie franziu a testa, colocou as mãos nos quadris e declarou:

– Ao contrário da opinião popular, uma condessa às vezes pode ter algum talento útil. Talvez até uma *habilidade*.

– Sempre achei o bordado bastante útil – afirmou Helen. Então olhou para a superfície escurecida de um fogão. – E é um passatempo bem *limpo*.

Ellie lançou-lhe um olhar irritado e sibilou:

– Você não está ajudando.

– Acho que devemos deixar a condessa dar uma olhada no forno – falou Helen, dando de ombros.

– Obrigada – falou Ellie, a seu ver, com grande dignidade e paciência. Em seguida, virou-se para a Sra. Stubbs e indagou: – Qual forno a senhora usa para preparar as torradas?

– Aquele – respondeu a governanta, apontando um dedo comprido para o forno mais sujo. – Os outros pertencem ao francês. Não tocaria neles nem se me pagasse.

– Foram importados da França – explicou Helen.

– Ah – disse Ellie. – Bem, tenho certeza de que não se comparam aos nossos bons e resistentes fornos ingleses. – E, após verificar o forno, sugeriu: – Poderíamos evitar tudo isso se simplesmente usássemos um garfo de tostar.

A Sra. Stubbs cruzou os braços e avisou:

– Nunca usarei um desses. Não confio neles.

Ellie não conseguiu imaginar o que poderia ser interpretado como não confiável com relação a um garfo, mas concluiu que não valia a pena insistir no assunto, então levantou a saia acima dos tornozelos, ajoelhou-se e enfiou a cabeça no forno.

~

Charles já procurava a esposa havia algum tempo, quando sua busca finalmente o levou a um local inusitado: a cozinha. Um criado jurara ter visto Ellie e Helen seguirem naquela direção quinze minutos antes. Charles não acreditou naquela possibilidade, mas decidiu investigar mesmo assim. Ellie não era a mais convencional das condessas, e ele não duvidava que ela tivesse resolvido se apresentar aos funcionários da cozinha.

Mas o conde não estava preparado para a visão que o aguardava. Sua esposa estava ajoelhada, com a cabeça inteira – não, com metade do corpo – enfiada em um forno que Charles tinha quase certeza de que já estava em Wycombe Abbey desde o tempo de Cromwell. A reação inicial de Charles foi se apavorar – visões de chamas lambendo o cabelo de Ellie passaram por sua mente. Porém, como Helen parecia imperturbável, ele conseguiu controlar o impulso de entrar correndo na cozinha e puxar Ellie para fora do forno.

Deu um passo para longe da entrada para poder observar tudo sem ser notado. Ellie disse algo – que na verdade soou como um grunhido – e em seguida gritou:

– Consegui! Consegui...

Helen, a Sra. Stubbs e as duas criadas se inclinaram para mais perto, fascinadas com o trabalho de Ellie.

– Maldição. Não consegui – concluiu Ellie, um tanto mal-humorada.

– Tem certeza de que sabe o que está fazendo? – perguntou Helen.

– Absoluta. Só preciso mover esta grade. Está alta demais. – Ellie começou a puxar algo que, obviamente, não ia ceder, pois ela caiu sentada várias vezes. – Quando foi a última vez que isso foi limpo? – indagou ela.

A Sra. Stubbs bufou.

– Esse forno está tão limpo quanto um forno precisa estar.

Ellie murmurou algo que Charles não conseguiu ouvir.

– Pronto. Consegui – declarou ela, retirando uma grade queimada e recolocando-a de volta em seguida. – Agora tudo o que preciso fazer é afastar isso da chama.

Chama? O sangue de Charles gelou. Ela estava mexendo com *fogo*?

– Pronto! – Ellie saiu do forno e caiu sentada no chão. – Isso deve bastar.

Charles achou que aquele era um bom momento para anunciar sua presença.

– Bom dia, esposa – cumprimentou ele, tentando mostrar-se relaxado.

Mal sabia Ellie que a vontade do marido era arrastá-la para o quarto e passar-lhe um sermão furioso sobre a segurança – ou falta dela – na cozinha.

– Charles! – exclamou Ellie, surpresa. – Está acordado.

– Obviamente.

Ela se levantou.

– Devo estar um horror.

O conde pegou um lenço branco.

– Tem um pouco de fuligem aqui – ele passou o pano na bochecha esquerda dela – e aqui – passou também na direita. E, é claro, um pouco aqui – concluiu, esfregando o lenço no nariz dela.

Ellie tirou o pano da mão dele, detestando o jeito lento como falava.

– Isso não é necessário, milorde – disse ela. – Sou perfeitamente capaz de limpar meu rosto.

– Imagino que queira me dizer o que estava fazendo dentro do forno. Asseguro-lhe de que temos alimento suficiente aqui em Wycombe Abbey; não é preciso se oferecer como prato principal.

Ellie fitou-o.

– Eu estava consertando o forno, milorde.

– Temos criados para isso.

– Creio que não têm – respondeu Ellie, irritada com seu tom. – Ou não estariam, ao longo dos últimos 10 anos, comendo torradas queimadas.

– Gosto da minha torrada queimada – disparou ele.

Helen tossiu tanto que a Sra. Stubbs bateu em suas costas.

– Bem, eu não – rebateu Ellie. – E Helen tampouco; então você perdeu.

– Gosto da *minha* torrada queimada.

Todos se viraram. Claire estava parada à porta com as mãos nos quadris. Ellie pensou que ela parecia bastante decidida para uma garota de 14 anos.

– Quero o forno do jeito que era – afirmou Claire. – Quero tudo como era.

Ellie ficou triste. Sua nova prima não se entusiasmara com sua chegada.

– Está bem! – exclamou ela, jogando os braços para o alto, exasperada. – Eu deixo como estava.

Encaminhava-se para o forno quando a mão de Charles segurou a gola de seu vestido e a puxou para trás.

– Você não vai repetir essa façanha perigosa – disse ele. – O forno vai ficar do jeito que está.

– Pensei que gostasse de sua torrada queimada.

– Vou me adaptar.

Ellie teve vontade de rir, mas manteve a boca fechada.

Charles encarou de modo beligerante as demais ocupantes da cozinha.

– Gostaria de trocar algumas palavras a sós com minha esposa. – Como ninguém se mexeu, ele rugiu: – Agora!

– Então talvez *nós* devêssemos sair – interveio Ellie. – Afinal, a Sra. Stubbs e as criadas trabalham aqui. Nós não.

– Você parece estar imitando-as muito bem – resmungou ele, de repente, parecendo mais petulante do que irritado.

Ellie encarou-o.

– Você é o homem mais estranho e teimoso que já conheci.

– *Eu* não estava com a cabeça no forno – revidou ele.

– Bem, *eu* não como torrada queimada!

– Bem, eu...

Charles ergueu a cabeça como se de repente percebesse que não só estava tendo uma discussão esquisita com a esposa, mas também fazia isso diante de uma plateia. Então limpou a garganta e segurou o pulso delicado dela.

– Eu gostaria de lhe mostrar o quarto azul – disse em voz alta.

Ellie foi atrás dele. Na verdade, não teve escolha. Charles deixou o cômodo com bastante pressa, e, como seu pulso era puxado pela mão dele, foi junto. Não sabia direito aonde estavam indo – provavelmente para o primeiro aposento que ele encontrasse com privacidade suficiente para brigar com ela sem que ninguém mais ouvisse.

O quarto azul.

CAPÍTULO 8

Para a surpresa de Ellie, o quarto para onde Charles a levara era *realmente* azul. Ela observou os sofás e cortinas azuis e então deixou que seus olhos corressem para o piso, coberto por um tapete azul e branco.

– Você tem algo a dizer? – exigiu saber Charles.

Hipnotizada pelo padrão entremeado do tapete, Ellie não falou nada.

– Ellie – grunhiu ele.

Ela ergueu a cabeça.

– Perdão?

Charles parecia querer sacudi-la. Com força.

– Perguntei se tem algo a dizer – repetiu ele.

Ela piscou e respondeu:

– Este quarto é bastante azul.

Ele apenas a fitou, sem saber o que falar.

– Não imaginei que estivesse falando sério quando disse que me levaria para um quarto azul – explicou ela. – Pensei que me conduziria para algum lugar onde pudesse gritar comigo.

– Eu *quero* gritar com você – ressaltou ele.

– Sim – ponderou ela. – Isso está claro. Embora eu deva dizer que não sei bem *por quê*...

– Eleanor! – rugiu ele. – Você enfiou sua cabeça num forno!

– É claro – replicou ela. – Eu precisava consertá-lo. Ficará bastante satisfeito quando tiver torradas decentes para o café da manhã.

– *Não* ficarei satisfeito. Eu não poderia me importar *menos* com a torrada, e você *nunca* mais entrará na cozinha.

Ellie levou as mãos aos quadris.

– Você é um idiota.

– Por acaso já viu uma pessoa com o cabelo em chamas? – perguntou Charles, afundando o dedo no ombro dela. – Já?

– Claro que não, mas...

– Pois eu sim, e não foi uma visão bonita.

– Imagino que não, mas...

– Não sei bem o que acabou por causar a morte do pobre homem, as queimaduras ou a dor.

Ellie engoliu em seco, tentando não visualizar o desastre.

– Sinto muito por seu amigo, mas...

– A esposa dele enlouqueceu. Disse que ouvia os gritos dele à noite.

– Charles!

– Santo Deus, eu não tinha ideia de que ter uma esposa poderia ser tão perturbador, e só estamos casados há um dia.

– Você está sendo desnecessariamente desrespeitoso. E posso assegurar-lhe de que...

Ele suspirou e revirou os olhos enquanto a interrompia.

– Seria muito esperar que minha vida pudesse continuar tão tranquila quanto antes?

– Quer me deixar falar? – disparou Ellie.

Ele deu de ombros.

– Vá em frente.

– Você não precisa ser tão macabro – disse ela. – Consertei fornos a minha vida inteira. Não cresci com criados e luxos. Se quiséssemos jantar, eu tinha que cozinhar. E, se o forno não funcionasse, eu tinha que consertar.

Charles refletiu sobre isso, fez uma pausa e falou:

– Peço desculpas se sentiu que a subestimei de alguma forma. Com certeza não pretendo menosprezar seus talentos.

Ellie não sabia se consertar um forno se qualificava como um talento, mas ficou de boca fechada.

– É só que – ele estendeu a mão, pegou uma mecha do cabelo acobreado da esposa e prendeu-a em torno de seu dedo indicador – eu não gostaria de vê-lo em chamas.

Ela engoliu em seco, nervosa.

– Não seja bobo.

Ele puxou com delicadeza seu cabelo, trazendo-a para perto dele.

– Seria uma pena – murmurou ele. – É tão macio.

– É só cabelo – afirmou Ellie, pensando que um deles tinha que manter aquela conversa em tom realista.

– Não. – Ele levou a mecha até a boca e deslizou-a pelos lábios. – É muito mais do que isso.

Ellie olhou para ele, sem notar que entreabira ligeiramente os próprios lábios. Podia jurar que sentia aquela carícia gentil em sua cabeça. Não, na boca. Não, em seu pescoço. Não... aquela maldita sensação percorria todo o seu corpo.

Ela acordou de seus pensamentos e notou que ele ainda deslizava seu cabelo pela boca. Ela estremeceu.

– Charles – grunhiu ela.

Ele sorriu, percebendo seu efeito sobre ela.

– Ellie?

– Acho que você deveria...

Ela arfou e tentou se afastar quando ele a puxou para ainda mais perto.

– Acha que eu deveria o quê?

– Soltar meu cabelo.

Ele passou o braço livre pela cintura dela.

– Eu discordo – sussurrou Charles. – Fiquei bastante apegado a ele.

Ellie observou as várias mechas de seu cabelo envolvendo o dedo do marido.

– Percebi – disse ela, desejando soar mais sarcástica e menos ofegante.

Ele ergueu o dedo para observar o cabelo contra a luz que entrava pela janela.

– Que pena – murmurou ele. – O sol já está bem acima do horizonte. Adoraria comparar seu cabelo com o nascer do sol.

Ellie olhou para ele, perplexa. Ninguém jamais falara com ela de forma tão poética. Infelizmente, não tinha ideia de como interpretar suas palavras.

– Do que está falando? – perguntou.

– Seu cabelo – declarou ele com um sorriso – é da cor do sol.

– Meu cabelo – replicou ela – é ridículo.

– Mulheres. – Ele suspirou. – Nunca estão satisfeitas.

– Isso não é verdade – protestou Ellie, pensando que deveria defender seu gênero.

Ele deu de ombros.

– *Você* nunca está satisfeita.

– Perdão. Estou bastante satisfeita com a minha vida.

– Como seu marido, nem sei lhe dizer como fico feliz em ouvir isso. Devo ser melhor nessa coisa de casamento do que eu pensava.

– Estou bastante satisfeita – repetiu ela, ignorando o tom irônico de Charles – porque agora sou senhora do meu próprio destino. Não estou mais sob o controle do meu pai.

– Ou da Sra. Foxglove – ressaltou Charles.

– Ou da Sra. Foxglove – concordou ela.

O rosto dele adotou um ar pensativo.

– Mas posso fazer muitas coisas com você sob meu controle.

– Não sei do que está falando.

Ele soltou o cabelo de Ellie e deixou seus dedos correrem pelo pescoço dela.

– Tenho certeza que não – murmurou ele. – Mas vai saber. E *então* ficará satisfeita.

Ellie estreitou os olhos enquanto se soltava dele. Seu marido não tinha problemas com relação à autoestima. Ela duvidava que algum dia ele tivesse ouvido a palavra "não" saída de lábios femininos. Então perguntou:

– Você já seduziu muitas mulheres, não é?

– Creio que esse não é o tipo de pergunta que se deva fazer ao marido.

– Acho que é exatamente o tipo de pergunta que se deve fazer ao marido – replicou, colocando as mãos nos quadris. – As mulheres não passam de um jogo para você.

Charles encarou-a por um instante. Sua declaração era muito astuta.

– Não um jogo... – disse ele, ganhando tempo.

– Então o quê?

– Bem, pelo menos, *você* não é um jogo.

– Ah! E o que eu sou?

– Minha esposa – disparou ele, perdendo a paciência com aquela conversa.

– Você não tem ideia de como tratar uma esposa.

– Sei como tratar uma esposa – rebateu ele. – Não sou *eu* o problema.

Ofendida, Ellie se afastou.

– O que está tentando dizer?

– *Você* não sabe ser uma esposa.

– Sou esposa há apenas um dia – resmungou ela. – O que esperava?

De repente, Charles sentiu-se um completo cafajeste. Prometera dar-lhe tempo para se acostumar ao casamento, mas ali estava ele, atacando-a sem a menor paciência. Deixou escapar um suspiro de arrependimento.

– Sinto muito, Ellie. Não sei o que deu em mim.

Ela pareceu espantada com o pedido de desculpas, e então seu rosto se suavizou.

– Não se preocupe com isso, milorde. Os últimos dias têm sido estressantes para todos nós. E...

– E o quê? – indagou ele quando ela não concluiu a frase.

Ellie limpou a garganta.

– Nada. É que imagino que não esperava me encontrar esta manhã com a cabeça no forno.

– Foi um choque – disse ele, calmo.

Ela ficou em silêncio. Após alguns instantes, ameaçou dizer algo e parou. Charles deu um ligeiro sorriso.

– Queria dizer alguma coisa?

– Não.

– Queria sim.

– Não era importante.

– Ah, vamos lá, Ellie. Queria defender suas habilidades na cozinha, não é?

Ela ergueu o queixo.

– Posso assegurar-lhe de que já ajustei grades de forno um milhão de vezes antes.

– Você nem viveu por tempo suficiente para ter executado essa tarefa um milhão de vezes.

Ela deixou escapar um suspiro indignado.

– Não tenho permissão para falar em hipérbole?

– Só se estiver falando de mim – disse ele, em um tom suave demais.

Ellie abriu um sorriso malicioso.

– Ah, Charles! – exclamou ela. – Sinto como se nos conhecêssemos há um *milhão* de anos. – E então, com tom mais irônico: – De *tão* cansada que estou de sua companhia.

Ele riu.

– Eu estava pensando mais em algo do tipo: "Ah, Charles, você é o homem mais gentil..."

– Ah!

– "...e mais arrojado do planeta. Nem se vivesse mil anos, eu..."

– Espero mesmo viver mil anos – retrucou Ellie. – Pois então serei uma velha encarquilhada cujo único propósito na vida será irritá-lo.

– Você seria uma velha encarquilhada encantadora. – Ele inclinou a cabeça e fingiu estudar o rosto dela. – Posso ver onde teria rugas. Aqui perto dos olhos e...

Ela afastou a mão dele, que traçava o caminho de suas futuras rugas.

– Você não é um cavalheiro.

Ele deu de ombros.

– Sou quando me convém.

– Não posso imaginar quando isso aconteça. Até agora eu o vi bêbado...

– Tive uma boa razão para tal – interveio ele. – Além disso, minha pequena bebedeira me trouxe você, não foi?

– Essa não é a questão!

– Não precisa ficar exaltada – disse ele com uma voz cansada.

– Não estou exaltada – falou ela, recuando e cruzando os braços.

– Sabe fingir bem, então.

Ela estreitou os olhos e curvou os lábios em um sorriso confiante.

– Meus ataques são muito mais letais do que isso. Seria melhor você não provocar um.

Ele suspirou.

– Creio que terei que beijá-la.

– O quê?!

Charles agarrou-a pelo braço e puxou-a até o corpo dela se moldar ao dele.

– Parece ser a única maneira de fazê-la se calar.

– Seu...

Mas Ellie não conseguiu terminar a frase, porque os lábios dele já estavam nos dela, fazendo as coisas mais diabólicas, como cócegas no canto de sua boca e carícias na linha de sua mandíbula. Ellie se sentia como se estivesse desmanchando. *Sim*, pensou ela desvairadamente, essa era a expressão correta, pois suas pernas eram como manteiga, derretendo em meio às chamas que invadiam seu corpo. A palavra "fogo" ecoou em seu cérebro e...

Charles soltou-a de forma tão brusca que ela caiu sentada em uma cadeira.

– Ouviu isso? – perguntou ele.

Ellie estava atordoada demais para responder.

– Fogo! – diziam os gritos.

– Santo Deus! – exclamou Charles, seguindo para a porta.

– É a sua tia Cordelia – conseguiu dizer Ellie. – Você não disse que ela sempre grita "fogo"?

Mas Charles já atravessava depressa o corredor. Ellie se levantou e deu de ombros, sem acreditar que houvesse de fato algum perigo – não depois de ter sido apresentada à Cordelia no dia anterior. Ainda assim, aquela era sua nova casa; por isso, se Charles achava que havia algo com que se preocupar, ela devia investigar. Então respirou fundo, segurou a saia e correu atrás dele.

Ellie derrapou em três esquinas do enorme corredor até perceber que o seguia de volta à cozinha.

– Ah, *não* – gemeu ela, sentindo-se muito mal de repente.

Não o forno. Por favor, que não seja o forno.

Ela sentiu a fumaça antes mesmo de ver a porta da cozinha. Era espessa e pungente, fazendo seus pulmões arderem de imediato. Com o coração angustiado, virou a última esquina. Criados passavam com baldes de água e Charles estava no meio da confusão, gritando ordens e correndo para dentro e para fora da cozinha enquanto atirava água nas chamas.

Ellie sentiu o coração na boca ao vê-lo seguir em direção às chamas.

– Não! – Ela se ouviu gritar e, sem pensar, passou pelo amontoado de criados e entrou na cozinha. – Charles! – chamou, puxando a camisa dele.

Os olhos dele se encheram de horror e raiva ao vê-la a seu lado.

– *Saia!* – berrou.

– Não, a menos que venha comigo.

Ellie pegou um balde d'água das mãos de um criado e jogou-o em uma pequena chama que saltara do chão para uma mesa, conseguindo apagar ao menos aquele pequeno foco de incêndio.

Charles agarrou seu braço e começou a arrastá-la para a porta.

– Se dá valor à sua vida, *saia*!

Ellie o ignorou e pegou outro balde.

– O fogo está quase contido! – gritou ela, avançando com a água.

Ele agarrou a parte de trás de seu vestido, fazendo-a parar e lançando o conteúdo do balde, que caiu sobre o fogo.

– Quis dizer que *eu* vou matar você – sibilou ele, puxando-a para a porta.

Antes que Ellie se desse conta, já estava de volta ao corredor enquanto Charles ainda estava na cozinha, lutando contra o incêndio.

Ela tentou retornar, mas os criados bloquearam o caminho, certamente por ordens de Charles. Como não conseguiu descobrir uma forma de voltar para lá, Ellie desistiu e juntou-se à fila do balde, recusando-se a se conformar à posição impotente que Charles parecia determinado a atribuir-lhe.

Depois de mais alguns minutos, ela ouviu o chiado característico de uma chama se apagando e os criados na fila do balde começaram a relaxar. Todos pareciam exaustos e aliviados. Ela decidiu, então, que seu primeiro ato oficial como condessa de Billington seria garantir que cada um deles recebesse algum tipo de reconhecimento por seus esforços. Um pagamento extra, talvez, ou quem sabe mais meio dia de folga.

Quando as pessoas começaram a sair da cozinha, Ellie se aproximou. Tinha que dar uma olhada no forno para ver se conseguia descobrir a causa do incêndio. Sabia que todos achariam que aquilo era culpa sua – só esperava que não pensassem que tivesse propositalmente provocado aquilo. Melhor pensarem que era tola do que má.

Ao entrar na cozinha, viu que Charles estava no canto oposto, conversando com um criado. Graças a Deus estava de costas para ela; assim pôde correr para o forno, que ainda soltava um pouco de fumaça, e enfiar a cabeça lá dentro.

Ficou sem ar com o que viu. A grade tinha sido colocada na posição mais alta – ainda mais alta do que estava antes de Ellie consertá-lo. Qualquer alimento colocado no forno pegaria fogo. Era inevitável.

Ellie enfiou a cabeça um pouco mais, querendo olhar melhor, mas então ouviu alguém praguejar e puxá-la para trás.

Ela se virou devagar. Charles a fitava, os olhos ardendo de fúria.

– Tenho que lhe contar uma coisa – sussurrou ela com urgência. – O forno...

– Nenhuma palavra – rebateu ele. Sua voz estava rouca em razão da fumaça, mas isso não abafava a raiva. – Nenhuma maldita palavra.

– Mas...

Ele saiu do aposento, irritado.

Ellie sentiu lágrimas traiçoeiras arderem em seus olhos, e não fazia ideia se eram de mágoa ou raiva. Esperava que fossem de raiva, pois não gostava daquela sensação em seu estômago, como se ele a tivesse rejeitado. Ela se levantou e caminhou até a entrada da cozinha para ouvir o que Charles dizia aos criados no corredor.

– ...obrigado por arriscarem suas vidas para me ajudar a salvar a cozinha e Wycombe Abbey. Foi um ato nobre e abnegado de sua parte. – Charles parou e limpou a garganta. – No entanto, preciso perguntar: algum de vocês estava presente quando as chamas começaram?

– Eu tinha ido à horta pegar ervas – respondeu uma criada da cozinha. – Quando voltei, a Srta. Claire estava gritando sobre o fogo.

– Claire? – Charles estreitou os olhos. – O que Claire estava fazendo aqui?

Ellie deu um passo à frente.

– Se me recordo bem, ela desceu mais cedo quando... – Ela vacilou por um instante sob o peso de seu olhar ameaçador, mas então se lembrou de que não tinha nada do que se envergonhar e continuou – ...quando estávamos todos reunidos na cozinha.

Os olhos dos criados recaíram sobre ela, condenando-a. Afinal, fora ela quem ajustara a grade.

Charles se afastou da esposa sem dizer uma palavra.

103

– Traga Claire – ordenou a um criado. Então virou-se para Ellie. – Preciso falar com você! – bradou e seguiu de volta para a cozinha. Antes de chegar à porta, no entanto, falou ao grupo ali reunido: – O restante de vocês pode retornar aos seus afazeres. Aqueles que estiverem sujos de fuligem podem ficar à vontade para usar as instalações de banho da ala de convidados.

Como nenhum dos criados saiu de imediato, ele disse bruscamente:

– Bom dia!

Então todos saíram apressados.

Ellie foi para a cozinha atrás do marido.

– Foi muito gentil de sua parte deixar os criados usarem suas instalações de banho – declarou ela calmamente, querendo falar antes que ele começasse a brigar com ela.

– São *nossas* instalações de banho – disparou ele –, e não pense que vai conseguir me distrair.

– Não foi minha intenção. Você fez mesmo uma boa ação.

Charles expirou, tentando dar ao seu coração tempo de retomar o ritmo normal. Minha nossa, mas que manhã tinha sido aquela, e ainda não era nem meio-dia! Ele acordara, encontrara a esposa com a cabeça enfiada em um forno, tivera a primeira discussão com ela, a beijara fervorosamente (e acabara querendo muito, muito mais do que isso), e então fora interrompido por um maldito incêndio que ela parecia ter causado.

Sua garganta doía, suas costas o estavam matando e sua cabeça não parava de latejar. Olhou para os braços, que pareciam estar tremendo. O casamento não estava se mostrando ser um empreendimento saudável, concluiu.

Fitou a esposa, que parecia não saber se sorria ou franzia a testa. Então olhou para o forno, que ainda soltava fumaça.

Charles gemeu. Em um ano estaria morto. Tinha certeza.

– Algum problema? – perguntou Ellie em voz baixa.

Ele olhou para ela com uma expressão incrédula.

– Algum *problema*? – ecoou. – Algum PROBLEMA? – Desta vez, soou mais como um estrondo.

Ela o encarou.

– Bem, obviamente temos um... alguns problemas, mas eu estava falando em um sentido mais amplo, entende? Eu...

– Eleanor, minha maldita cozinha está toda queimada! – gritou ele. – Não consigo ver nada amplo com relação a isso.

Ela projetou o queixo.

– Não foi minha culpa.

Silêncio.

Ela cruzou os braços e se manteve firme.

– Moveram a grade. Não estava onde a deixei. Aquele forno não tinha a menor chance de *não* pegar fogo. Não sei quem...

– Não me importo nem um pouco com a grade. Em primeiro lugar, você não devia ter mexido nela. Em segundo – agora ele contava nos dedos –, não devia ter entrado aqui enquanto o diabo do fogo estava descontrolado. Em terceiro, não devia ter enfiado a cabeça de volta no maldito forno enquanto ainda estava quente. Em quarto...

– Basta – interrompeu Ellie.

– Eu lhe digo quando basta! Você... – Charles se conteve para não continuar, mas só porque percebeu que estava tremendo de raiva. E, talvez, com um pouco de medo.

– Você está fazendo uma lista sobre mim – acusou ela. – Está fazendo uma lista de todos os meus erros. E – acrescentou, balançando o dedo na direção dele – praguejou duas vezes.

– Que o Senhor me ajude – gemeu ele. – Que o Senhor me ajude.

– Humpf – disse ela, conseguindo incorporar um mundo de reprovação mordaz naquele único som. – Ele certamente não vai ajudar se continuar a praguejar assim.

– Creio que certa vez você me disse que não se importava muito com essas coisas – grunhiu ele.

Ela cruzou os braços.

– Isso foi antes de eu me tornar esposa. Agora espera-se que eu me importe com essas coisas.

– Deus me salve de esposas – gemeu ele.

– Então você não deveria ter se casado – disse ela.

– Ellie, se não se calar agora, valha-me Deus, vou torcer seu pescoço.

Ellie achou que já tinha deixado clara sua opinião sobre a possibilidade de Deus ajudá-lo, então se contentou em resmungar:

– Praguejar uma vez é compreensível, mas duas... Bem, duas é demais.

Ela não tinha certeza, mas pensou ter visto Charles revirar os olhos e murmurar:

– Senhor, leve-me agora.

105

Já bastava.

– Ah, pelo amor de Deus! – disparou Ellie, tomando o nome do Senhor em vão. Afinal, tinha sido criada por um reverendo. – Não sou tão ruim que a morte seja preferível ao casamento comigo.

Ele a encarou de uma forma que lhe dizia que não tinha tanta certeza.

– Este casamento não precisa ser permanente – explodiu ela, a fúria da humilhação fazendo suas palavras soarem estridentes. – Eu poderia sair por aquela porta neste segundo e obter uma anulação.

– Que porta? – perguntou ele. – Tudo o que vejo é um pedaço de madeira queimada.

– Seu senso de humor deixa muito a desejar.

– Meu senso de humor... Onde diabo está indo?

Ellie não respondeu, só seguiu seu caminho, passando pelo pedaço de madeira carbonizada que preferia achar que ainda era uma porta.

– Volte aqui!

Ela continuou andando. Bem, teria continuado se a mão dele não tivesse encontrado a faixa de seu vestido, puxando-a contra si. Ellie ouviu o som do tecido se rasgando e, pela segunda vez naquele dia, viu-se pressionada ao corpo sólido e forte do marido. Não podia vê-lo, mas podia senti-lo intimamente em suas costas, e podia sentir seu cheiro... podia jurar que sentia o cheiro dele mesmo em meio à fumaça.

– Você não vai pedir anulação – ordenou ele, seus lábios quase tocando a orelha dela.

– Fico surpresa que se importe – retrucou ela, tentando ignorar a forma como sua pele formigava onde o hálito dele a aquecia.

– Ah, eu me importo – murmurou ele.

– Você se importa com seu maldito dinheiro!

– Assim como se preocupa com o seu, então é melhor levarmos as coisas da melhor maneira possível.

Ellie foi salva de ter que admitir que ele estava certo porque naquele momento alguém pigarreou à porta da cozinha. Erguendo os olhos, viu Claire de pé ali, com os braços cruzados. A garota franzia a testa, irritada.

– Ah, bom dia, Claire – disse Ellie com um sorriso discreto, tentando de todas as formas parecer satisfeita por estar parada naquela posição constrangedora no meio de uma cozinha toda queimada.

– Milady – replicou Claire.

– Claire! – disse Charles com carinho, soltando Ellie tão rápido que ela bateu na parede.

Charles caminhou em direção à prima, que sorriu para ele.

Ellie esfregou o cotovelo que acertara a parede e resmungou todo tipo de coisa nada lisonjeira sobre o marido.

– Claire – repetiu Charles –, pelo que entendi, foi você quem viu primeiro o fogo.

– Isso mesmo. Começou menos de dez minutos depois que o senhor e sua esposa deixaram a cozinha.

Ellie identificou um ligeiro tom de escárnio na voz de Claire quando dissera "esposa". *Sabia* que aquela menina não gostava dela!

– Tem alguma ideia do que possa ter causado o incêndio? – perguntou Charles.

Claire pareceu surpresa por ele ter perguntado.

– Eu... bem... – Ela olhou de forma significativa para Ellie.

– Diga, Claire – grunhiu Ellie. – Você acha que eu comecei o fogo.

– Não acho que tenha feito de propósito – respondeu Claire, colocando a mão sobre o peito.

– Sabemos que Ellie nunca faria tal coisa – declarou Charles.

– Acidentes acontecem com todo mundo – murmurou Claire, lançando um olhar compassivo para ela.

Ellie queria estrangulá-la. Não gostava de ser tratada de forma condescendente por uma mocinha atrevida de 14 anos.

– Tenho certeza de que *pensou* que sabia o que estava fazendo – continuou Claire.

Àquela altura, Ellie percebeu que tinha duas opções: podia sair dali e tomar banho ou ficar e matar Claire. Com grande relutância, decidiu-se pelo banho. Virou-se para Charles em seu melhor estilo recatada e falou:

– Se me der licença, vou me retirar para meus aposentos. Sinto como se fosse desmaiar.

Charles encarou-a com desconfiança e disse em voz baixa:

– Você nunca sofreu um único desmaio em sua vida.

– Como você saberia? – respondeu Ellie com voz igualmente baixa. – Nem sabia que eu existia até a semana passada.

– *Parece* uma eternidade.

Ellie ergueu o queixo.

– Concordo. – sussurrou ela.

Então endireitou a coluna e deixou a cozinha, esperando que sua saída de efeito não fosse muito prejudicada pelo fato de ela estar coberta de fuligem, mancando e com o vestido rasgado em três lugares.

CAPÍTULO 9

Ellie permaneceu no quarto pelo resto do dia, se recuperando, e alegou cansaço quando uma criada apareceu para chamá-la para o jantar. Sabia que pareceria o pior tipo de covarde, mas a verdade era que estava tão irritada com Charles e sua família que não conseguiria ficar à mesa com eles durante uma refeição inteira.

Mas ficar aborrecida no quarto era terrivelmente entediante, por isso desceu e pegou a edição mais recente do jornal para examinar as páginas financeiras. Verificou seus investimentos, como sempre, e então percebeu que não sabia mais a situação de sua conta. Charles já cuidara da transferência, como prometera? Provavelmente não, pensou Ellie, tentando ser paciente. Só estavam casados havia um dia. Mas teria que lembrá-lo. Havia lido um relatório favorável sobre uma nova fábrica de algodão em Derbyshire e estava ansiosa para investir uma parte de seus fundos.

Leu o jornal três vezes, reorganizou seus badulaques na penteadeira duas vezes e olhou pela janela por uma hora antes de finalmente se jogar na cama com um gemido alto. Estava entediada, com fome e sozinha, e era tudo culpa de seu marido e de sua maldita família. Sua vontade era estrangular todos eles.

Então Judith bateu à porta.

Ellie sorriu relutante. Concluiu que não estava furiosa com a família inteira do marido. Afinal, era muito difícil ficar irritada com uma criança de 6 anos.

– A senhora está doente? – perguntou Judith, subindo na cama de Ellie.

– Não. Só cansada.

Judith franziu a testa.

– Quando estou cansada, a Srta. Dobbin me faz sair da cama de qualquer jeito. Às vezes, ela coloca um pano frio e úmido no meu pescoço.

– Aposto que funciona.

A menina assentiu de modo solene.

– É difícil dormir com o pescoço molhado.

– Tenho certeza que sim.

– Mamãe disse que mandaria uma bandeja para o seu quarto.

– É muito gentil da parte dela.

– Está com fome?

Antes que Ellie pudesse responder, seu estômago roncou.

Judith deu uma gargalhada.

– A senhora *está* com fome!

– Acho que sim.

– Acho que gosto da senhora.

Ellie sorriu, sentindo que aquele era o melhor momento de todo o seu dia.

– Que bom. Também gosto de você.

– Claire disse que a senhora provocou um incêndio hoje.

Ellie contou até três antes de dizer:

– Houve um incêndio, mas foi um acidente. Não o provoquei.

Judith inclinou a cabeça enquanto ponderava as palavras de Ellie.

– Acho que acredito na senhora. Claire está sempre errada, embora não goste de admitir.

– A maioria das pessoas não gosta.

– *Eu* raramente estou errada em relação a qualquer coisa.

Ellie sorriu e bagunçou os cabelos dela. Uma empregada chegou à entrada do quarto com uma bandeja de jantar. Judith saltou da cama e disse:

– É melhor voltar para o meu quarto. A Srta. Dobbin esconderá minha sobremesa se eu me atrasar.

– Céus, isso seria terrível!

Judith fez uma careta.

– Ela a come depois que me deito.

Ellie chamou-a com o dedo e sussurrou:

– Volte aqui um instante.

Intrigada, Judith retornou e aproximou-se do rosto de Ellie.

– Na próxima vez em que a Srta. Dobbin comer sua sobremesa, procure-me. Vamos descer escondidas até a cozinha e achar algo ainda mais saboroso para você.

Judith bateu palmas, seu rosto a imagem da alegria.

– Ah, milady, a senhora vai ser a melhor das primas!

– Assim como você – respondeu Ellie, sentindo as lágrimas em seus olhos. – E você deve me chamar de Ellie. Afinal, agora somos da mesma família.

– Amanhã vou lhe mostrar a casa – disse a menina. – Conheço todas as passagens secretas.

– Isso seria maravilhoso. Mas é melhor se apressar. Não queremos que a Srta. Dobbin coma sua sobremesa esta noite.

– Mas a senhora disse...

– Eu sei, mas a cozinha está em um estado deplorável hoje. Pode ser difícil encontrar outra sobremesa.

– Ah, céus! – exclamou Judith, ficando pálida só de pensar. – Adeus!

Ellie a viu sair depressa do quarto, depois virou-se para a bandeja e começou a comer.

∽

Apesar da fome, Ellie descobriu que só tinha apetite para comer cerca de um quarto da refeição. O estômago vazio não ajudava a se acalmar, e ela deu um pulo da cama quando, mais tarde naquela noite, ouviu a porta externa do quarto de Charles se abrir. Ela o escutou andar pelo quarto, talvez se preparando para dormir, e se censurou por prender a respiração toda vez que os passos dele o levavam até a porta de ligação.

Aquilo era loucura. A mais absoluta loucura.

– Você tem um dia – murmurou ela. – Um dia para sentir pena de si mesma. Depois precisa sair e viver da melhor forma possível. E daí se todos pensam que você incendiou a cozinha? Essa não é a pior coisa que poderia acontecer.

Ellie passou o minuto seguinte tentando pensar em algo que fosse pior. Não era fácil. Enfim disse, um pouco mais alto do que antes:

– Você poderia ter matado alguém. Isso teria sido ruim. Muito, muito ruim.

Ela assentiu, tentando assegurar-se de que, no grande esquema da vida, o incêndio, na verdade, era um pequeno incidente.

– Muito ruim – repetiu. – Matar alguém. Muito ruim.

Em seguida, ouviu uma batida à porta de ligação. Ellie deitou e puxou os lençóis até o queixo, apesar de saber que a porta estava trancada.

– Sim? – disse ela.

– Estava falando comigo? – perguntou Charles através da porta.

– Não.

– Então posso perguntar com quem estava falando?

Ele por acaso achava que ela estava tendo um caso com um criado?

– Comigo mesma! – E resmungou: – Com exceção de Judith, sou a melhor companhia que vou encontrar neste mausoléu.

– O quê?

– Nada!

– Não consigo ouvir você.

– Não era mesmo para ouvir! – gritou ela.

Silêncio, e em seguida ela ouviu os passos dele se afastando da porta. Ellie relaxou um pouco, aconchegando-se melhor na cama. Ela acabara de encontrar uma posição confortável quando ouviu um terrível clique, e gemeu, *sabendo* o que veria quando abrisse os olhos.

Uma porta aberta. Com Charles parado junto a ela.

– Lembrei-me de mencionar – falou ele, apoiando-se no batente da porta – como acho irritantes as portas de ligação?

– Posso pensar em pelo menos três respostas, mas nenhuma delas é própria a uma dama – retrucou Ellie.

Ele pareceu não se impotar com a provocação.

– Asseguro-lhe de que já deixei de esperar que você se comporte como uma dama.

Ellie não acreditou no que acabara de ouvir.

– Você estava falando. – Ele deu de ombros. – Não consegui ouvi-la.

Ela precisou de uma grande força de vontade para descerrar os dentes, mas conseguiu.

– Creio ter dito que não era mesmo para você ouvir. – Ela sorriu de um jeito que esperava ser perturbador. – Sou maluca assim mesmo.

– Engraçado dizer isso, pois eu poderia jurar que a ouvi falando sobre matar alguém. – Charles deu alguns passos na direção dela e cruzou os braços. – A questão é: quão maluca você é?

Ellie fitou-o, horrorizada. Ele acreditava de verdade que ela fosse capaz de matar alguém? Se isso não era prova de que não conhecia aquele ho-

111

mem suficientemente bem para se casar com ele, o que mais poderia ser? Então viu sua expressão risonha e soltou o ar, aliviada.

– Se quer saber – declarou ela –, eu estava tentando me consolar após o terrível incidente desta manhã...

– O incidente do incêndio, você quer dizer?

– Sim, esse – confirmou ela, não apreciando a interrupção. – Como eu dizia, estava tentando me consolar pensando em todas as coisas piores que poderiam ter acontecido.

Charlie sorriu, irônico.

– E matar alguém se qualifica como pior?

– Bem, isso depende de *quem*.

Charles deu uma gargalhada.

– Minha nossa. Você sabe como ferir.

– Mas não de forma letal – replicou Ellie, sem conseguir conter um sorriso.

Estava se divertindo muito naquela disputa com ele.

Após um instante confortável de silêncio, ele disse:

– Eu faço o mesmo.

– Perdão?

– Isso de tentar fazer uma situação sombria parecer melhor, imaginando todos os cenários que poderiam ser piores.

– Verdade?

Ellie ficou feliz por saber que os dois lidavam com as adversidades de forma parecida. Isso a fez achar que, de alguma forma, eles combinavam.

– Hum, sim. Você deveria ter me ouvido no mês passado, quando estava convencido de que toda a minha fortuna iria para meu odioso primo Phillip.

– Pensei que seu odioso primo se chamasse Cecil.

– Não, Cecil é o sapo. Phillip é meramente odioso.

– Você fez uma lista?

– Sempre faço listas – respondeu ele, irreverente.

– Não – disse ela com uma pequena risada. – Perguntei se tinha feito uma lista do que seria pior do que perder sua fortuna.

– Na verdade, fiz – confessou ele, abrindo um sorriso. – E, na verdade, ela está no quarto ao lado. Gostaria de vê-la?

– Por favor.

Charles desapareceu pela porta de ligação e voltou instantes depois com um pedaço de papel. Antes que Ellie se desse conta, ele subiu na cama e estendeu-se ao lado dela.

– Charles!

Ele a fitou.

– Preciso de um travesseiro para me apoiar.

– Saia da minha cama.

– Não estou na cama com você, estou só deitado nela – esclareceu ele. Então puxou um dos travesseiros que estavam sob a cabeça de Ellie. – Agora está melhor.

Ellie reclamou com o marido quando sua cabeça ficou numa posição desconfortável.

Charles a ignorou.

– Quer ouvir minha lista ou não?

Ela assentiu.

– Muito bem. – Ele segurava o papel à sua frente. – "Número um"... Ah, a propósito o título desta lista é: "As piores coisas que poderiam acontecer comigo."

– Espero não estar nela – murmurou Ellie.

– Mas que bobagem. Você foi a melhor coisa que me aconteceu nos últimos tempos.

Ela corou, irritando-se consigo mesma por ter ficado tão feliz com aquela declaração.

– Se não fosse por alguns hábitos espantosamente ruins, você seria perfeita.

– Perdão?

Ele sorriu com ar travesso.

– Adoro quando me pede perdão.

– Charles!

– Ah, tudo bem, como salvou minha fortuna, estou inclinado a ignorar alguns dos pequenos maus hábitos.

– Não tenho pequenos maus hábitos! – retrucou Ellie.

– Sim, está certa – concordou ele. – Somente grandes.

– Sabe muito bem que não foi isso que eu quis dizer.

Ele cruzou os braços.

– Quer que eu leia a lista?

113

— Estou começando a achar que você *não* tem uma lista. Nunca conheci alguém que mudasse tanto de assunto.

— E nunca conheci ninguém que falasse tanto quanto você.

Ellie sorriu.

— Terá que se acostumar com meu jeito falante, já que se casou comigo.

Charles virou-se de lado e olhou para ela, avaliando-a com atenção.

— Jeito falante? De que outras formas será que você usa a boca?

Ela se afastou dele até quase cair da cama.

— Nem pense em me beijar, Billington.

— Meu nome é Charles, e eu não estava pensando em beijá-la. Mas, agora que mencionou, não me parece má ideia.

— Leia... A... Lista.

Ele deu de ombros.

— Se você insiste.

Ellie queria gritar.

— Vamos lá. — Ele estendeu e estalou o papel para chamar a atenção. — "Número um: Cecil poderia herdar a fortuna."

— Pensei que Cecil *iria* herdar.

— Não, *Phillip* herdaria. Cecil teria que matar nós dois para herdar. Se eu não tivesse me casado, ele só precisaria matar Phillip.

Ellie encarou-o espantada.

— Fala como se achasse que ele considerou essa opção.

— Eu não duvidaria — disse Charles. — Continuando. "Número dois: a Inglaterra poderia ser anexada pela França."

— Estava bêbado quando fez essa lista?

— Tem que admitir que seria algo muito ruim. Pior do que eu perder minha fortuna.

— Que gentil de sua parte colocar o bem-estar da Grã-Bretanha antes do seu — disse Ellie, sarcástica.

Ele suspirou e declarou:

— Sou esse tipo de homem. Nobre e patriótico. "Número três..."

— Posso interromper?

Ele olhou para ela como quem diz "Você já interrompeu".

Ellie revirou os olhos.

— Só estava me perguntando se esses itens estão em ordem de importância.

— Por quê?

– Se estão em ordem de importância, isso significa que você pensa que seria pior Cecil herdar sua fortuna do que a França conquistar a Inglaterra.

Charles respirou fundo e soltou o ar.

– É difícil decidir. Não tenho certeza.

– Você é sempre tão irreverente?

– Somente com relação a coisas importantes. "Número três: o céu poderia cair na terra."

– Isso *certamente* é pior do que Cecil herdar sua fortuna! – exclamou Ellie.

– Na verdade, não. Se o céu caísse na terra, Cecil estaria morto e não poderia aproveitar minha fortuna.

– E você também – retrucou Ellie.

– Hum. Está certa. Posso ter que revisar.

Ele sorriu para ela novamente e seus olhos pareciam mais calorosos, embora não com paixão, pensou Ellie. Seu olhar exibia algo parecido com amizade... ou pelo menos era o que ela esperava. Respirando fundo, ela decidiu aproveitar o lindo momento.

– Não provoquei aquele incêndio. Não fui eu.

Ele suspirou.

– Ellie, sei que você nunca faria algo assim de propósito.

– Eu não fiz nada – disse ela bruscamente. – Alguém adulterou o forno depois que o consertei.

Charles deixou escapar outro longo suspiro. Queria poder acreditar nela, mas por que alguém mexeria no forno? As únicas pessoas que sabiam como usá-lo eram as criadas, e com certeza não tinham motivos para prejudicar Ellie.

– Ellie – falou ele de modo apaziguador –, talvez não saiba tanto sobre fornos quanto pensa.

Ela pareceu retesar todos os músculos do corpo.

– Ou talvez nosso forno seja diferente do seu.

Ela relaxou um pouco, mas ainda parecia extremamente chateada com ele.

– Ou talvez... – disse ele com suavidade, pegando a mão dela. – Talvez você conheça tanto sobre fornos quanto diz, mas cometeu um pequeno erro. A vida de recém-casados pode nos deixar muito distraídos.

Ela pareceu se acalmar com essa declaração e Charles acrescentou:

– Deus sabe como ando distraído.

Para mudar de assunto, Ellie apontou para algo escrito na parte inferior do papel que estava na mão dele.

– O que é isso? Outra lista?

Charles olhou para o papel, dobrou-o depressa e respondeu:

– Ah, não é nada.

– Agora preciso ler. – Ela tirou o papel da mão do marido e, quando ele tentou pegá-lo, pulou da cama. – "As cinco qualidades mais importantes em uma *esposa*"? – leu com incredulidade.

Ele deu de ombros.

– Parecia um esforço interessante para definir aquilo de que eu precisava.

– "Aquilo?" Eu sou "aquilo"?

– Não seja obtusa, Ellie. Você é inteligente demais para isso.

Havia um elogio ali em algum lugar, mas Ellie não lhe daria crédito por isso. Ela bufou e começou a ler.

– "Número um: atraente o bastante para manter meu interesse." *Este* é o requisito mais importante?

Charles teve a decência de parecer um pouco envergonhado.

– Se está tão indignada comigo quanto parece, estou em grandes apuros – murmurou ele.

– Quieto. – Ela limpou a garganta. – "Número dois: inteligência." – Ellie o encarou. – Você se redimiu um pouco. Mas só um pouco.

Ele riu e se recostou, apoiando a cabeça nas mãos entrelaçadas.

– E se eu lhe dissesse que esta lista não está por ordem de importância?

– Eu não acreditaria em você nem por um segundo.

– Achei que não.

– "Número três: não resmungar." Eu não resmungo.

Ele não disse nada.

– Eu não resmungo.

– Está resmungando agora mesmo.

Ellie fuzilou-o com os olhos e continuou a leitura.

– "Número quatro: habilidade de se relacionar dentro de meu círculo social com facilidade." – Ela tossiu. – Certamente percebe que não tenho a menor experiência com a aristocracia.

– Seu cunhado é o conde de Macclesfield – observou Charles.

– Sim, mas ele é da família. Não preciso me preocupar em posar de grã-fina para ele. Jamais estive num baile londrino, num salão literário nem em qualquer outro lugar que vocês, tipos indolentes, frequentem durante a temporada.

– Vou ignorar seu insulto inapropriado – disse ele, soando de repente tão altivo quanto Ellie sempre esperara que um conde soasse. – Bem, você é uma mulher inteligente, correto? Tenho certeza de que aprenderá o que for preciso. Sabe dançar?

– É claro.

– Sabe conversar? – Ele acenou com a mão. – Não, não responda. Já sei a resposta. Você conversa até demais. Vai se sair bem em Londres, Eleanor.

– Charles, estou começando a achar que você me irrita *demais*.

Charles cruzou os braços e esperou que ela continuasse, começando a achar aquilo extremamente cansativo. Fizera aquela lista havia mais de um mês e nunca pretendera examiná-la com a futura esposa. Ele até mesmo escrevera...

De repente, lembrou-se do número cinco. Todo o sangue em seu rosto se esvaiu. Viu Ellie olhar para a lista como se em velocidade mais lenta e ouviu-a dizer:

– "Número cinco."

Charles nem teve tempo de pensar. Saltou da cama, um grito primitivo escapando da boca, e se lançou sobre ela, derrubando-a.

– A lista! – grunhiu ele. – Dê-me a lista.

– Mas que diabo! – exclamou Ellie, tentando se livrar dele. – Solte-me, seu patife.

– Dê-me a lista.

Ellie, que agora estava de costas no chão, estendeu o braço sobre a cabeça.

– Saia de cima de mim!

– A lista! – rugiu ele.

Sem conseguir pensar em outra opção, Ellie acertou o joelho na barriga dele e se afastou depressa. Então levantou-se e leu freneticamente o papel em suas mãos enquanto ele recuperava o ar. Quando os olhos dela correram pelas linhas e encontraram o número cinco, ela gritou:

– Seu *cretino*!

Charles apenas gemeu, com a mão na barriga.

– Eu deveria ter acertado o joelho mais para baixo – sibilou ela.

– Não exagere, Ellie.

– "Número cinco" – leu a condessa com voz afetada. – "Ela deve ser experiente o suficiente para fazer vista grossa aos meus casos, e não pode ter nenhum até ter gerado pelo menos dois herdeiros."

Colocado daquela forma, parecia um pouco frio, admitiu Charles.

– Ellie – disse ele de forma apaziguadora –, sabe que escrevi isso antes de conhecê-la.

– Que diferença faz?

– Toda a diferença. É... hã...

– Devo acreditar que se apaixonou tão perdidamente por mim que todas as suas ideias sobre o casamento caíram por terra?

Os olhos azul-escuros dela pareciam disparar, de uma só vez, fogo e gelo, e Charles sentia ao mesmo tempo apreensão e desejo. Pensou em dizer algo estúpido como: "Você fica linda quando está com raiva." Essa afirmação sempre operara milagres com suas amantes, mas ele tinha a sensação de que não daria muito certo com sua esposa.

Ele olhou firmemente para ela. Ellie estava do outro lado do quarto, mantendo a postura combativa e os punhos cerrados junto do corpo. A maldita lista estava amassada, jogada no chão. Ela o encarou, seus olhos faiscando de raiva.

Não havia dúvida, ele tinha errado feio dessa vez.

Seu intelecto, pensou de repente. Ele teria que apelar para o intelecto da esposa e argumentar com ela para resolver aquela situação. Ela se orgulhava de sua sensatez e de seu autocontrole, certo?

– Ellie – começou ele –, nunca tivemos a oportunidade de discutir o casamento um com o outro.

– Não – disparou ela em tom amargo –, simplesmente nos *casamos*.

– Admito que nossas núpcias foram um tanto apressadas, mas tínhamos boas razões para agir assim.

– *Você* tinha uma boa razão – retrucou ela.

– Não tente agir como se eu tivesse me aproveitado de você – replicou ele, a voz cada vez mais impaciente. – Precisava desse casamento tanto quanto eu.

– Mas não lucrei tanto quanto você.

– Não tem ideia de quanto está lucrando! É uma condessa agora. É mais rica do que jamais sonhou. – Ele a encarou. Severamente. – Não me insulte bancando a vítima.

– Tenho um título. E dinheiro. E também tenho um marido a quem devo obediência. Um marido que não parece ver nada de errado em me tratar como posse.

– Eleanor, está sendo irracional. Não quero discutir com você.

– Já notou que só me chama de Eleanor quando fala comigo como se eu fosse uma criança?

Charles contou até três e então respondeu:

– Os casamentos da aristocracia são baseados na premissa de que ambas as partes são maduras o suficiente para respeitar as escolhas um do outro.

Ela o fitou, perplexa.

– Você faz ideia do que acabou de dizer?

– Ellie...

– Acho que acabou de dizer que *eu* também posso ser infiel se desejar.

– Não seja tola.

– Após os dois herdeiros, é claro, como você tão eloquentemente colocou. – Ela se sentou, perdida em pensamentos. – Liberdade para viver minha vida como eu quiser, com quem eu quiser. Intrigante.

Parado ali, observando-a ponderar sobre o adultério, Charles se deu conta de que suas visões anteriores sobre o casamento eram vis.

– Você não pode fazer nada com relação a isso agora – disse ele. – É considerado muito deselegante ter um caso antes de gerar um herdeiro.

Ela começou a rir.

– O item número quatro de repente assume um novo significado.

Ele olhou para ela sem entender.

– Você queria alguém que tivesse a habilidade, e a facilidade, de se relacionar dentro de seu círculo social. Sem dúvida, terei que dominar as complexidades do que é ou não considerado elegante. Vamos ver... – Ela bateu o dedo indicador no queixo e Charles sentiu um impulso de puxar a mão dela, só para tirar aquela expressão sarcástica de seu rosto. – É deselegante ter um caso no início do casamento – continuou ela –, mas seria deselegante ter mais de um amante ao mesmo tempo? Terei que investigar isso.

Charles sentiu o rosto quente, e um músculo latejava de modo furioso em sua têmpora.

– Provavelmente é deselegante ter um caso com um dos seus amigos, mas seria deselegante com um primo distante?

Ele começava a ver tudo através de uma estranha névoa vermelha.

– Estou quase certa de que seria deselegante ficar com um amante aqui em nossa casa – continuou ela –, mas não sei onde...

Um grito estrangulado e rouco escapou da garganta de Charles e ele se lançou para cima dela.

– Pare! – berrou ele. – Pare com isso!

– Charles! – exclamou ela, se contorcendo de forma frenética embaixo dele, o que só serviu para deixá-lo ainda mais louco.

– Nem mais uma palavra – disse, furioso, parecendo queimar a pele dela com os olhos. – Se disser mais uma palavra, que Deus me ajude, não me responsabilizo pelo que possa fazer.

– Mas eu...

Ao ouvir a voz de Ellie, afundou os dedos nos ombros dela. Seu olhar parecia insano, como se ele já não soubesse ou se importasse com o que faria em seguida.

Ellie olhou para ele, de repente bastante cautelosa.

– Charles – sussurrou –, talvez você não devesse...

– Talvez eu deva.

Ela abriu a boca para protestar, mas, antes que pudesse emitir qualquer som, ele a calou com um beijo ardente. E logo sua boca parecia estar por toda parte – nas faces, no pescoço, nos lábios dela. As mãos de Charles percorreram todo o corpo de Ellie, parando para agarrar a curva de seus quadris e os seios.

Ela podia notar a paixão crescendo dentro dele... e dentro dela também. Charles pressionou os quadris contra os dela. Ellie sentiu a excitação do marido quando ele investiu com mais força, e levou vários segundos para perceber que acolhia as investidas dele.

Ele a seduzia com fúria e ela correspondia. Dar-se conta disso foi o suficiente para esfriar sua paixão, e ela então o empurrou e saiu de baixo de seu corpo. Ellie atravessou o quarto antes que ele pudesse se levantar.

– Como se atreve? – indagou ela, ofegante. – Como ousa?

Charles ergueu um dos ombros de modo insolente.

– Era beijar você ou matá-la. Acho que fiz a escolha certa – declarou, caminhando até a porta de ligação e colocando a mão na maçaneta. – Não prove que eu estava errado.

CAPÍTULO 10

Charles acordou na manhã seguinte com uma dor de cabeça lancinante. Sua esposa parecia ter a capacidade de fazê-lo sentir uma terrível ressaca sem que ele bebesse uma única gota de álcool.

Não havia dúvida. O casamento não era bom para a saúde.

Depois de tomar banho e se vestir, decidiu que deveria procurar Ellie e ver como ela estava. Não tinha a menor ideia do que deveria lhe dizer, mas achava que precisava falar com ela.

O que ele *queria* dizer era: "Aceito suas desculpas." Mas isso exigiria que ela, de fato, se desculpasse pelas coisas reprováveis que falara na noite anterior, e ele duvidava que ela fizesse isso.

Ele bateu à porta de ligação e esperou. Como não obteve resposta, abriu-a ligeiramente e chamou por ela. Ainda nenhuma resposta. Então abriu um pouco mais a porta e enfiou a cabeça lá dentro.

– Ellie? – falou, olhando para a cama e se surpreendendo ao vê-la arrumada.

As criadas ainda não haviam feito a limpeza naquela manhã. Tinha certeza disso porque ele próprio as instruíra para deixarem flores frescas na penteadeira da esposa todas as manhãs, e as violetas do dia anterior ainda estavam lá.

Ele balançou a cabeça, percebendo que Ellie arrumara a própria cama. Mas não deveria ter ficado surpreso. Ela era uma mulher bastante competente.

Exceto quando se tratava de fornos, é claro.

Charles desceu as escadas até a sala de café da manhã, porém, em vez da esposa, encontrou apenas Helen, Claire e Judith.

– Charles! – gritou Claire, levantando-se rapidamente ao vê-lo entrar.

– E como vai minha prima preferida de 14 anos nesta linda manhã? – perguntou ele, beijando sua mão de modo galante.

As moças adoravam esse tipo de bobagem romântica, e ele adorava Claire a ponto de se lembrar de tratá-la com tais gestos grandiosos.

– Vou muito bem, obrigada – respondeu Claire. – Vai se juntar a nós para o café da manhã?

– Claro – murmurou Charles, sentando-se.

– Não temos torrada – acrescentou Claire.

Isso lhe valeu um olhar de reprovação de Helen, porém Charles não pôde deixar de rir enquanto espetava uma fatia de presunto.

– Pode beijar minha mão também – falou Judith.

– Mereço um castigo por ter esquecido – disse Charles, levantando-se. Então pegou a mão de Judith e levou-a aos lábios. – Minha querida princesa Judith, mil desculpas.

Judith riu e Charles tornou a se sentar.

– Onde estará minha esposa? – disse ele.

– Não a vi – respondeu Claire.

Helen limpou a garganta.

– Eleanor e eu somos duas madrugadoras. Eu a encontrei aqui no café da manhã, antes de Claire e Judith descerem.

– E *ela* comeu torradas? – indagou a filha mais velha.

Charles tossiu para encobrir uma risada. Não era nada bom rir da esposa diante dos parentes. Mesmo que a pessoa estivesse *terrivelmente* descontente com a tal esposa.

– Acho que ela comeu um biscoito – falou Helen, um tanto rude. – E peço-lhe que não comente esse assunto de novo, Claire. Sua nova prima ainda está muito sensível com o incidente.

– Ela não é minha prima de sangue. E não foi um incidente. Foi um incêndio.

– Isso aconteceu ontem – interveio Charles – e já me esqueci completamente.

Claire franziu a testa e Helen continuou:

– Se bem me lembro, Ellie disse que planejava dar uma olhada na estufa. Ela mencionou que adora jardinagem.

– A estufa é à prova de fogo? – perguntou Claire.

Charles lançou um olhar severo em sua direção.

– Claire, já chega.

A menina franziu a testa novamente, mas ficou quieta.

Então, enquanto os três se entreolhavam em silêncio, um grito agudo cortou o ar.

– Fogo!

– Está vendo? – gritou Claire, soando um pouco presunçosa. – Eu disse que ela atearia fogo na estufa.

– Outro incêndio? – indagou Judith, parecendo empolgada com a ideia. – Ah, Ellie deixa as coisas sempre tão emocionantes.

– Judith – disse a mãe com voz cansada –, incêndios não são emocionantes. E, Claire, você sabe muito bem que é só a tia Cordelia. Tenho certeza de que não há nada pegando fogo.

Comprovando o que Helen dissera, Cordelia atravessou correndo a sala, gritando "fogo!" mais uma vez. Passou pela mesa e saiu pela porta que dava para a sala de jantar formal, seguindo para destinos desconhecidos.

– Viram? – disse Helen. – É só Cordelia. Não há fogo.

Charles estava inclinado a concordar com Helen, porém, após o incêndio do dia anterior, estava um pouco nervoso. Limpou a boca com o guardanapo e levantou-se.

– Bem, acho que vou dar uma caminhada – inventou, não querendo que as primas pensassem que estava investigando a esposa.

– Mas mal tocou na sua comida – protestou Claire.

– Não estou com muita fome – disse Charles apressado, calculando a rapidez com que o fogo poderia se espalhar pela estufa. – Vejos vocês no almoço.

Então virou-se e saiu. Quando já não podia ser visto da sala de café da manhã, começou a correr.

⁂

Ellie tocou a terra em torno de um arbusto florido, maravilhando-se com a incrível estufa. Já ouvira falar sobre tais estruturas, mas nunca tinha visto uma. A temperatura era mantida quente o suficiente para que se pudessem cultivar plantas durante todo o ano; mesmo laranjeiras, que, como era sabido, preferiam um clima mais tropical. Sua boca se encheu de água ao tocar as folhas da laranjeira. Não estava dando frutos agora, mas quando a primavera e o verão chegassem... ah, seria maravilhoso.

Pensou que se acostumaria ao luxo com prazer se isso significasse que poderia comer laranjas durante todo o verão.

Ellie caminhou pelo lugar, inspecionando as várias plantas. Mal podia esperar para colocar as mãos nas roseiras. Costumava caminhar pelo jardim de seu pai e adorava. Essa devia ser a maior vantagem de seu casamento apressado: a oportunidade de cuidar do jardim o ano inteiro.

Estava ajoelhada, verificando as raízes de determinada planta, quando ouviu passos apressados se aproximando. Ao levantar a cabeça, viu Charles entrar correndo na estufa e, imediatamente, diminuir o ritmo, como se não quisesse deixá-la saber que estava correndo.

– Ah – disse ela sem rodeios –, é você.

– Estava esperando outra pessoa? – perguntou ele, olhando em volta como se procurasse algo.

– É claro que não. Só não pensei que viria me procurar.

– Por que acharia isso? – indagou ele distraído, ainda procurando algo.

Ellie fitou-o.

– Algum problema, milorde?

Ele não pareceu ouvi-la, por isso ela gritou:

– Charles!

Ele virou a cabeça bruscamente.

– Sim?

– *O que* está procurando?

– Nada.

Naquele instante, Cordelia entrou na estufa e berrou:

– Fogo! Está pegando fogo!

Ellie viu sua nova tia-avó voltar correndo lá para fora. Então, virou-se para Charles com uma expressão acusadora.

– Você pensou que eu tivesse ateado fogo à estufa, não foi?

– Claro que não – respondeu ele.

– Maldi... – Ellie se deteve antes de blasfemar.

Seu pai teria um ataque se ouvisse como seu linguajar se deteriorara naqueles dois dias que deixara sua casa. O casamento não estava tendo um efeito positivo sobre seu temperamento.

Charles olhou para o chão, sentindo-se, de repente, bastante envergonhado. Sua tia Cordelia gritava "fogo!" uma vez por dia desde que ele se lembrava. Devia ter tido um pouco mais de fé na esposa.

– Gosta de jardinagem? – murmurou ele.

– Sim. Espero que não se importe de eu passar meu tempo aqui.

– De modo algum.

Eles permaneceram em silêncio por bons trinta segundos. Ellie bateu o pé no chão, Charles tamborilou os dedos na coxa. Por fim, Ellie lembrou-se de que não era uma pessoa dócil e questionou:

– Ainda está bravo comigo, não é?

Ele ergueu os olhos, surpreso com sua pergunta.

– Pode ser uma maneira de descrever.

– Também estou brava com você.

– Não deixei de notar.

Seu tom frio a enfureceu. Era como se ele estivesse debochando de sua angústia.

– Gostaria que soubesse que nunca imaginei meu casamento como o contrato seco e sem vida que você pareceu prever – disse ela, furiosa.

Ele riu e cruzou os braços.

– Você provavelmente nunca imaginou estar casada *comigo*.

– Se esse não é o mais egoísta...

– E, além disso – interrompeu ele –, se o nosso casamento é "sem vida", como você colocou de forma tão delicada, é porque decidiu não consumar a união.

Ellie esgasgou com o comentário rude.

– Você é desprezível.

– Não, eu simplesmente a quero. Por quê? Juro pela minha vida que não sei. Mas quero.

– A luxúria sempre torna os homens tão horríveis?

Ele deu de ombros.

– Eu não saberia dizer. Nunca tive tanta dificuldade para levar uma mulher para a cama antes. E nunca fui casado com outra.

Ellie engasgou mais uma vez. Era verdade que desconhecia os detalhes de um típico casamento aristocrático, mas estava certa de que os maridos não deveriam discutir suas aventuras amorosas diante das esposas.

– Não tenho que ouvir esse tipo de conversa – declarou ela. – Vou embora.

Tinha percorrido metade do caminho até a porta quando se virou.

– Não – disse ela –, eu quero praticar jardinagem. *Você* sai.

– Ellie, devo lembrar que esta é minha casa?

– Também é minha casa agora. E quero praticar jardinagem. Você, não. Portanto, é você quem vai embora.

– Eleanor...

– Estou achando difícil apreciar a sua companhia – grunhiu ela.

Charles balançou a cabeça.

– Está bem. Afunde-se na terra até os cotovelos, se quiser. Tenho coisas melhores para fazer do que ficar aqui discutindo com você.

– Assim como eu.

– Ótimo.

– Ótimo!

Ele saiu pisando duro, furioso.

Ellie achou que pareciam duas crianças briguentas, mas, àquela altura, estava muito irritada para se importar.

Os recém-casados conseguiram evitar a companhia um do outro por dois dias, e provavelmente teriam seguido com essa rotina solitária por mais tempo, se não fosse pelo desastre.

Ellie tomava café da manhã quando, com uma expressão de desgosto, Helen entrou na pequena sala de jantar.

– Algum problema, Helen? – perguntou Ellie, tentando não dar importância ao fato de a cozinha ainda não ter voltado a servir torrada.

– Tem alguma ideia do que seja aquele cheiro terrível na ala sul? Quase desmaiei vindo para cá.

– Não notei cheiro algum. Vim pelas escadas laterais e... – Ellie sentiu um aperto no coração. *A estufa. Ah, por favor, não a estufa.* Ficava próxima à ala sul. – Ah, céus – murmurou ela, levantando.

Saiu depressa pelos corredores, Helen correndo logo atrás dela. Se algo tivesse acontecido na estufa, ela não sabia o que ia fazer. Era o único lugar naquele mausoléu desolado em que se sentia completamente em casa.

Ao se aproximar de seu destino, Ellie sentiu um terrível mau cheiro.

– Ah, meu Deus! – disse, ofegante. – O que é isso?

– É horrível, não é? – falou Helen.

Ellie entrou na estufa e o que viu quase a fez chorar. As roseiras – pelas quais se apaixonara – estavam mortas, suas folhas parecendo quase queimadas. Pétalas cobriam todo o chão e os arbustos exalavam um mau cheiro insuportável. Ela cobriu o nariz.

– Quem faria tal coisa? – Ela se virou para Helen e repetiu: – Quem?
Helen fitou-a por um instante.

– Ellie, você é a única que gosta de passar tempo aqui na estufa.

– Você não acha que eu... Acha que fiz isso?

– Não imagino que tenha feito de propósito – respondeu Helen, parecendo bastante desconfortável. – Qualquer um pode ver como gosta de jardinagem. Talvez tenha colocado algo no solo. Ou borrifado alguma coisa que não deveria.

– Não fiz nada disso! – insistiu Ellie. – Eu...

– *Santo Deus!* – Charles entrou na estufa, uma das mãos segurando um lenço sobre o nariz e a boca. – Que cheiro é esse?

– Minha roseira! – exclamou Ellie, quase gemendo. – Veja o que fizeram.

Charles colocou as mãos nos quadris enquanto examinava o dano, então acabou respirando pelo nariz e tossiu.

– Mas que diabo, Eleanor, como conseguiu matar as roseiras em apenas dois dias? Minha mãe costumava levar pelo menos um ano para conseguir isso.

– Não tive nada a ver com isso! – gritou ela. – Nada!

Claire escolheu aquele momento para entrar em cena.

– Morreu alguma coisa aqui na estufa? – perguntou.

Os olhos de Ellie faiscaram.

– Não, mas, se meu marido disser mais uma palavra depreciativa a meu respeito, isso vai acontecer.

– Ellie – disse Charles com voz apaziguadora. – Não acho que fez isso de propósito. É só...

– Aaaaargh! – berrou ela, erguendo os braços. – Se eu ouvir essa frase mais uma vez, vou gritar.

– Você *está* gritando – ressaltou Claire.

Ellie queria estrangular aquela criança.

– Algumas pessoas não são muito boas com jardinagem – continuou Claire. – Não há nada de errado nisso. Eu mesma sou terrível com plantas. Nem sonharia em interferir em nada aqui. É por esse motivo que contratamos jardineiros.

Ellie olhou de Charles para Helen e depois para Claire. A expressão no rosto dos três era ligeiramente compassiva, como se tivessem encontrado uma criatura que, embora agradável, fosse confusa.

– Ellie – disse Charles –, talvez devêssemos discutir isso.

Após dois dias de tratamento silencioso, sua repentina vontade de discutir o aparente fracasso dela na estufa a fez perder o controle.

– Não tenho nada para falar com você – afirmou. – Com nenhum de vocês! – berrou, saindo furiosa.

⁂

Charles deixou Ellie ruminar sua irritação sozinha, no quarto, até a noite, e então decidiu que era melhor falar com ela. Nunca a vira tão chateada quanto naquela manhã na estufa. É claro que só a conhecia havia pouco mais de uma semana, porém nunca imaginara a mulher espirituosa e corajosa com quem se casara irritando-se tanto com qualquer coisa.

Ele tivera tempo para se acalmar desde a última discussão dos dois. Ela o estivera testando, percebia agora. Não estava habituada ao estilo de vida da sociedade e acabava perdendo o controle. Iria sossegar quando se acostumasse ao casamento.

Ele bateu de leve à porta de ligação. Quando não ouviu nenhuma resposta, bateu um pouco mais alto. Por fim, ouviu algo que poderia ter sido "entre", e enfiou a cabeça lá dentro.

Ellie estava sentada na cama, embrulhada em uma coberta que devia ter trazido da casa do pai. Era uma peça simples – branca com costura azul –, certamente nada que teria se adequado aos gostos exagerados dos antepassados do conde.

– Quer alguma coisa? – perguntou Ellie, sem emoção na voz.

Charles olhou-a atentamente. Seus olhos estavam vermelhos e ela parecia muito pequena e jovem em meio à colcha volumosa. E segurava algo na mão esquerda.

– O que é isso? – indagou ele.

Ellie olhou para a mão como se tivesse esquecido que segurava algo.

– Ah. É o retrato da minha mãe.

– É muito especial para você, não é?

Fez-se então uma longa pausa, como se Ellie estivesse decidindo se queria ou não compartilhar suas lembranças familiares. Por fim, disse:

– Ela encomendou duas pinturas quando percebeu que estava morrendo. Uma para mim e outra para Victoria. O plano era que as levássemos conosco quando nos casássemos.

– Para nunca a esquecerem?

Ellie fitou-o, os olhos azuis surpresos.

– Foi exatamente o que ela disse. Exatamente. – Ela fungou e secou o nariz de forma deselegante com a mão. – Como se algum dia eu pudesse esquecê-la.

Ela olhou para as paredes do quarto. Não havia retirado dali os terríveis retratos, e as condessas pareciam ainda mais imponentes do que o usual quando comparadas à expressão gentil de sua mãe.

– Sinto muito pelo que aconteceu hoje na estufa – declarou Charles com suavidade.

– Sinto muito também – disse Ellie com voz amarga.

Charles tentou ignorar seu tom áspero e se sentou ao lado dela na cama.

– Você ama muito aquelas plantas, eu sei.

– Você e todos os outros sabem.

– O que quer dizer?

– Quero dizer que alguém não quer me ver feliz. Alguém está arruinando, de propósito, meus esforços para fazer de Wycombe Abbey meu lar.

– Ellie, você é a condessa de Billington. Isso significa que Wycombe Abbey é o seu lar.

– Ainda não. Preciso deixar minha marca. Preciso fazer algo que torne pelo menos uma parte da casa minha. Tentei ser útil ao consertar o forno.

Charles suspirou.

– Talvez não devêssemos mencionar o forno.

– Não coloquei errado a grade – disse ela, os olhos brilhando como fogo. – Alguém mexeu no que eu fiz.

Ele deixou escapar um longo suspiro e colocou a mão sobre a dela.

– Ellie, ninguém faz mau juízo de você. Não é culpa sua ser um pouco inepta quando se trata de...

– Inepta! Inepta? – falou com voz estridente. – Eu não sou...

Na pressa de pular da cama e colocar as mãos nos quadris, furiosa e ofendida, se atrapalhou com o cobertor e caiu no chão, aterrissando de forma bastante desajeitada. Levantou-se cambaleando, tropeçou duas vezes – uma vez na saia e outra no cobertor – e, finalmente, grunhiu:

– Não sou inepta.

Charles, apesar dos esforços para permanecer sensível à sua angústia, não conseguiu evitar que sua boca tremesse em um sorriso.

– Ellie, eu não quis dizer...

– Pois fique sabendo que nunca fui nada senão epta.

– Epta?

– Sempre fui bastante organizada e capaz...

– Epta?

– Não sou de procrastinar e não me esquivo dos meus deveres. Eu faço as coisas.

– Isso é uma palavra?

– *O que* é uma palavra? – explodiu Ellie, parecendo muito irritada com ele.

– Epta.

– É claro que não.

– Você acabou de dizer isso – observou Charles.

– Eu não fiz isso.

– Ellie, receio que você...

– Se eu disse – continuou ela, um pouco vermelha –, é uma prova de como estou aborrecida. Usando palavras sem sentido. Humpf. Não sou assim.

– Ellie, sei que é uma mulher extremamente inteligente. – Ele esperou que ela falasse alguma coisa e, quando não falou nada, acrescentou: – Foi por essa razão que me casei com você.

– Você se casou comigo porque precisava salvar sua fortuna e pensou que eu ignoraria seus casos – disparou ela.

Ele ruborizou um pouco.

– É verdade que minha situação financeira instável teve muito a ver com a pressa com que nos casamos, mas lhe asseguro de que ter um caso era a última coisa que se passava em minha mente quando decidi me casar com você.

Ela bufou, irritada.

– Basta dar uma olhada em sua lista para saber que está mentindo.

– Ah, sim – disse Charles com sarcasmo –, a tal lista.

– E por falar em nosso acordo de casamento – mencionou Ellie –, você resolveu meus assuntos financeiros?

– Ainda ontem, na verdade.

– É mesmo? – Ela parecia bastante surpresa. – Mas...

– Mas o quê? – disse ele, irritado por ela achar que ele não cumpriria a palavra.

– Nada. – Após uma pausa, ela acrescentou: – Obrigada.

Charles assentiu com a cabeça. Depois de alguns instantes de silêncio, ele disse:

– Ellie, precisamos conversar sobre nosso casamento. Não sei de onde tirou o mau juízo que faz de mim, porém...

– Não agora – interrompeu ela. – Estou muito cansada. Não vou conseguir ouvi-lo explicar quão pouco eu sei sobre os casamentos aristocráticos.

– Todas as ideias que eu tinha a respeito do casamento foram formadas antes de conhecer você – explicou ele.

– Já lhe disse que não acredito que eu seja tão estonteante a ponto de fazê-lo abandonar todas as ideias que tinha sobre como um casamento deveria ser.

Charles fitou-a, admirando os cabelos acobreados que lhe desciam pelos ombros, e pensou que "estonteante" não era uma palavra suficientemente forte para descrevê-la. Seu corpo ansiava por ela, e seu coração... Bem, ele não era tão experiente com essas questões do coração, mas estava bastante seguro de que sentia *algo*.

– Então me ensine – disse ele. – Ensine-me como um casamento deve ser.

Ellie olhou para ele, perplexa.

– E como eu saberia? Isso tudo é tão novo para mim quanto para você.

– Então talvez não devesse ser tão rápida em me repreender.

Uma veia latejou em sua têmpora e ela disse:

– *Sei* que maridos e esposas devem se respeitar o suficiente para não rirem e ignorarem quando seu cônjuge comete adultério.

– Viu só? Sabia que tinha ideias firmes sobre o casamento. – Ele sorriu e recostou-se nos travesseiros dela. – E nem posso lhe dizer como estou feliz em ouvir que não está interessada em me trair.

– Eu adoraria ouvir o mesmo de você – rebateu ela.

Charles abriu um largo sorriso.

– Nunca ninguém gostou tanto de ser alvo de uma crise de ciúme.

– Charles... – começou ela em tom de advertência.

Sorrindo, ele disse:

– Ellie, asseguro-lhe de que não pensei em adultério desde que a conheci.

– Isso é reconfortante – declarou ela com sarcasmo. – Você conseguiu se controlar por *uma semana inteira*.

Charles pensou em ressaltar que, na verdade, eram oito dias, mas concluiu que pareceria infantil.

– Parece-me, então, que seu papel como esposa é bastante claro.

– Perdão?

– Afinal, *não* quero me desviar.

– Não estou gostando disso – murmurou ela.

– Nada me agradaria mais do que passar a vida inteira em seus braços.

Ela bufou.

– Nem quero pensar em quantas vezes já disse isso antes, milorde.

Charles deslizou da cama e pôs-se de pé com a graça de um gato. Ao vê-la desconcertada, aproveitou para pegar sua mão e levá-la aos lábios.

– Se está tentando me seduzir, não vai funcionar – disse ela francamente.

Ele abriu um sorriso charmoso e malicioso.

– Não estou tentando seduzi-la, querida Eleanor. Nunca empreenderia uma tarefa tão colossal. Afinal, você é nobre; você é reta; você é constituída de material sólido.

Colocado dessa forma, Ellie pensou que ela mais parecia um tronco de árvore.

– E o que isso significa? – grunhiu ela.

– Ora, é simples, Ellie. Acho que *você* deveria *me* seduzir!

CAPÍTULO 11

Ela bateu no peito dele com as mãos, derrubando-o de volta na cama.

– Está louco? – gritou ela.

Charles apenas sorriu.

– Asseguro-lhe de que não precisa recorrer à força para me levar para sua cama, querida esposa.

– Isso não passa de um jogo para você!

– Não, Ellie. Isso é casamento.

– Você não sabe o que é o casamento.

– Como já admitiu, você também não. – Ele pegou a mão dela. – Sugiro que aprendamos juntos.

Ellie puxou a mão de volta.

– Não me toque. Não consigo pensar quando me toca.

– Um fato muito encorajador – murmurou ele.

Ela lhe lançou um olhar mordaz.

– Não vou tentar seduzi-lo.

– Não seria tão difícil. E é sempre gratificante ser bem-sucedido em nossos esforços.

– Seria muito difícil – rebateu ela. – Eu não conseguiria sentir desejo suficiente para fazer uma boa tentativa.

– Nossa! Que golpe bem dado, milady, mas claramente falso.

Ellie queria proferir uma réplica mordaz, mas não conseguiu pensar em nada inteligente para dizer. O problema era que também sabia que suas palavras eram falsas. Bastava aquele homem olhá-la para que seus joelhos ficassem bambos. E quando ele, de fato, a tocava, mal podia resistir.

– Ellie – disse ele, suave –, venha para a cama.

– Vou ter que lhe pedir que saia – solicitou ela, com recato.

– Não quer nem tentar seguir meu plano? Não me parece justo descartar minhas ideias assim.

– Justo? Está louco?

– Às vezes me pergunto isso – murmurou ele.

– Está vendo? Sabe tão bem quanto eu que isso é loucura.

Charles praguejou baixinho e resmungou algo sobre ela ter ouvidos melhores do que os de um coelho. Ellie se aproveitou de seu relativo silêncio para permanecer na ofensiva e dizer:

– O que eu poderia ganhar seduzindo-o?

– Eu responderia, mas não tenho certeza se seus ouvidos sensíveis estão prontos para isso.

Ellie ficou mais vermelha do que seu cabelo.

– Sabe que não foi isso que eu quis dizer – falou ela, com os dentes tão cerrados que parecia estar sibilando.

– Ah, minha querida esposa – disse Charles com um suspiro.

– Estou perdendo a paciência, milorde.

– Mesmo? Eu não tinha notado.

Ellie nunca sentira vontade de bater em alguém em toda a vida, mas começava a pensar que aquele seria um bom momento para isso. Não conseguia suportar aquela atitude debochada e confiante dele.

– Charles...

– Antes de continuar – interrompeu ele –, permita-me explicar por que você deveria pensar seriamente em me seduzir.

– Criou uma lista? – indagou ela.

Ele balançou a mão no ar com indiferença.

– Nada tão formal, asseguro-lhe. Mas costumo pensar em forma de listas... É um hábito que nós, criadores compulsivos de listas, compartilhamos. Portanto, é claro tenho algumas razões importantes em minha mente.

– É claro.

Ele riu de sua tentativa de ser sarcástica.

– Não estão organizadas por ordem de importância – observou Charles. E, quando ela não disse nada, ele acrescentou: – Para que não haja mal-entendidos sobre o bem da Inglaterra e a possibilidade de o céu cair, essas coisas.

Tudo o que Ellie mais queria era colocá-lo para fora de seu quarto. Porém, mesmo achando que não era uma boa ideia, pediu:

– Continue.

– Muito bem, deixe-me ver. – Charles juntou as mãos como quem reza tentando ganhar tempo. Nem sequer lhe ocorrera fazer uma lista até Ellie mencionar isso. Então olhou para a esposa, que batia o pé no chão com impaciência. – Certo, primeiro devemos dar um título à lista.

Ellie encarou-o com desconfiança, e ele sabia que ela suspeitava que estivesse inventando tudo aquilo na hora. Não tem problema, pensou ele. Não devia ser tão difícil.

– O título? – insistiu Ellie.

– Ah, sim. "Razões para Ellie seduzir Charles." Eu teria chamado de "Razões para Ellie *tentar* seduzir Charles" – acrescentou ele como um aparte –, mas o resultado parece bem garantido para mim.

Ela não fez nada além de fitá-lo com um olhar gélido. Ele continuou:

– Quis dizer que há poucas razões para temer que você possa estragar tudo.

– Eu *sei* o que quis dizer.

Ele lhe deu um sorriso malicioso.

– Ah, sim, é claro. Vamos passar para a número um?

– Por favor.

– Devo começar com a mais elementar. Número um: você vai gostar.

Ellie queria muito contradizê-lo, mas desconfiava que seria mentira.

– Número dois: eu vou gostar. – Ele olhou para ela, sorrindo. – Disso, tenho certeza.

Ellie recostou-se na parede, sentindo-se um pouco fraca.

Charles pigarreou.

– O que nos leva ao número três: como vou gostar, não terei motivos para procurar conforto em outro lugar.

– O fato de estar casado comigo deveria ser motivo suficiente!

– Sim, deveria – concordou ele. – Mas sou o primeiro a admitir que não sou o mais nobre dos homens. Precisarei aprender como o casamento pode ser feliz e satisfatório.

Ellie bufou com ar debochado.

– Quando isso acontecer – continuou ele –, estou certo de que serei um marido exemplar.

– Você acabou de escrever em sua outra lista que queria um casamento sofisticado e mundano, em que estaria livre para cometer adultério.

– Isso foi antes de conhecê-la – declarou, descontraído.

Ela colocou as mãos nos quadris.

– Já lhe disse que esse argumento não vai me convencer.

– Mas é verdade. Para ser sincero, nunca me ocorreu que eu poderia encontrar uma esposa a quem quisesse ser fiel. Não vou lhe dizer que estou apaixonado por você...

Ellie foi surpreendida por um aperto no coração.

– ...no entanto, acho que posso aprender a amá-la, com o tempo e o encorajamento apropriados.

Ela cruzou os braços.

– O senhor diria qualquer coisa para seduzir uma mulher, não é?

Charles se encolheu. Suas palavras tinham soado muito pior do que pretendera.

– Não estou conseguindo me expressar direito – murmurou ele.

Ela ergueu uma sobrancelha de um jeito que o fazia lembrar-se de sua última babá, quando estava muito irritada com ele. Charles sentiu-se de repente como uma criança repreendida – uma sensação muito desagradável para um homem de seu prestígio.

– Mas que diabo, Ellie – explodiu, pulando da cama e ficando de pé –, quero fazer amor com minha esposa. É um crime tão grande assim?

– É, quando não se importa com ela.

– Mas eu me importo! – Ele passou a mão pelos cabelos, a expressão bastante exasperada. – Gosto mais de você do que de qualquer outra mulher que conheci. Por que diabo acha que me casei com você?

– Porque, sem mim, toda a sua fortuna teria ido para o seu odioso primo Cecil.

– Phillip – corrigiu ele de forma automática –, e eu poderia ter me casado com qualquer uma para salvar minha fortuna. Acredite em mim, eu podia ter escolhido uma qualquer de Londres.

– Escolhido uma qualquer? – repetiu ela, arfando. – Que coisa horrível de se dizer. Você não tem respeito pelas mulheres?

– Quando foi a última vez que foi a Londres e conferiu a cena social?

– Sabe que eu nunca...

– Exatamente. Confie em mim. Se tivesse tido a chance de conhecer a maioria das debutantes, saberia do que falo. Conheci apenas uma, no ano passado, com mais de meio cérebro na cabeça, e ela já estava apaixonada por outra pessoa.

– O que mostra que tinha mais de meio cérebro.

Charles não contrariou seu comentário sarcástico.

– Ellie – disse ele em um tom suave e encorajador –, que razão poderia haver para não tornarmos nosso casamento verdadeiro?

Ellie abriu a boca, mas não sabia o que dizer. Todos os argumentos em que conseguia pensar pareciam fracos e sem sentido. Como poderia lhe explicar que tinha a sensação de não estar pronta para uma intimadade maior? Não tinha qualquer argumento racional, qualquer razão sólida e bem pensada, apenas uma *sensação*.

E, mesmo que conseguisse explicar essa sensação de alguma maneira, desconfiava que não seria muito convincente. Não quando a constante sedução dele parecia vencê-la, fazendo-a desejá-lo cada vez mais.

– Ellie, algum dia terá que enfrentar o fato de que me quer.

Ela ergueu os olhos, surpresa. Ele lera sua mente?

– Devo provar meu ponto de vista? – murmurou ele, levantando-se e avançando até ela. – O que você sente quando faço – ele estendeu a mão e passou suavemente os dedos pelo rosto dela – isso?

– Nada – sussurrou ela, imóvel.

– Mesmo? – Ele abriu um sorriso lento e preguiçoso. – Sinto muita coisa.

– Charles...

– Shhh. O que sente quando faço – ele se inclinou para a frente e capturou o lóbulo da orelha dela entre os dentes – isso?

Ellie engoliu em seco, tentando ignorar a maneira como o hálito quente dele acariciava sua pele.

Ele passou o braço por trás dela, puxando-a para mais perto do calor de seu corpo.

– E isso? – disse, envolvendo o traseiro dela com a mão e apertando-o.

– Charles – disse ela, arfando.

– Charles, sim – murmurou ele, ou Charles, não?

Ela não disse nada; não conseguiria emitir qualquer som nem que sua vida dependesse disso.

Ele riu.

– Tomarei isso como um sim.

Seus lábios reivindicaram os dela em um movimento voraz, e Ellie se agarrou a ele para não cair. Ela odiava a maneira como ele a tomava por completo, e odiava a si mesma por gostar tanto. Ele era o pior tipo de conquistador e praticamente admitira que planejava continuar a ter casos durante o casamento, mas bastava que a tocasse para ela se derreter mais rápido do que manteiga.

Ele lhe dissera que queria ser fiel, porém como poderia acreditar? As mulheres deviam cair em sua cama como dominó – ela mesma era um exemplo perfeito disso. Como ele poderia resistir a todas?

– Você tem gosto de mel – disse ele com voz rouca, mordiscando o canto de sua boca. – Seu gosto é diferente de tudo, de todas.

Ellie viu-se caindo na cama e sentiu o corpo rígido dele sobre o dela. Charles estava mais do que excitado; estava enlouquecido por ela, e seu coração feminino se iluminava com essa percepção e poder. Um tanto hesitante, pousou a mão no pescoço forte de Charles. Os músculos dele saltaram sob seus dedos e ela os afastou.

– Não – pediu ele, ofegante, trazendo a mão dela de volta. – Mais.

Ela o tocou de novo, maravilhando-se com o calor da pele dele.

– Charles – sussurrou ela –, eu não deveria...

– *Deveria* – disse ele com fervor. – Definitivamente deveria.

– Mas...

Ele a silenciou com outro beijo e Ellie permitiu. Se não pudesse falar, ela não poderia protestar, e percebia que não queria protestar. Ela arqueou as costas, movendo-se de modo instintivo em direção ao calor dele, e arfou quando sentiu seus seios pressionarem o corpo dele.

Ele dizia o nome dela, murmurando-o repetidamente. Ela estava perdendo o controle, perdendo a capacidade de pensar. Não havia nada além daquele homem, e as coisas que ele a fazia sentir e...

Ellie aguçou os ouvidos.

Havia um barulho na porta.

– Charles – sussurrou ela. – Acho que...

– Não ache.

A batida ficou mais alta.

– Há alguém à porta.

– Ninguém seria tão cruel – murmurou ele, suas palavras desvanecendo junto ao pescoço dela. – Nem tão estúpido.

– Ellie!

Os dois ouviram, e logo ficou claro que era a voz de Judith.

– Maldição – praguejou Charles, rolando para longe de Ellie.

Por mais ninguém ele teria conseguido controlar seu desejo. Mas a voz da pequena Judith era suficiente para convencê-lo de que não poderia colocar suas necessidades em primeiro lugar naquele momento. Ele se sentou e abotoou a camisa. Quando olhou para Ellie, viu que ela corria até a porta, arrumando-se no caminho. Ele teve que rir de suas tentativas de ajeitar os cabelo. Ele fizera um bom trabalho bagunçando-o.

Ellie abriu a porta para Judith, viu que o lábio inferior da menina tremia e se agachou de imediato.

– Judith, o que houve? – perguntou ela. – Por que está tão triste?

– Não estou triste. Estou *com raiva*!

Ellie e Charles tiveram que rir.

– Quer entrar? – disse Ellie, tentando manter a voz séria.

Judith assentiu, solene como uma rainha e entrou.

– Ah, boa noite, Charles.

– Boa noite, Judith. É bom ver você. Pensei que estaria se preparando para dormir.

– Estaria, mas a Srta. Dobbin roubou minha sobremesa.

Confuso, Charles olhou para Ellie. Sua esposa tentava conter o sorriso. Estava claro que ela sabia do que se tratava.

– Ela lhe explicou por quê? – perguntou Ellie.

Judith contraiu a boca em uma expressão irritada.

– Ela disse que me comportei mal quando estávamos praticando as letras.

– E é verdade?

– Talvez um pouco. Mas não o suficiente para ela tomar minha sobremesa!

Ellie virou-se para Charles.

– Qual foi a sobremesa esta noite?

– Tortinhas de morango com creme e canela – respondeu ele. – Estavam muito boas.

– Minhas preferidas – murmurou Judith. – E também as preferidas da Srta. Dobbin.

– As minhas também – acrescentou Ellie, levando a mão à barriga quando fez barulho.

– Talvez não devesse ter deixado de jantar – disse Charles, prestativo.

Ela lhe lançou um olhar irritado, antes de se voltar para Judith.

– Prometi ajudá-la quando isso acontecesse, não foi?

– Foi. Por isso estou aqui. Mereço minha sobremesa! E posso provar.

Pelo canto do olho, Ellie pôde ver o corpo de Charles tremendo de rir. Tentou ignorá-lo e concentrou-se em Judith.

– É mesmo?

– Aham. – A menina assentiu com a cabeça. – Trouxe uma cópia das minhas lições. Pode ver que fiz todas as letras com perfeição. Até mesmo o "z", que é terrivelmente difícil.

Ellie pegou o papel que Judith tirara do bolso do vestido. Estava um pouco amassado, porém Ellie podia ver que Judith havia escrito todas as letras maiúsculas e minúsculas.

– Muito bem – murmurou ela. – Embora você tenha feito um morrinho a mais no "m".

– O quê? – guinchou Judith, horrorizada.

– Estou brincando – replicou Ellie. Em seguida, virou-se para Charles e disse: – Receio que tenha que nos dar licença. Judith e eu temos um assunto importante a resolver.

– Como senhor desta casa – interpôs Charles com uma falsa expressão preocupada –, acho que eu deveria ser informado de quaisquer planos clandestinos e sorrateiros que possam estar tramando.

– Muito bem – disse Ellie. – Vamos furtivamente até a cozinha pegar outra sobremesa para Judith. – Então fez uma pausa quando seu estômago roncou. – E para mim também.

– Receio que terei que impedi-las – declarou Charles.

– Ah, Charles, não faça isso! – gritou Judith.

– A menos que eu possa ser um dos conspiradores. – Ele olhou para Ellie. – Além disso, acho que você não vai querer voltar à cozinha sozinha.

Ela franziu a testa.

– Judith e eu ficaremos muito bem sozinhas.

– Claro, mas será muito mais divertido comigo.

Judith puxou a mão de Ellie.

– Ele tem razão. Charles pode ser muito divertido quando quer.

Ele bagunçou o cabelo da prima.

– Só quando quero?

– Às vezes você é um pouco severo.

– Sempre lhe falo a mesma coisa – disse Ellie, dando de ombros, solidária.

– Ora vamos, Eleanor – repreendeu Charles –, em geral você me diz o contrário. Se eu fosse mais severo com você... hum... talvez tivesse mais sucesso.

– Acho que devemos ir logo – se apressou Ellie em dizer, conduzindo Judith para a porta.

– Covarde – sussurrou Charles ao passar por ela.

– Pode chamar de covardia – sussurrou ela de volta –, mas prefiro chamar de bom senso. Judith tem apenas 6 anos.

– Tenho quase 7 – anunciou a menina.

– E ouve tudo – acrescentou Ellie.

– As crianças são assim – afirmou Charles, dando de ombros.

– Mais uma razão para ser mais cauteloso com suas palavras.

– Vamos à cozinha agora ou não? – perguntou Judith, batendo de leve o pé no chão.

– Vamos, querida – disse Charles, pegando sua mão. – Agora precisamos ficar bem quietos. Muito quietos.

– Quietos assim? – sussurrou Judith.

– Ainda mais. E você... – Ele se virou para Ellie. – Bico calado.

– Eu não disse nada – protestou ela.

– Posso ouvir seus pensamentos – respondeu Charles franzindo as sobrancelhas.

Judith riu.

Ellie, que Deus a ajudasse, também riu. Quando estava determinada a ver o marido como um completo tratante, ele a encantava, transformando a ida à cozinha em uma grande aventura para a pequena Judith.

– Pode ouvir os *meus* pensamentos? – perguntou Judith.

– Claro. Você está pensando em tortinhas de morango.

Judith ofegou e virou-se para Ellie.

– Ele está certo!

Charles encarou Ellie com uma expressão bastante sensual.

– Você pode ouvir os *meus* pensamentos?

Ela balançou a cabeça.

– Provavelmente não – concordou ele. – Ou estaria muito mais corada do que isso.

– Olhem! – gritou Judith. – Ela *está* corando. Ela *sabe* no que você está pensando!

– Eu sei agora – retrucou Ellie.

– No que ele está pensando? – quis saber Judith.

– Santo Deus! – disse Ellie. – Estamos perto da cozinha. É melhor costurar esses lábios, Judith. Charles disse que precisamos ficar quietos.

O trio entrou na ponta dos pés na cozinha que, Ellie observou, tinha sido completamente limpa desde sua última visita. O forno queimado parecia ter sido recolocado em uso. Estava louca de vontade de dar uma olhada e inspecionar a grade. Talvez quando Charles estivesse de costas...

– Onde você acha que monsieur Belmont escondeu essas tortas? – perguntou Charles a Judith.

– No armário? – sugeriu ela.

– Uma excelente ideia. Vamos dar uma olhada.

Enquanto os dois reviravam os armários, Ellie foi depressa – mas em silêncio – até o forno. Olhou para o marido, para ter certeza de que ele e Judith ainda estavam ocupados, e então enfiou rapidamente a cabeça lá dentro.

Tirou-a rapidamente, mas teve tempo de ver que a grade do forno havia sido recolocada na mesma posição em que ela a deixara.

– Isso é muito estranho – murmurou em voz baixa.

– Você disse alguma coisa? – perguntou Charles sem se virar.

– Não – mentiu ela. – Encontraram as tortas?

– Não. Tenho a sensação de que o pessoal da cozinha deve ter acabado com elas esta noite. Mas encontramos um bolo que parece bem gostoso, com cobertura de creme de manteiga.

– Creme de manteiga? – indagou Ellie, bastante interessada.

– Aham.

Ellie acreditou, já que ele estava com um dos dedos na boca.

– É tão bom, Ellie – comemorou Judith, enfiando o dedo e pegando um pedaço de cobertura.

– Vocês pretendem comer o bolo? – indagou Ellie.

– Eu não.

– Nem eu.

– Comer apenas essa cobertura vai fazer vocês dois passarem mal.

– É uma pena – disse Charles, lambendo mais uma vez o dedo –, porém... ah, está tão bom.

– Experimente um pouco, Ellie – disse Judith.

– Está bem. Só que vou comer um pedaço do bolo também.

– Mas isso vai arruinar nosso projeto – falou Charles. – Judith e eu estávamos planejando tirar toda a cobertura do bolo e deixar esse mistério para monsieur Belmont solucionar pela manhã.

– Ele não vai achar graça nenhuma, tenho certeza – disse Ellie.

– Ele nunca acha.

– Charles está certo – acrescentou Judith. – Ele está sempre mal-humorado e gosta de gritar comigo em francês.

Charles estendeu um dedo cheio de cobertura na direção dela.

– Experimente, Ellie. Você sabe que quer.

Ellie ficou vermelha como um tomate. Suas palavras soavam como aquelas que ele dissera no quarto quando tão habilmente a seduzira. Charles levou o dedo em direção aos lábios dela, mas Ellie recuou antes que ele tocasse sua boca.

– Que pena – lastimou-se Charles. – Achei que você fosse fazer.

– Fazer o quê? – perguntou Judith.

– Nada – grunhiu Ellie. E, só para mostrar a Charles que não era uma covarde, estendeu o dedo até o dele, pegou um pouco de cobertura e comeu. – Ah, meu Deus! – exclamou. – Isso é delicioso.

– Eu falei – disse Judith.

Ellie desistiu de tentar manter a compostura. Os três levaram apenas dois minutos para deixar o bolo completamente sem cobertura.

CAPÍTULO 12

Ellie acordou na manhã seguinte sentindo-se um pouco mais amigável em relação ao marido. Era difícil manter uma postura de rejeição diante de um homem que adorava crianças.

Bem, ele não levava o casamento tão a sério quanto ela gostaria, porém isso não fazia dele má pessoa. Irreverente, talvez, mas não alguém ruim. E, após todos aqueles anos com seu pai, Ellie estava começando a pensar que a irreverência podia ser algo bom. É claro que Charles ainda tinha um longo caminho a percorrer antes de se tornar um marido em quem ela pudesse confiar de coração e alma, mas a aventura da noite anterior com Judith lhe dera alguma esperança de que pudessem tentar fazer o casamento dar certo.

Não que ela tivesse intenção de cair em sua pequena armadilha e tentar seduzi-lo. Ellie não tinha dúvidas em relação a quem estaria no controle em tal situação. Ela *sabia* o que poderia acontecer. Podia imaginar facilmente a cena. Ela se inclinaria para lhe dar um beijo – que era tudo o que sabia fazer – e, em questão de segundos, a sedutora se tornaria a seduzida.

No entanto, ela precisava ser justa: Charles cumprira sua parte no acordo de casamento. Ele acertara as contas de Ellie, e ela estava mais do que ansiosa para começar a trabalhar. Em algum momento durante a noite, Charles passara uma folha de papel sob a porta de ligação com toda a informação de que Ellie precisaria para assumir o controle de suas finanças. Fora muita gentileza do marido lembrar-se de fazer aquilo, e Ellie decidiu pensar nessa gentileza toda vez que sentisse vontade de estrangular Charles – e esperava que a frequência desse impulso diminuísse.

Ellie saiu para conversar com seu novo procurador depois de um rápido café da manhã. Sem torradas, é claro; a Sra. Stubbs recusava-se firmemente a fazê-las, o que Ellie considerava uma atitude um tanto arrogante para uma governanta. Mas, por outro lado, se tudo o que podia esperar era outro quadrado queimado e farelento, algo que nem de longe lembrava um pedaço de pão, era melhor nem discutir.

Então Ellie se lembrou do que vira na noite anterior. Alguém reajustara o forno segundo as suas especificações. Se ela estivesse certa – e não tinha dúvidas de que estava –, todos os Wycombes poderiam desfrutar de ótimas torradas com geleia pelo resto de suas vidas.

Ela precisava investigar melhor aquela questão quando voltasse.

O novo procurador era um homem de meia-idade chamado William Barnes, e Charles parecia ter deixado bem claro que sua esposa estava no comando das próprias finanças. O Sr. Barnes era a educação em pessoa, e expressou grande respeito pela perspicácia e pelo conhecimento financeiro de Ellie. Quando ela o instruiu a colocar metade do dinheiro em uma conta conservadora e metade no arriscado empreendimento do algodão, ele fez um som em aprovação, por Ellie reconhecer a importância da diversificação.

Era a primeira vez que Ellie levava o crédito por seus conhecimentos financeiros e achou a sensação inebriante. Adorou poder falar por si mesma e não ter que começar cada frase com "Meu pai gostaria..." ou "Meu pai acredita que...".

Seu pai jamais se manifestara a respeito de dinheiro, a não ser para tachá-lo como a raiz de todos os males do mundo, e Ellie se sentia realizada por poder dizer "Eu gostaria de investir meus fundos assim". Imaginava que a maioria das pessoas a consideraria excêntrica; as mulheres não costumavam cuidar de seu próprio dinheiro. Mas ela não se importava. Na verdade, estava muito feliz com a independência recém-descoberta.

Ao retornar a Wycombe Abbey, estava animada e resolveu aumentar seus esforços para tornar a grande propriedade seu lar de fato. Até então, tudo o que fizera ali não resultara em nada além de fracasso, então decidiu passar o resto do dia lá fora, apresentando-se aos colonos. Tal passeio seria uma iniciativa que valeria a pena. Ellie sabia que a relação entre proprietários e colonos muitas vezes fazia a diferença entre terras prósperas e pobreza. Se aprendera alguma coisa como filha de um vigário, era ouvir as preocupações dos moradores e ajudá-los a encontrar soluções para seus problemas. Como senhora de uma grande propriedade, seu poder seria muito maior, mas Ellie sentia-se confiante de que o processo seria o mesmo.

Aquilo era algo que sabia fazer.

É claro que também sabia como consertar fornos e cultivar rosas, mas aquilo tivera um resultado catastrófico.

Passava um pouco do meio-dia quando Ellie voltou, e Rosejack lhe informou que o conde havia saído. Perfeito: preferia se encontrar com os colonos sem a presença imponente do conde. Helen seria uma companhia muito melhor e Ellie esperava que ela concordasse com tal passeio.

E, de fato, concordou. Quando Ellie a encontrou na sala de estar, Helen respondeu:

– Ah, eu adoraria. Na realidade, a tarefa de visitar os colonos me é destinada há vários anos, mas, verdade seja dita, não sou muito boa nisso.

– Bobagem – disse Ellie com um sorriso reconfortante.

– Não, é verdade. Sou muito tímida e nunca sei o que dizer a eles.

– Bem, então está resolvido. Fico muito feliz em assumir essa responsabilidade, no entanto precisarei de sua ajuda esta manhã para me acompanhar aos lugares.

O ar estava fresco quando as duas saíram, mas o sol estava alto e forte, com a promessa de uma tarde quente. Levaram cerca de vinte minutos para chegar às primeirias casas de colonos. Ellie teria conseguido chegar cinco minutos antes, porém havia muito tempo aprendera a ajustar sua caminhada firme e rápida ao ritmo dos outros.

– Esta primeira casa pertence a Thom e Bessie Stillwell – disse Helen. – Eles arrendam um pequeno terreno onde cultivam aveia e cevada. A Sra. Stillwell também faz consertos em roupas por algumas moedas extras.

– Stillwell – disse Ellie enquanto anotava o nome em um pequeno caderno. – Aveia. Cevada. Costura. – Ela ergueu os olhos. – Alguma criança?

– Duas, eu acho. Ah, espere, são três agora. Eles tiveram uma menina há alguns meses.

Ellie bateu à porta e foram recebidas por uma mulher de cerca de 25 anos.

– Ah, Sra. Pallister, como vai? – disse à Helen, parecendo se desculpar. – Eu não a esperava. Posso lhe oferecer um pouco de chá? Receio não ter nenhum biscoito.

– Não se preocupe, Sra. Stillwell – respondeu Helen. – Nós não lhe dissemos que viríamos, então não podemos esperar que esteja preparada para nos receber.

– Não, claro que não – falou Bessie, hesitante.

A mulher olhou para Ellie e ficou ainda mais nervosa. Com certeza soubera que o conde havia se casado e deduzira, corretamente, que aquela era a nova condessa. Ellie decidiu deixar a mulher à vontade.

– Como vai, Sra. Stillwell? Sou a condessa de Billington e estou muito feliz em conhecê-la.

Bessie fez uma rápida reverência e murmurou alguns cumprimentos. Ellie se perguntou que tipo de experiências os colonos haviam tido com a aristocracia para ficarem tão tensos diante deles. Então abriu seu sorriso mais caloroso e falou:

– A primeira família de colonos que visito é a da senhora. Vou precisar de seus conselhos. Estou certa de que saberá me dizer que rota devo fazer hoje para conhecer as outras famílias.

Bessie se animou com a ideia de poder dar conselhos a uma condessa, e o resto da conversa prosseguiu tão bem quanto Ellie esperara. Ficou sabendo que os filhos dos Stillwells se chamavam Thom Junior, Billy e Katey, que estavam pensando em comprar um novo porco e que havia um pequeno vazamento no telhado, que a condessa prometeu mandar que reparassem logo que possível.

– Ah, Thom pode cuidar disso. Ele é muito habilidoso – informou Bessie. Então baixou os olhos. – Nós só não temos o material.

Ellie imaginou que o último ano devia ter sido muito difícil para os Stillwells. Ela soube que em Bellfield as colheitas não haviam sido tão boas quanto de costume, portanto era provável que o mesmo tivesse acontecido na região de Wycombe Abbey.

– Então cuidarei para que o material adequado lhe seja enviado – prometeu ela. – É o mínimo que podemos fazer. Ninguém deveria ter que morar sob um telhado com vazamento.

Bessie agradeceu-lhe profusamente. E, ao final do dia, Ellie fizera tanto sucesso com o restante dos colonos que Helen não se cansava de dizer:

– Não sei como consegue isso! Acabou de conhecer os colonos, mas todos eles já fariam de tudo por você.

– Quando demonstro que me sinto à vontade com eles, eles também se sentem à vontade comigo.

Helen sorriu.

– Acho que, quando você subiu em uma escada e inspecionou o ninho de pássaros no telhado da Sra. Smith, ela não teve dúvida de que você estava bastante à vontade com ela.

– Eu tinha que inspecioná-lo. Se os pássaros estivessem bicando a palha, poderiam causar sérios danos. De qualquer maneira, acho que o ninho deveria ser levado para uma árvore próxima. Mas não sei como fazer isso sem prejudicar os filhotes. Ouvi dizer que uma mamãe pássaro não cuida mais dos filhotes se um humano os tocar.

Helen balançou a cabeça.

– Onde você aprende essas coisas?

– Com meu cunhado – respondeu Ellie com um aceno de mão. – Ele sempre se interessou por ciência. Ah, aqui estamos. A última casa do dia.

– Este é o lar de Sally Evans – informou Helen. – Ela é viúva há quase um ano.

– Que tristeza – murmurou Ellie. – Como o marido dela morreu?

– Uma febre. Várias pessoas da aldeia tiveram no ano passado, mas ele foi a única vítima fatal.

– A Sra. Evans consegue se sustentar? Ela tem filhos?

– Não tem filhos – respondeu Helen. – Estava casada havia menos de um ano. E não sei bem como faz para se sustentar. Acho que deve procurar um novo marido em breve. Tem uma pequena horta e alguns animais, porém, quando não tiver mais seus porcos, não sei o que fará. Seu marido era ferreiro, por isso ela não possui terra para cultivar. E duvido que conseguisse cuidar sozinha de uma plantação.

– Sim – concordou Ellie, batendo à porta –, o trabalho na lavoura é árduo. Com certeza seria demais para uma mulher sozinha. Ou para um homem.

Sally Evans era mais nova do que Ellie esperava, e a condessa identificou de imediato as linhas de sofrimento gravadas em seu rosto pálido. A mulher, com certeza, ainda estava de luto.

Enquanto Helen fazia as apresentações, Ellie observou a pequena cabana. Estava limpa e arrumada, mas com uma atmosfera um tanto confusa, como se Sally pudesse cuidar das pequenas tarefas da vida, mas ainda não conseguisse enfrentar as maiores. Tudo estava em seu devido lugar, mas havia uma pilha de roupas para remendar que chegava à altura do quadril de Ellie, e partes de uma cadeira quebrada empilhadas num canto, esperando conserto. A cabana estava tão fria que Ellie se perguntou se Sally acendera a lareira nos útlimos dias.

Durante a conversa, ficou claro que Sally estava apenas se deixando levar pela vida. Ela e o marido não tinham sido abençoados com filhos, e agora a viúva estava sozinha em seu sofrimento.

De repente, Helen começou a tremer de frio, e não foi possível saber qual das duas mulheres ficou mais envergonhada, se Sally, pela temperatura da casa, ou Helen, por chamar atenção para isso.

– Sinto muito, Sra. Pallister – disse Sally.

– Não, não se preocupe, sou eu. Acho que estou ficando resfriada...

– Não precisa se desculpar – interrompeu Sally, o rosto melancólico. – Está um frio de matar aqui dentro e nós três sabemos disso. Há algo errado com a lareira e não consegui consertá-la, e...

– Posso dar uma olhada? – perguntou Ellie, levantando-se.

Helen pareceu ficar em pânico.

– Não vou tentar consertá-la – declarou Ellie com uma expressão irritada. – Não sei como fazê-lo. E nunca me meto a consertar aquilo que desconheço.

Ellie viu, na expressão de Helen, que a prima tinha vontade de mencionar o incidente do forno.

– Mas sei identificar o que há de errado – continuou Ellie. – Uma de vocês pode me ajudar a mover esta lenha?

Sally levantou-se para ajudá-la e, alguns segundos depois, Ellie estava de pé na lareira, olhando para cima sem conseguir ver nada.

– Está escuro como a noite aqui. O que acontece quando tenta acender o fogo?

– Uma fumaça negra é cuspida para todos os lados – respondeu Sally, entregando-lhe um lampião.

Quando sua vista se ajustou à escuridão, Ellie ergueu os olhos e viu que a chaminé estava imunda.

– Na minha opinião, só é preciso uma boa limpeza. Vamos mandar alguém para limpá-la. Tenho certeza de que o conde concordará comigo que...

– Eu concordarei com o quê? – disse uma voz vinda da porta de entrada, parecendo achar graça.

Ellie congelou. Ele não ficaria nada satisfeito ao vê-la com a cabeça enfiada em uma chaminé.

– Charles! – exclamou Helen. – Que surpresa! Venha aqui e veja...

– Estou certo de ter ouvido a voz da minha adorável esposa – interrompeu ele.

Sally replicou:

– Ela está sendo tão prestativa. Minha lareira...

– O quê?!

Ellie estremeceu e pensou seriamente em escalar a lareira.

– Eleanor – disse ele, severo –, retire-se da lareira neste instante.

Ela podia ver um apoio para pés na construção. Apenas um passo ou dois e estaria fora de vista.

– Eleanor! – gritou Charles, sem parecer achar graça.

– Charles, ela só estava... – falou Helen, soando conciliadora.

– Está bem, vou atrás de você – avisou Charles, impaciente.

– Não há espaço, Vossa Graça! – alertou Sally, em pânico.

– Eleanor, vou contar até três.

Charles parecia muito irritado e... Bem, Ellie pretendia sair e encará-lo, pois não era uma pessoa covarde. Mas, quando ele disse "um", ela congelou, quando disse "dois", ela parou de respirar e, se em algum momento ele disse "três", ela nem ouviu, pois seu cérebro parecia ter parado de funcionar.

E, no instante em que sentiu ele se contorcer na lareira ao lado dela, gritou:

– Charles! Que diabo você está fazendo?

– Tentando colocar um pouco de juízo nessa sua cabeça.

– Tentando me espremer, quer dizer – murmurou Ellie. – Ai!

– O que foi? – disparou ele.

– Seu cotovelo.

– Seu joelho...

– Vocês estão bem? – indagou uma preocupada Helen.

– Deixe-nos! – bradou Charles.

– Na verdade, milorde – disse Ellie, sarcástica –, acho que já estamos sozinhos aqui dentro.

– Você deveria saber quando parar de falar, esposa.

– Bem... – Ellie parou de falar quando ouviu a porta bater.

De repente, percebeu que estava presa num espaço muito apertado com seu marido, e o corpo dele pressionava o dela de maneiras que não deveriam ser permitidas.

– Ellie?

– Charles?

– Você se importaria de me dizer o que está fazendo dentro de uma lareira?

– Ah, eu não sei – disse ela, orgulhosa de si mesma por seu *savoir-faire* –, e você se importaria de me dizer o que está fazendo dentro de uma lareira?

– Ellie, não teste minha paciência.

Ela pensou que eles já haviam passado da fase de teste, mas guardou o pensamento para si mesma.

– Não havia nenhum perigo, é claro.

– É claro – repetiu ele, deixando Ellie impressionada com sarcasmo que ele conseguiu embutir nas duas palavras. Era mesmo um talento.

– Só teria sido perigoso se houvesse fogo na lareira.

– Ellie, vou acabar estrangulando você, antes que se mate.

– Eu não recomendaria isso – respondeu ela com voz fraca.

Ela começou a deslizar o corpo para baixo. Se conseguisse sair dali antes dele, teria tempo suficiente para chegar ao bosque. Charles nunca a encontraria em meio às árvores.

– Eleanor, eu... O que, em nome de Deus, você está fazendo?

– Hã... apenas tentando sair – explicou ela, conseguindo deslizar até ficar diante da barriga do marido.

Charles gemeu. Gemeu de verdade. Ele podia sentir cada centímetro do corpo da esposa, e sua boca – sua boca! – estava perigosamente, deliciosamente perto de suas partes íntimas...

– Charles, está passando mal?

– Não – grunhiu ele, tentando ignorar o fato de que podia sentir sua boca se mover enquanto falava.

– Tem certeza? Você não parece bem.

– Ellie?

– Sim?

– Fique em pé de novo. Agora.

Ela se levantou, contorcendo-se toda. Charles sentiu o peito dela contra sua coxa, seu quadril, seu braço... E teve que se concentrar muito para impedir que certas partes de seu corpo ficassem mais excitadas do que já estavam.

Não teve sucesso.

– Ellie.

– Sim?

Sua esposa estava de pé novamente, o que fazia com que sua boca estivesse em algum lugar próximo do pescoço dele.

– Incline a cabeça para cima. Só um pouco.

– Tem certeza? Porque podemos ficar presos e...

– Nós já estamos presos.

– Não, eu poderia me contorcer para baixo e...

– *Não* se abaixe de novo.

– Ah.

Charles respirou fundo. Ela moveu ligeiramente os quadris. E foi o suficiente. Ele a beijou, e nada mais tinha importância. A França poderia conquistar a Inglaterra, o céu poderia cair e seu maldito primo Cecil poderia herdar até sua última moeda.

Ele a beijou... e beijou... e beijou. E finalmente levantou a cabeça por um segundo – apenas um segundo – para respirar, e ela conseguiu falar.

– Por isso queria que eu inclinasse a cabeça?

– Sim, agora pare de falar.

Ele a beijou de novo, e teria feito muito mais se tivesse espaço para passar os braços em volta dela.

– Charles – disse ela, quando puderam respirar novamente.

– Você tem talento para isso, sabia?

– Para beijar? – perguntou ela, parecendo mais maravilhada do que gostaria de transparecer.

– Não, para matraquear toda vez que paro para respirar.

– Ah.

– Você é muito boa na parte do beijo também. Um pouco mais de prática e ficará excelente.

Ela deu um tapa nas costelas dele; um grande feito, considerando o fato de que quase não conseguiam se mover.

– Não vou cair nesse velho truque – informou ela. – O que eu ia dizer antes de você me... distrair... é que Helen e Sally Evans devem estar muito preocupadas conosco.

– Curiosas, imagino, mas não preocupadas.

– Bem, acho que devemos tentar sair. Ficarei bastante constrangida ao vê-las. Tenho certeza de que sabem o que estávamos fazendo e...

– Então o mal já está feito.

Ele a beijou de novo.

– Charles!

– O que é agora? Estou tentando beijá-la, mulher.

– E eu estou tentando sair desta maldita chaminé.

Ela começou a deslizar para baixo, submetendo-o à mesma tortura erótica de minutos antes. Logo ela aterrissou, com um baque suave, no piso da lareira.

Ela rastejou para a sala da cabana, dando a ele uma bela visão de seu traseiro sujo de fuligem. Charles respirou fundo algumas vezes, tentando recuperar o controle de seu corpo.

– Você planeja sair? – perguntou Ellie, num tom alegre.

– Só um instante.

Ele se agachou – era muito mais fácil mover-se agora que ela saíra da chaminé – e se arrastou para fora.

– Ah, meu Deus! – Ellie riu. – Olhe para você!

Ele se sentou no chão ao lado dela. Estava coberto de fuligem.

– Você também está bastante suja – informou ele.

Os dois riram, sem conseguir negar suas tolas aparências, e então Ellie disse:

– Ah, esqueci de lhe contar. Fui até o Sr. Barnes hoje.

– E estava tudo acertado a seu contento?

– Ah, sim, tudo perfeito. Na verdade, é bastante emocionante poder cuidar das minhas finanças sem subterfúgios. E será bom para você também.

– Como assim?

– Você queria uma esposa que não interferisse em sua vida, certo?

Ele franziu a testa.

– Ah, sim, suponho que eu tenha dito isso.

– Bem, então é razoável pensar que, se eu tiver algo com que me ocupar, não ficarei no seu pé.

Ele franziu a testa mais uma vez, porém não disse nada.

Ellie suspirou.

– Ainda está bravo comigo, não é?

– Não – disse ele também com um suspiro. – Mas precisa parar de se arriscar em tarefas perigosas.

– Não era...

Ele levantou a mão.

– Não diga isso, Ellie. Peço que se lembre de uma coisa: você está casada agora. Seu bem-estar já não é mais uma preocupação só sua. O que a fere me fere. Portanto, chega de riscos desnecessários.

Ellie pensou que era a coisa mais doce que já tinha ouvido e que, se estivessem em casa, ela provavelmente teria se atirado nos braços dele. Após um instante, perguntou:

– Como nos encontrou?

– Não foi difícil. Bastou seguir a trilha de colonos que ia tecendo elogios a você.

Ela sorriu.

– Acho que me saí bem hoje.

– Saiu-se muito bem – afirmou ele com ternura. – Você dará uma excelente condessa. Eu sempre soube disso.

– Vou consertar a confusão que fiz em Abbey, prometo. Verifiquei o forno e...

– Não me diga que mexeu no forno novamente – replicou ele, soando como o homem mais atormentado da Grã-Bretanha. – Por favor, não me diga isso.

– Mas...

– Não quero ouvir. Amanhã, talvez. Hoje, não. Estou sem energia para lhe dar os tapas que merece.

– Tapas! – repetiu ela, aprumando as costas, indignada.

Antes que ela pudesse continuar, Helen abriu a porta da cabana e enfiou a cabeça lá dentro.

– Ah, que bom, vocês saíram! – exclamou ela. – Estávamos começando a nos preocupar. Sally tinha certeza de que ficariam presos a noite toda.

– Por favor, peça-lhe desculpas – pediu Ellie. – Nós dois nos comportamos de maneira abominável.

Ellie chutou o pé de Charles para que dissesse alguma coisa, mas ele apenas resmungou algo que Ellie não compreendeu. Ela então se levantou e alisou as saias – uma ação que fez com que suas luvas ficassem imundas – e disse:

– Acho melhor voltarmos para Wycombe Abbey.

Helen assentiu de imediato. Charles não disse nada, mas se levantou, o que Ellie interpretou como um "sim". Eles se despediram de Sally e seguiram seu caminho. Charles levara uma pequena carruagem, o que deixou sua mulher e sua prima muito satisfeitas após aquele longo dia de caminhada.

Ellie ficou em silêncio durante a viagem para casa, revendo os acontecimentos do dia em sua mente. Sua visita ao Sr. Barnes havia sido esplêndida. Fizera grandes progressos com os colonos, que agora pareciam aceitá-la verdadeiramente como sua condessa. E ela parecia ter feito algum avanço com o marido, que, mesmo que não a amasse, sem dúvida sentia algo por ela que ia além da simples luxúria e da gratidão por ela ter salvado sua fortuna.

De modo geral, Ellie estava bastante satisfeita com a vida.

CAPÍTULO 13

Dois dias depois, ela queria estrangular todas as pessoas daquela casa. Helen, Claire, os criados, seu marido – principalmente seu marido. Na verdade, a única que ela não tinha vontade de estrangular era Judith, e isso talvez se devesse ao fato da pobrezinha ter apenas 6 anos.

Seu sucesso com os colonos se mostrou uma vitória efêmera. Desde então, tudo dera errado. Tudo. Todos em Wycombe Abbey olhavam para ela como se fosse uma tola. Agradável e doce, mas ainda assim desajeitada e tola. Isso deixava Ellie maluca.

Todos os dias, algo morria em seu pequeno jardim. Acabara se tornando um pequeno jogo doentio em sua mente – adivinhar a cada dia, ao entrar na estufa, que roseira tinha ido para o céu das plantas.

Isso sem falar no ensopado de carne que teimara em fazer para o marido, quando ele lhe dissera que condessas não deviam cozinhar. Tinha tanto sal que, mesmo que tentasse, Charles não conseguiria disfarçar a careta. Mas ele nem tentou. E isso a irritou mais ainda.

Ellie teve que jogar fora todo o conteúdo da panela. Nem mesmo os porcos quiseram tocar na comida.

– Tenho certeza de que você pretendia temperá-lo de modo adequado – disse Charles enquanto todos sentiam ânsia de vômito.

– E temperei – sibilou Ellie, trincando os dentes de raiva.

– Talvez tenha confundido o sal com outro tempero.

– Eu *sei* o que é sal! – gritou ela.

– Ellie – disse Claire, de maneira um pouco cordial demais –, o ensopado está muito salgado. Deve perceber isso.

– Você! – explodiu Ellie, balançando o dedo indicador em direção à garota de 14 anos. – Pare de falar comigo como se eu fosse criança. Já basta.

– Certamente a senhora entendeu mal.

– Só há uma coisa a ser entendida e uma pessoa que precisa entendê-la. – Àquela altura, Ellie soltava fogo pelas ventas, e todos na mesa estavam agitados. – Eu me casei com seu primo – continuou Ellie. – Não importa se você gosta disso, não importa se ele gosta disso, não importa se *eu* gosto disso. Eu me casei com ele e pronto.

Claire quis protestar contra aquele sermão, mas Ellie a interrompeu:

– Na última vez em que consultei as leis da Grã-Bretanha e da Igreja da Inglaterra, o casamento era permanente. Então é melhor se acostumar com minha presença aqui em Wycombe Abbey, pois não vou a lugar algum.

Charles começou a aplaudir, mas Ellie estava tão furiosa com ele por causa do comentário sobre o sal que só o encarou com um olhar fulminante. E então, porque estava certa de que acabaria machucando alguém se permanecesse na sala de jantar por mais um minuto, saiu pisando duro.

Mas o marido saiu depressa atrás dela.

– Eleanor, espere! – chamou ele.

Mesmo apreensiva, ela se virou, mas somente ao chegar ao corredor, onde o resto da família não poderia ver sua humilhação. Ele a chamara de Eleanor... o que nunca era um bom sinal.

– O que foi? – disparou ela.

– O que disse na sala de jantar – começou ele.

– Sei que devia lamentar ter gritado com uma menina, mas não lamento – disse Ellie de modo desafiador. – Claire tem feito tudo o que pode para me fazer sentir uma intrusa aqui, e eu não ficaria surpresa se...

Ela se interrompeu, percebendo que estava prestes a dizer que não ficaria surpresa se descobrisse que fora Claire quem salgara o ensopado.

– Não ficaria surpresa se o quê?

– Nada.

Ele não a faria dizer isso. Ellie recusava-se a fazer acusações infantis e mesquinhas.

Charles esperou por um instante que ela continuasse e, quando ficou evidente que não falaria mais nada, disse:

– O que você disse na sala de jantar... sobre o casamento ser permanente. Queria que soubesse que concordo.

Ellie o encarou, sem entender bem o que ele queria dizer.

– Sinto muito se feri seus sentimentos – declarou ele calmamente.

Ela ficou pasma. Ele estava se *desculpando*?

– Mas quero que saiba que, apesar desses, hã, pequenos contratempos...

Ellie contraiu os lábios, irritada. Ele não deve ter notado, pois continuou falando.

– ...acho que você está se tornando uma condessa magnífica. Seu comportamento com os colonos no outro dia foi maravilhoso.

– Está me dizendo que sou mais adequada à vida fora de Wycombe Abbey do que dentro? – perguntou ela.

– Não, é claro que não. – Ele suspirou e passou a mão pelos espessos cabelos castanhos. – Estou só tentando dizer... Mas que diabo – murmurou ele. – O que estou tentando dizer?

Ellie resistiu ao desejo de fazer algum comentário sarcástico e só esperou, de braços cruzados. Por fim, ele estendeu um papel em sua direção e disse:

– Aqui.

– O que é isso?

– Uma lista.

– É claro – resmungou ela. – Uma lista. Exatamente o que eu queria. Tenho tido tanta sorte com listas até agora.

– É um tipo diferente de lista – declarou ele, tentando ser paciente com ela.

Ellie desdobrou a folha e leu.

ATIVIDADES PARA FAZER COM A ESPOSA

1. Um passeio e um piquenique no campo.

2. Visitar novamente os colonos como um casal.
3. Uma viagem a Londres. Ellie precisa de novos vestidos.
4. Ensiná-la a escrever suas próprias listas. Podem ser bastante divertidas.

Ela ergueu os olhos.
– Bastante divertidas, é?
– Hum, sim. Pensei que gostaria de tentar algo como "Sete maneiras de silenciar a Sra. Foxglove".
– A sugestão é interessante – murmurou ela, antes de voltar para a lista.

5. Levá-la à praia.
6. Beijá-la até que ela perca o controle.
7. Beijá-la até que eu perca o controle.

Charles pôde ver o momento em que ela alcançou os dois itens finais, pois suas bochechas ficaram deliciosamente rosadas.
– O que isto significa? – perguntou ela.
– Significa, minha querida esposa, que também percebi que o casamento é permanente.
– Não entendo.
– Já está na hora de termos um casamento normal.
Ela ruborizou ainda mais ao ouvir a palavra "normal".
– No entanto – continuou ele – , no que deve ter sido um surto de loucura, concordei com sua condição de me conhecer melhor antes de termos alguma intimidade.
Àquela altura, ela já estava mais vermelha que um tomate.
– Portanto, decidi dar-lhe todas as oportunidades de me conhecer melhor, cada maldita chance de ficar mais à vontade em minha presença.
– Perdão?
– Escolha algo da lista e faremos isso amanhã.
Ellie estava encantada e surpresa. Seu marido a estava cortejando. Nunca sonhara que ele pudesse fazer algo tão romântico. Ele jamais admitiria, claro, ter um lado romântico. Sedutor, talvez. Até mesmo libertino, malicioso ou amoroso. Mas não romântico.
Mas ela sabia que não era bem assim. E isso era tudo o que importava. Ela sorriu e olhou para a lista.

– Eu sugiro o número seis ou o sete – disse ele.

Ela levantou a cabeça. Ele sorria daquele jeito charmoso e despreocupado que já devia ter partido corações dali até Londres.

– Não sei se entendo a diferença entre me beijar até eu perder o controle e me beijar até você perder o controle.

A voz dele soou como um murmúrio.

– Posso lhe mostrar.

– Não tenho dúvidas disso – rebateu ela, fazendo de tudo para parecer insolente, ainda que seu coração estivesse disparado e suas pernas, bambas. – Mas eu escolho os itens um e dois. Será muito fácil fazermos um piquenique e visitarmos os colonos no mesmo dia.

– Itens um e dois, então – ressaltou ele, curvando-se elegantemente. – Mas não se surpreenda se eu der um jeito de passar para o número seis.

– Charles.

Ele a fitou com um olhar ardente e demorado.

– E o sete.

O passeio dos dois foi marcado para o dia seguinte. Ellie não ficou surpresa com a pressa de Charles. Ele parecia bastante determinado a fazer o que fosse necessário para levá-la para a cama. E ela ficou particularmente surpresa por não oferecer resistência ao plano do marido; podia perceber que estava amolecendo com relação a ele.

– Acho que poderíamos cavalgar – disse Charles quando a encontrou ao meio-dia. – O tempo está esplêndido, e me parece um desperdício ficarmos confinados dentro de uma carruagem.

– Seria uma excelente ideia, milorde – replicou Ellie. – Se eu soubesse cavalgar.

– Você não cavalga?

– Os vigários raramente ganham o suficiente para terem montarias – disse ela com um sorriso divertido.

– Então terei que ensiná-la.

– Não hoje – falou ela, rindo. – Preciso de tempo para me acostumar à ideia e me preparar para ficar com o corpo todo dolorido.

– Meu coche ainda não foi consertado, desde nosso último incidente. Está preparada para uma caminhada revigorante?

– Só se me prometer andar rápido – respondeu Ellie com um sorriso travesso. – Nunca fui muito boa com caminhadas lentas.

– Por que isso não me surpreende?

Ela o olhou nos olhos. Estava flertando com o marido.

– Não está surpreso? – indagou ela, fingindo espanto.

– Vamos apenas dizer que tenho dificuldade em imaginá-la encarando a vida com qualquer coisa menos que completo entusiasmo.

Ellie riu enquanto corria à frente dele.

– Venha, então. Ainda tenho que encarar o dia.

Charles seguiu atrás dela, ora caminhando, ora correndo.

– Espere! – gritou ele enfim. – Não esqueça de que estou sendo prejudicado pela cesta de piquenique.

Ellie parou na mesma hora.

– Ah, sim, é claro. Espero que monsieur Belmont tenha colocado algo saboroso.

– Seja o que for, o cheiro está delicioso.

– Tem um pouco daquele peru assado de ontem? – perguntou ela, tentando olhar dentro da cesta.

Ele a segurou acima da cabeça.

– Viu só? Não adianta correr muito, pois eu controlo a comida.

– Então planeja me matar de fome para me fazer obedecer?

– Se for minha única chance de sucesso. – Ele se inclinou para a frente. – Não sou um homem orgulhoso. Vou vencê-la, quer por meios justos, quer por desonestos.

– E fome conta como justo ou desonesto?

– Depende de quanto tempo demore.

Naquele exato momento, o estômago de Ellie roncou alto.

– Isso vai ser muito fácil – disse Charles com um sorriso.

Ellie deixou escapar um som de deboche antes de continuar a andar.

– Ah, veja! – exclamou ela, parando diante de um grande carvalho. – Alguém pendurou um balanço nesta árvore.

– Meu pai fez para mim quando eu tinha 8 anos – recordou Charles. – Eu me balançava aqui por horas.

– Ainda é forte o bastante para ser usado?

– Judith vem aqui quase todos os dias.

Ela olhou para ele, irritada.

– Sou um pouco mais pesada do que Judith.

– Não muito. Por que não tenta?

Ellie sorriu como uma menininha quando se sentou no assento de madeira feito pelo pai de Charles.

– Você vai me empurrar?

Charles curvou o corpo de maneira cortês.

– Sou seu servo fiel, milady. – Então deu um empurrão inicial e ela começou a balançar no ar.

– Ah, isso é maravilhoso! – gritou ela. – Não me balanço há anos.

– Mais alto?

– Mais alto!

Charles a empurrou até ela achar que seus pés poderiam tocar o céu.

– Ah, já está alto o suficiente – gritou ela. – Estou sentindo um frio no estômago. – Após voltar a se balançar mais suavemente, Ellie perguntou: – E por falar em meu pobre e sofrido estômago, você realmente planeja me dominar através da fome?

Ele riu.

– Planejei tudo até o último detalhe tortuoso. Um beijo por um pedaço de peru assado; dois por um bolinho.

– Tem bolinhos? – indagou Ellie, quase babando.

A Sra. Stubbs podia ter problemas com torradas, mas fazia os melhores bolinhos deste lado da Muralha de Adriano.

– Aham... E geleia de amora. A Sra. Stubbs disse que se matou de trabalhar num fogão quente por um dia inteiro para que ela ficasse boa.

– Não é difícil fazer geleia – disse Ellie, dando de ombros. – Já fiz milhares de vezes. Na verdade...

– Na verdade... ?

– Essa é uma ideia maravilhosa – falou para si mesma.

– Não sei por que, mas de repente senti medo – murmurou ele. – Bem, na realidade, eu sei. Pode ter algo a ver com o incêndio na minha cozinha. Ou com os cheiros estranhos que emanam da minha estufa. Ou com o ensopado...

– Nada disso foi minha culpa – disparou ela, batendo os pés no chão e fazendo o balanço parar. – E, se pensasse sobre isso por mais de meio segundo, perceberia que falo a verdade.

Charles concluiu que cometera um erro tático ao relembrar os recentes desastres domésticos da esposa durante o que deveria ser uma tarde de sedução.

– Ellie – disse ele com sua voz mais conciliadora.

Ela pulou do balanço e colocou as mãos na cintura.

– Alguém está me sabotando e pretendo descobrir por quê. E quem – acrescentou ela, quase para si própria.

– Talvez você tenha razão.

Ele concordou com ela apenas para aplacar sua angústia. Mas, assim que as palavras saíram de sua boca, ele percebeu que a esposa estava certa. Não fazia sentido que Ellie, uma pessoa tão habilidosa, pudesse ter incendiado uma cozinha, matado cada planta da estufa e colocado todo o sal do mundo em um ensopado. Nem mesmo o pior dos tolos poderia ter feito tanto em apenas quinze dias.

Mas ele não queria pensar em sabotagem, nem em tramas maliciosas nem em plantas mortas. Naquele dia, queria concentrar todas as suas energias em seduzir a esposa.

– Podemos conversar sobre isso outro dia? – perguntou ele, pegando a cesta de piquenique. – Prometo que vou investigar, mas o dia está lindo demais para nos preocuparmos com tais assuntos.

Ellie não esboçou reação por um instante e depois assentiu.

– Não quero estragar nosso adorável piquenique. – Então olhou-o com ar travesso e acrescentou: – Monsieur Belmont não colocou nenhum resto do ensopado, não é?

Charles reconheceu a oferta de paz e aceitou-a.

– Não, acho que você jogou tudo fora esta manhã.

– Ah, sim – murmurou ela. – Agora me lembro que nem os porcos quiseram tocar nele.

O coração dele se enterneceu ao observá-la. Poucas pessoas eram capazes de rir de suas próprias fraquezas. A cada dia que passava, ele desenvolvia um apreço mais profundo pela esposa. Escolhera apressadamente, mas escolhera bem.

Se conseguisse desenvolver um apreço ainda *mais profundo* por ela antes de explodir, pensou com um suspiro, seria maravilhoso.

– Algum problema? – perguntou ela.

– Não. Por quê?

– Você suspirou.

– Suspirei?

– Sim.

Ele suspirou mais uma vez.

– De novo! – exclamou ela.

– Eu sei. É só que...

Ela esperou que ele continuasse, mas, como isso não aconteceu, ela insistiu.

– É só que...?

– Vai ter que ser o número seis – declarou ele, deixando cair a cesta de piquenique e envolvendo-a em seus braços. – Não posso esperar nem mais um segundo.

De repente os lábios dele estavam nos dela. E ele a beijava com uma possessividade feroz que era surpreendentemente terna. A boca de Charles parecia cada vez mais impetuosa, e sua pele ficou quente. Sem perceber, ele a encostou em uma árvore, usando a estrutura resistente para pressionar seu corpo contra o dela.

Charles podia sentir cada curva de Ellie, da elevação exuberante dos seios ao contorno suave dos quadris. A lã do vestido dela era grossa, porém não escondia a maneira como ela se excitava ao seu toque. E nada poderia disfarçar os suaves sons que escapavam de sua boca.

Ellie o queria. Podia não entender isso, mas ela o queria tanto quanto ele a queria.

Ele estendeu apressadamente a toalha de piquenique no chão e a deitou sobre ela. Já retirara seu chapéu e agora soltava o coque, deixando que os longos fios de cabelo de Ellie flutuassem entre seus dedos.

– Mais macios que seda – sussurrou ele. – Mais suaves que o nascer do sol.

Ela gemeu. Charles sorriu, entusiasmado com o fato de ter inflamado o desejo de Ellie a ponto de ela não conseguir falar.

– Eu a beijei até você perder o controle – murmurou ele, abrindo um sorriso másculo e indolente. – Eu lhe disse que daria um jeito de passar para o número seis.

– E quanto ao sete? – conseguiu ela dizer.

– Ah, já passamos muito disso – respondeu Charles com voz rouca. Ele pegou a mão dela e colocou-a sobre o próprio peito. – Sinta.

O coração dele batia com tanta fúria sob a pequena palma da mão de Ellie, que ela o fitou espantada.

– Eu fiz isso?
– Você. Só você.

Seus lábios encontraram o pescoço dela, distraindo-a enquanto seus dedos ágeis trabalhavam nos botões do vestido. Ele tinha que vê-la, tinha que tocá-la. Enlouqueceria se não fizesse isso. Lembrou-se, então, de como se torturara tentando imaginar o comprimento do cabelo dela. Ultimamente, vinha se submetendo a uma agonia ainda mais intensa ao imaginar os seios da esposa. O formato deles. O tamanho. A cor dos mamilos. O exercício mental sempre o deixava em um estado bastante desconfortável, mas ele não conseguia se controlar.

A única solução era deixá-la nua – total, completa e abençoadamente nua –, para que sua imaginação descansasse e o restante do corpo dele desfrutasse da realidade.

Seus dedos enfim alcançaram o botão na base das costelas dela, e ele foi abrindo o vestido devagar. Ela não estava usando espartilho, apenas uma fina combinação de algodão. Era branca, quase virginal. Isso o excitou mais do que qualquer lingerie francesa, pois era *ela* quem a usava. E ele nunca desejara alguém de maneira tão intensa quanto desejava a esposa.

Suas mãos grandes deslizaram por baixo da combinação, sentindo o calor e a maciez da pele dela. Os músculos de Ellie saltaram sob seu toque, e ela encolheu instintivamente a barriga. Ele estremecia de desejo à medida que suas mãos subiam, moldando-se sobre as costelas, então avançando ainda mais até encontrarem a curva suave e feminina do seio.

– Ah, Charles – disse ela, arfando, quando as mãos dele se fecharam sobre seu seio, apertando-o com suavidade.

– Ah, meu Deus – replicou ele, pensando que podia morrer de felicidade naquele instante.

Ele não podia vê-la, mas podia *senti-la* com perfeição. Do tamanho certo para suas mãos. Quente e macio. Maldição! Se ele não sentisse o gosto dela naquele exato momento era capaz de enlouquecer.

É claro que havia uma boa chance de que sentir o gosto dela também o fizesse perder o controle, mas ele esqueceu disso assim que retirou a combinação do caminho.

Charles perdeu o fôlego quando finalmente a viu.

– Meu Deus – disse ele, ofegante.

Ellie se cobriu.

– Sinto muito, eu...

– *Não* diga que sente muito – ordenou ele com voz rouca.

Ele fora um tolo em pensar que vê-la nua colocaria um fim em seus delírios eróticos. A realidade era muito mais perfeita; ele duvidava que algum dia conseguisse retomar sua rotina sem visualizá-la em sua mente. O tempo todo. Do jeito que estava naquele instante.

Ele se inclinou e beijou de modo suave a parte inferior de seu seio.

– Você é linda – sussurrou ele.

Ellie, que nunca fora chamada de feia, mas que tampouco passara a vida ouvindo elogios à sua beleza, ficou em silêncio.

Ele beijou a parte de baixo do outro seio.

– Perfeito.

– Charles, eu sei que não sou...

– Só diga alguma coisa se for para concordar comigo – declarou ele, firme.

Ela sorriu. Não pôde evitar.

E, quando estava prestes a dizer algo para provocá-lo, a boca de Charles encontrou seu mamilo e se fechou em torno dele, e ela perdeu a noção de tudo. A sensação intensa que inundou seu corpo a impedia de falar e de pensar.

Tudo o que fez foi arquear as costas em direção a ele, pressionando sua boca.

– Você é ainda melhor do que eu sonhava – murmurou ele contra sua pele. – Melhor do que eu imaginava. – Ele levantou a cabeça apenas para lhe oferecer um sorriso travesso. – E minha imaginação é muito boa.

Mais uma vez, ela não conseguiu conter um sorriso terno, emocionada por ele estar fazendo de tudo para que aquela primeira experiência íntima não fosse avassaladora demais para ela. Bem, isso não era exatamente verdade. Ele estava fazendo de tudo para que fosse avassaladora, sua mágica atuando em cada terminação nervosa do corpo dela, mas também se esforçava ao máximo para garantir que ela tivesse um sorriso no rosto o tempo todo.

Ele era um homem melhor do que pensara. Ellie sentiu algo quente e doce em seu coração e se perguntou se poderiam ser os primeiros sinais de amor.

Movida por uma nova emoção, ela levantou as mãos e afundou-as nos espessos cabelos castanho-avermelhados dele. Eram macios e ondulados, e ela puxou com delicadeza a cabeça de Charles só para sentir o cabelo dele tocar seu rosto.

Após alguns instantes, ele ergueu o corpo apenas o suficiente para poder contemplá-la e, trêmulo, disse:

– Meu Deus, Ellie, como eu a quero. Você nunca saberá quanto...

Os olhos dela se encheram de lágrimas com a emoção sincera que ouviu na voz dele.

– Charles – começou ela, e então estremeceu quando um vento frio passou por sua pele nua.

– Você está com frio.

– Não – mentiu ela, tentando impedir que uma palavra errada quebrasse a magia daquele lindo momento.

– Está sim. – Ele saiu de cima dela e começou a abotoar seu vestido. – Sou um animal – murmurou ele –, seduzindo-a pela primeira vez aqui do lado de fora. Derrubando-a na grama.

– Um lindo animal – brincou ela.

Ele a fitou, e seus olhos castanhos ardiam com uma emoção que ela nunca vira antes. Era quente, impetuosa e maravilhosamente possessiva.

– Quando eu fizer de você minha esposa, será da maneira apropriada... em nossa cama. E, então – ele se inclinou e a beijou de forma apaixonada –, não vou deixá-la sair por uma semana. Talvez duas.

Ellie o olhava com espanto, incapaz de acreditar que pudesse ter despertado tamanha paixão naquele homem. Ele já se envolvera com as mulheres mais bonitas do mundo, e, no entanto, era ela, uma moça simples do campo, quem fazia seu coração disparar. Ele a puxou pelo braço e, quando Ellie sentiu que estava sendo arrastada de volta para Wycombe Abbey, gritou:

– Espere! Aonde estamos indo?

– Para casa. Agora mesmo.

– Não podemos.

Ele se virou lentamente.

– Para o inferno que não podemos.

– Charles, seu linguajar.

Ele ignorou a repreensão dela.

– Eleanor, cada maldito centímetro do meu corpo está ardendo por você, e não pode negar que se sente da mesma maneira. Então poderia me dar um bom motivo para eu não arrastá-la de volta para Abbey neste minuto e fazer amor com você até desmaiarmos?

Ela ficou vermelha com seu discurso franco.

– Os colonos. Ficamos de visitá-los esta tarde.

– Ora, os colonos... O diabo que os carregue. Eles podem esperar.

– Mas já mandei uma mensagem para Sally Evans dizendo que passaríamos por lá no início da tarde para inspecionar o trabalho em sua chaminé.

Charles não parou de puxá-la na direção da casa.

– Ela não sentirá nossa falta.

– Sentirá, sim – insistiu Ellie. – Ela deve ter feito chá e limpado a casa toda. Seria o máximo da indelicadeza não aparecer. Principalmente depois do nosso fiasco na casa dela no início desta semana.

Ele pensou na cena da lareira e ficou ainda mais irritado. A última coisa de que precisava, naquele momento, era recordar-se da sensação de estar preso com a esposa em um espaço muito apertado.

– Charles – disse Ellie uma última vez –, precisamos ir vê-la. Não temos escolha.

– Você não está só tentando me evitar?

– Não! – exclamou ela.

Ele blasfemou em voz alta e depois praguejou baixinho.

– Muito bem – murmurou ele. – Vamos visitar Sally Evans. Quinze minutos na casa dela e depois de volta a Wycombe Abbey.

Ellie assentiu.

Charles praguejou mais uma vez, tentando não se concentrar no fato de que seu corpo ainda não havia relaxado. Seria uma tarde bastante desconfortável.

CAPÍTULO 14

Charles estava se esforçando para lidar bem com aquele contratempo. Ele tentava não demonstrar quão mal-humorado estava, mas sua impaciência se revelava de mil maneiras.

Ellie jamais esqueceria o olhar de Sally Evans ao ver Charles tomar o chá de um só gole, bater a xícara de volta no pires, dizer que era a melhor bebida que já tinha tomado, pegar a mão de Ellie e quase arrastá-la para a porta da frente.

Tudo em dez segundos.

Ellie queria sentir raiva dele. Queria, mas não conseguia, porque sabia que sua impaciência se devia inteiramente a ela, ao modo como ele a desejava. E isso era emocionante demais para ela ignorar.

No entanto, era essencial que ela causasse uma boa impressão nos colonos. Por isso, quando Sally perguntou se gostariam de inspecionar o progresso em sua chaminé, Ellie apertou a mão do marido, sorriu e disse que adorariam.

– Foi um pouco mais complicado do que uma limpeza normal – informou Sally ao saírem pela porta da frente. – Havia algo preso... Não sei bem o quê.

– O importante é que seja consertada – replicou Ellie. – Tem feito frio ultimamente e vai esfriar ainda mais. – Então viu uma escada apoiada na casa. – Por que não subo para dar uma olhada?

Estava no segundo degrau quando sentiu as mãos de Charles em sua cintura, puxando-a ao chão.

– Por que não fica aqui? – rebateu ele.

– Mas eu quero ver...

– Se é necessário que um de nós veja, deixe comigo – resmungou ele.

Havia um pequeno grupo de espectadores reunidos em torno da casa, todos impressionados com a abordagem prática do conde com relação à gestão de terras. Ellie esperou no meio deles enquanto Charles subia a escada, quase explodindo de orgulho ao ouvir comentários como "É um homem correto, esse conde" ou "Não é arrogante; não se importa de se sujar".

Charles atravessou o telhado e deu uma olhada na chaminé.

– Parece estar tudo bem – disse ele.

Ellie se perguntou se Charles baseava aquela opinião em alguma experiência com chaminés, mas depois concluiu que não importava. Ele soava como se soubesse do que estava falando, e era isso que interessava aos colonos. Além do mais, o homem que de fato fizera o trabalho na chaminé se encontrava ao lado dela, assegurando-lhe que a chaminé ficara como nova.

– Então Sally não terá problemas para se aquecer neste inverno? – perguntou a ele.

John Bailstock, pedreiro e limpador de chaminés, respondeu:
– Não. Na realidade, ela...
Suas palavras foram interrompidas por gritos repentinos.
– Meu Deus! O conde!

Ellie ergueu os olhos, horrorizada, ao ver a escada balançando com seu marido no alto. Ela congelou, sentindo como se o tempo tivesse parado. Ouviu um ruído terrível de madeira se quebrando e, antes que pudesse reagir, Charles despencou da escada, quase se espatifando diante de seus olhos.

Ela gritou e correu, mas, quando o alcançou, ele já atingira o chão, parecendo assustadoramente imóvel.

– Charles? – chamou ela, ofegante, caindo de joelhos ao lado dele. – Você está bem? Diga-me que está bem.

Graças aos céus, ele abriu os olhos.

– Por que sempre acabo me machucando quando você está por perto? – questionou ele, cansado.

– Mas eu não tive nada a ver com isso! – rebateu ela, horrorizada com aquela declaração. – Sei que acha que estraguei o forno, a estufa e...

– Eu sei – interrompeu ele com a voz bem fraca, mas abrindo um ligeiro sorriso. – Estava só provocando-a.

Ellie suspirou aliviada. Se conseguia provocá-la, não devia estar tão ferido, não é verdade? Procurou se acalmar, dizendo a seu coração para parar de bater disparado – nunca sentira um medo tão paralisante. Ela precisava ser forte; precisava ser como sempre – eficiente, calma e competente.

Então ela respirou fundo e perguntou:
– Onde dói?
– Você acreditaria se eu dissesse que em todos os lugares?

Ela limpou a garganta.
– Sim. Foi uma queda e tanto.
– Acho que não quebrei nada.
– Mesmo assim, ficarei mais tranquila se eu checar. – Ela começou a tatear seus braços e pernas, inspecionando seu corpo. – Sente alguma coisa? – indagou, enquanto cutucava uma costela.

– Dói. Mas pode ser um resquício daquele acidente de coche que sofremos.

– Ah, eu tinha me esquecido disso! Deve achar que sou algum tipo de amuleto da má sorte.

Ele só fechou os olhos, o que não evidenciava o "claro que não!" que Ellie esperava. Ela continuou a examinar seus braços e, de repente, seus dedos encontraram algo quente e pegajoso.

– Santo Deus! – exclamou ela, olhando em choque para os dedos manchados de vermelho. – Você está sangrando? Você está sangrando!

– Estou? – Ele virou a cabeça e olhou para o braço. – Estou.

– O que aconteceu? – perguntou ela agitada, examinando-o com mais cuidado do que antes.

Ela já ouvira falar de ferimentos em que ossos quebrados saíam pela pele. Que Deus os ajudasse se esse fosse o caso de Charles. Ellie não tinha ideia de como tratar um ferimento desses e, sendo ainda mais sincera, tinha quase certeza de que desmaiaria antes que tivesse a chance de tentar.

Um aldeão se aproximou e falou:

– Milady, acho que, ao cair, ele cortou a pele em um pedaço da escada.

– Ah, sim, claro.

Ellie olhou para a escada destruída no chão. Vários homens estavam reunidos em volta dela, examinando os pedaços.

– Há um pouco de sangue na madeira – disse um deles.

Ela balançou a cabeça e voltou-se para o marido.

– Você deve estar cheio de farpas – informou.

– Maravilhoso. Suponho que vai querer removê-las.

– É o tipo de coisa que as esposas fazem – falou ela de forma paciente. – E eu *sou* sua esposa.

– O que eu estava começando a apreciar – murmurou ele. – Muito bem, faça o seu pior.

Quando Ellie iniciava uma tarefa, não havia como detê-la. Três aldeões ajudaram-na a carregar Charles de volta para a casa de Sally Evans e outros dois foram enviados a Wycombe Abbey para buscar uma carruagem para levá-los para casa. Ellie pediu que Sally fizesse ataduras com uma anágua velha – assegurando-lhe que lhe daria outra em breve.

– E ferva um pouco de água – pediu Ellie.

Sally virou-se, segurando um jarro de cerâmica.

– Ferver? Não seria melhor começar a limpar a ferida com a que tenho aqui?

– Eu preferiria água em temperatura ambiente – interveio Charles. – Não gostaria de acrescentar queimaduras à minha lista atual de dores e ferimentos.

Ellie colocou as mãos nos quadris.

– Ferva. Aqueça, pelo menos. Sei que me sinto mais limpa quando tomo banho com água quente. Portanto, é lógico pensar que limparia melhor sua ferida. E não podemos deixar para trás nenhum pedacinho de madeira.

– Vou ferver, então – disse Sally. – Que bom que a chaminé foi consertada.

Ellie voltou ao trabalho de cuidar do marido. Seus ossos não estavam quebrados, mas ele sofrera várias contusões. E ela usava uma pinça que Sally lhe emprestara parar retirar as farpas de seu braço.

Ela puxava. Charles se encolhia.

Puxava de novo. Ele se encolhia outra vez.

– Pode gritar se doer – falou ela com ternura. – Não vou pensar mal de você.

– Não preciso... Ai!

– Ah, sinto muito. Eu estava distraída – confessou ela.

Charles resmungou algo que ela não entendeu. Ellie se forçou a parar de olhar para o rosto dele – um rosto para o qual percebera que gostava muito de olhar – e concentrar-se no braço ferido. Passado algum tempo, ficou satisfeita por ter removido todos os pedacinhos de madeira.

– Por favor, diga-me que não há mais nada – pediu Charles quando ela anunciou que encerrara o trabalho.

– Não tenho certeza – respondeu ela, contraindo o rosto e examinando o ferimento mais uma vez. – Removi todas as farpas, mas não sei o que fazer com o corte principal. Talvez seja necessário suturar.

Ele empalideceu, e Ellie não sabia se era pelo fato de precisar de pontos ou se por ser ela a dá-los.

Ellie franziu os lábios, pensativa, e depois perguntou:

– Sally, o que acha? Pontos?

A mulher aproximou-se, trazendo uma chaleira de água quente.

– Ah, sim. Ele, sem dúvida, precisa de pontos.

– Posso ouvir a opinião de um profissional? – indagou Charles.

– Há algum médico por perto? – perguntou Ellie a Sally.

Sally balançou a cabeça. Ellie voltou-se para Charles.

– Não, não pode. Vou ter que suturá-lo.

Ele fechou os olhos.

– Já fez isso antes?

– Claro – mentiu ela. – É como costurar uma colcha. Sally, você tem linha?

Sally já havia tirado um carretel de sua caixa de costura e colocado sobre a mesa ao lado de Charles. Ellie molhou um pedaço de pano na água quente e limpou a ferida.

– Precisa estar bem limpa antes de eu fechá-la – explicou.

Então cortou um pedaço de linha e a mergulhou na água quente por precaução.

– Acho melhor fazer o mesmo com a agulha – falou para si mesma, mergulhando-a também. – Lá vamos nós – disse, com alegria forçada.

A pele dele parecia tão corada, saudável e... viva. Bem diferente das últimas bainhas que costurara.

– Tem certeza de que já fez isso antes?

Ela abriu um sorriso tenso.

– Eu mentiria para você?

– Você não quer que eu responda isso.

– Charles!

– Só ande logo com isso.

Ela respirou fundo e enfiou a agulha. O primeiro ponto foi o pior, e Ellie logo descobriu que sua pequena mentira tinha um fundo de verdade – era como costurar uma colcha. Ela encarou sua tarefa com a mesma devoção e concentração que dedicava a tudo, e logo Charles tinha uma fileira de pontos bem-feitos no braço. E tinha consumido o que restava da única garrafa de conhaque de Sally Evans.

– Vamos lhe dar outra garrafa – afirmou Ellie, com um sorriso de quem se desculpa.

– Vamos lhe comprar uma *capana* nova – disse Charles.

– Ah, não é necessário – disse Sally. – Com a chaminé funcionando, esta aqui agora está como nova.

– Sim – confirmou ele de forma expansiva. – Boa chaminé. Eu a vi. Sabia que eu a vi?

– Todos sabemos que você a viu – falou Ellie em tom paciente. – Nós o vimos no telhado.

– *Masé* claro que sim.

Ele sorriu, então soluçou. Ellie voltou-se para Sally e explicou:

– Ele costuma ficar um pouco tolo quando está bêbado.

– E quem poderia culpá-lo? – replicou Sally. – Eu precisaria de duas garrafas de conhaque se fosse receber esses pontos.

– E eu precisaria de três – declarou Ellie, batendo de leve no braço de Charles.

Não queria que ele se preocupasse com a possibilidade de pensarem mal dele por beber para amenizar a dor.

Mas Charles ainda estava preso ao comentário sobre o fato de estar bêbado.

– Eu não estou bêbado! – disse ele, indignado. – Um *gennleman* nunca fica bêbado.

– É mesmo? – indagou Ellie com um sorriso paciente.

– Um *gennleman* fica embriagado – acrescentou ele com firmeza. – Estou embriagado.

Ellie notou que Sally cobria a boca para disfarçar um sorriso.

– Eu não me importaria de aceitar uma segunda xícara de chá enquanto esperamos a carruagem – sugeriu à anfitriã.

– Creio que não terão tempo – respondeu Sally. – Vejo que está dobrando a esquina.

– Graças aos céus – disse Ellie. – Adoraria colocá-lo na cama.

– Vai se juntar a mim? – perguntou Charles enquanto levantava, cambaleante.

– Milorde!

– Eu não me importaria de continuar de onde paramos. – Então fez uma pausa para soluçar três vezes. – Sabe o que quero dizer.

– Milorde – falou Ellie com tom severo –, o conhaque deixou sua língua lamentavelmente solta.

– Deixou? Eu me pergunto o que fez com a *sua* língua.

Ele andou na direção de Ellie, que saiu do caminho apenas alguns segundos antes que os lábios dele tocassem os dela. Infelizmente, isso o fez perder o equilíbrio, e ele caiu no chão.

– Misericórdia! – explodiu Ellie. – Se os pontos se abrirem, que Deus me ajude!, pois vou esfolá-lo vivo.

Ele piscou e levou as mãos aos quadris. Isso não lhe conferiu muita dignidade, já que ainda estava sentado no chão.

– Seria bastante contraproducente, não acha?

Ellie deixou escapar um suspiro resignado.

– Sally, poderia me ajudar a botar o conde de pé?

Sally se aproximou para ajudá-la e em poucos instantes conseguiram levantar Charles e levá-lo até a porta. Felizmente, três cavalariços tinham vindo com a carruagem, pois Ellie e Sally não teriam conseguido colocá-lo lá dentro sozinhas.

A viagem para casa foi tranquila. Charles adormeceu e Ellie ficou grata por ter um momento de paz. No entanto, precisou acordá-lo ao chegarem em casa e, quando ela e os cavalariços finalmente o levaram até o quarto, ela já estava a ponto de gritar. Charles tentara beijá-la quatorze vezes enquanto percorriam a escada e aquilo a irritara bastante, não só por ele estar muito bêbado e alheio à presença dos criados, mas por se arriscar a sangrar até a morte se os pontos se abrissem.

Bem, no fundo ela sabia que ele não sangraria até a morte, mas a ameaça funcionou quando ela perdeu a paciência e berrou:

– Charles, se não parar com isso, vou deixá-lo cair e sangrar até morrer!

– Parar o quê? – perguntou ele.

– De tentar me beijar – grunhiu ela, aborrecida por ser forçada a falar aquilo na frente dos criados.

– Por que tenho que parar? – resmungou ele.

– Porque estamos na escada.

Ele inclinou a cabeça e encarou-a, intrigado.

– É engraçado como você consegue falar sem abrir a boca.

Ellie tentou descerrar os dentes antes de falar, mas não foi bem-sucedida.

– Apenas continue subindo as escadas até o seu quarto, por favor.

– E então posso beijá-la?

– Sim! Está bem!

Ele suspirou alegremente.

– Ah, que bom.

Os criados tentavam esconder o riso e Ellie procurava ignorá-los.

Cerca de um minuto depois, estavam quase chegando ao quarto quando, de repente, Charles parou e anunciou:

– Sabe qual é o seu problema, Ellie, *q'rida*?

Ela continuava tentando empurrá-lo pelo corredor.

– Qual?

– Você é boa demais em tudo.

Ellie perguntou-se por que aquilo não soava como um elogio.

– Quero dizer...

Ele perdeu o equilíbrio, e foi preciso que Ellie e os dois criados o segurassem para que Chales não caísse no chão.

– Charles, não acho que seja a hora – disse ela.

– *Vejsó* – continuou ele, ignorando-a –, pensei que quisesse uma esposa que eu pudesse ignorar.

– Eu sei. – Ellie olhou um tanto desesperada para os criados, que naquele momento colocavam Charles na cama. – Acho que agora consigo cuidar dele sozinha.

– Tem certeza, milady?

– Sim – murmurou ela. – Com sorte, ele vai desmaiar logo.

Os criados pareceram hesitar, mas saíram assim mesmo.

– Fechem a porta! – gritou Charles.

Ellie olhou-o e cruzou os braços.

– Você *não* é um bêbado atraente, milorde.

– Mesmo? Uma vez você me disse que gostava mais de mim bêbado.

– Reconsiderei.

Ele suspirou.

– Mulheres.

– O mundo seria um lugar muito menos civilizado sem nós – disse ela bufando.

– Concordo de todo o coração. – Ele arrotou. – Onde eu estava? Ah, sim, eu queria uma esposa que eu pudesse ignorar.

– Que grande representante do bom humor e do cavalheirismo ingleses – declarou ela em voz baixa.

– O quê? Não ouvi o que disse. Ah, não importa. De qualquer forma, veja só o que aconteceu.

Ellie olhou-o com uma expressão sarcástica e ansiosa.

– Acabei com uma esposa que pode *me* ignorar. – Ele bateu o dedo no peito e gritou: – Me ignorar!

Ela piscou.

– Perdão?

– Você pode fazer qualquer coisa. Suturar meu braço, acumular uma fortuna. Bem, pode até explodir minha cozinha...

– Já chega!

– Hum, e você arruinou a estufa, mas recebi uma mensagem de Barnes dizendo que é a mulher mais inteligente que já conheceu. E os colonos gostam mais de você do que jamais gostaram de mim.

Ela cruzou os braços.

– Você pretende chegar a algum lugar com isso?

– Não. – Ele deu de ombros. – Bem, acho que pretendo, mas estou tendo um pouco de dificuldade.

– Eu nunca teria notado.

– A questão é que não precisa de mim para nada.

– Bem, isso não é verdade...

– Não é? – Ele pareceu ligeiramente mais sóbrio. – Você tem seu dinheiro. Tem seus novos amigos. Para que diabo precisa de um marido? Sou dispensável.

– Não tenho certeza *disso*...

– Eu poderia fazê-la precisar de mim, *s'ponho*.

– E por que iria querer isso? Você não me ama.

Ele refletiu por um instante e falou:

– Não sei. Mas amo.

– Você me ama? – perguntou ela, incrédula.

– Não, mas quero que precise de mim.

Ellie tentou ignorar a forma como seu coração se entristeceu quando ele negou amá-la.

– Por quê? – perguntou ela mais uma vez.

Ele deu de ombros.

– Não sei. Só queria. Agora venha para a cama.

– Não vou!

– Acha que não me lembro do que estávamos fazendo no campo?

As bochechas dela ficaram rosadas, mas Ellie não tinha certeza se era por vergonha ou fúria.

Charles sentou-se e lançou-lhe um olhar malicioso.

– Estou ansioso para terminar o que começamos, esposa.

– Não quando está bêbado como um gambá! – retrucou ela, afastando-se para não ficar ao alcance de seu braço. – Você nem se lembraria do que fizesse aqui.

Ele engasgou, ofendido.

– Eu *dunca*... quero dizer, *nunca* esqueceria. Sou um amante extraordinário, milady. Magnífico.

– É o que todas as suas amantes lhe disseram? – Ellie não resistiu à pergunta.

– Sim. Não – murmurou ele. – Não é o tipo de coisa sobre a qual se queira falar com a esposa.

– Exatamente. E é por isso que vou sair.

– Ah, não, você não vai!

Com uma rapidez que ninguém que tivesse bebido uma garrafa de conhaque deveria ter, ele pulou da cama, atravessou o quarto e agarrou-a pela cintura. Quando recuperou o fôlego, Ellie estava deitada na cama com Charles sobre ela.

– Olá, esposa – cumprimentou ele, parecendo um lobo.

– Um lobo bêbado – sussurrou ela, tentando não sufocar com seu hálito.

Charles ergueu uma sobrancelha.

– Você disse que eu poderia beijá-la.

– Quando? – perguntou ela, desconfiada.

– Na escada. Eu perturbei, perturbei, perturbei e você disse: "Sim! Está bem!"

Ellie suspirou, irritada. A memória dele parecia estar em perfeito estado.

Charles sorriu, triunfante.

– O bom em relação a você, Ellie, é que é incapaz de voltar atrás com sua palavra.

Ela não podia lhe dizer para seguir em frente e beijá-la nem podia refutar sua declaração – que, afinal, era um elogio –, por isso permaneceu calada.

Mas seu plano não deu certo, pois as palavras seguintes dele foram:

– Nada esportivo de sua parte não começar a tagarelar, querida esposa. Fica difícil encontrar sua boca.

Então ele começou a beijá-la, e Ellie descobriu que o gosto do conhaque era muito melhor do que o cheiro. Tão melhor que, quando ele se moveu para beijar seu pescoço, ela tomou sua cabeça nas mãos e levou sua boca de volta à dela.

Isso o fez rir e ele a beijou de novo, desta vez com mais intensidade. Depois do que parecera uma eternidade dessa tortura sensual, ele afastou a cabeça, apoiou o nariz no de Ellie e disse o nome dela.

Ellie levou um instante para dizer:

– Sim?

– Não estou tão embrigado quanto pensa.

– Não está?

Ele balançou a cabeça devagar.

– Mas... mas você estava tropeçando. Soluçando. Arrotando!

Ele sorriu diante do espanto da esposa.

– Não estou mais.

– Ah.

Os lábios de Ellie se entreabriram enquanto ela questionava o significado de tais palavras. Ela *achou* que poderia significar que iriam consumar o casamento naquela noite, naquele momento. Sentia-se estranhamente zonza e *quente*, e seu cérebro não estava funcionando direito.

Ele a encarou por vários instantes, depois se inclinou para beijá-la. Mas seus lábios tocavam tudo, menos a boca de Ellie; passeavam por bochechas, olhos, orelhas. Suas mãos brincavam com os cabelos dela, espalhando-os pelos travesseiros. E então percorreram todo o corpo de Ellie, acariciando a curva dos quadris, o comprimento das pernas, deixando trilhas de fogo onde quer que tocassem.

Ellie tinha a impressão de que havia duas mulheres habitando seu corpo. Uma queria ficar ali deitada, deixando-o operar sua mágica, aceitando o ato de fazer amor como um presente raro que ele lhe dava. A outra ansiava por ser uma participante ativa, e se perguntava o que ele faria se ela o tocasse, se erguesse a cabeça e cobrisse o pescoço *dele* de beijos suaves.

Por fim, ela não conseguiu mais guardar o que sentia. Não era de sua natureza ser passiva, mesmo que a atividade em questão fosse sua própria sedução. Envolveu-o com os braços e apertou-o com força, seus dedos se tornaram garras apaixonadas e...

– Aaaaai!

O grito de Charles cortou o silêncio e refreou seu ardor. Ellie deixou escapar um som de surpresa e se contorceu por baixo dele, tentando levar as mãos para os lados do corpo e...

– Aaaaaaaaaaaaaaai!

Um grito ainda pior.

– O que houve? – perguntou ela, quando ele rolou de cima dela, o rosto contraído de dor.

– Você vai me matar – afirmou Charles com voz abafada. – Estarei morto antes que o ano acabe.

– Do que está falando?

Ele se sentou e olhou para o braço, que recomeçara a sangrar.

– Eu fiz isso?

Ele assentiu.

– Esse foi o segundo grito.

– E o primeiro?

– Uma dor nas minhas costas.

– Eu não sabia que suas costas estavam machucadas.

– Nem eu – disse ele secamente.

Ellie sentiu uma imensa e inadequada vontade de rir, e mordeu o lábio para contê-la.

– Sinto muito.

Ele só balançou a cabeça.

– Algum dia vou consumar este maldito casamento.

– Sempre pode tentar olhar pelo lado positivo – sugeriu ela.

– Há algum lado positivo?

– Bem, sim. Deve haver.

Mas ela não conseguiu pensar em nenhum.

Ele suspirou e estendeu o braço.

– Pode me suturar?

– Vai querer mais conhaque?

– Isso provavelmente vai pôr um fim às minhas intenções amorosas para a noite, mas sim, quero. – Ele suspirou. – Sabe, Ellie, acho que é por isso que as pessoas têm esposas.

– Perdão?

– Meu corpo todo dói. Todo. É bom ter alguém para quem eu possa dizer isso.

– Você não tinha antes?

Ele balançou a cabeça.

Ela tocou a mão dele.

– Fico feliz que possa falar comigo.

Então ela encontrou um carretel de linha e uma garrafa de conhaque e pôs-se ao trabalho.

CAPÍTULO 15

Como era de costume, Ellie acordou cedo na manhã seguinte. E se surpreendeu com o fato de estar deitada na cama de Charles, aconchegada ao corpo dele, envolvida em seus braços.

Ele adormecera rapidamente na noite anterior após ela suturar seu braço pela segunda vez. Tivera um dia cansativo e doloroso, e a garrafa adicional de conhaque não ajudara. Ellie quisera deixá-lo repousar sozinho, mas, toda vez que tentava sair da cama e seguir para seu quarto, ele ficava agitado. E ela acabara adormecendo em cima dos cobertores do marido.

Saiu em silêncio do quarto para evitar despertá-lo. Ele ainda dormia profundamente, e ela acreditava que precisava descansar.

Ellie, no entanto, era incapaz de dormir até tarde; depois de trocar de roupa, desceu as escadas para o café da manhã. Como era de se esperar, Helen já estava sentada à mesa, lendo o jornal que chegava de Londres todos os dias pelo correio.

– Bom dia, Ellie.
– Bom dia, Helen.

Assim que Ellie se sentou, Helen perguntou:

– Qual foi o motivo da agitação da noite passada? Ouvi dizer que Charles estava bastante embriagado.

Enquanto passava geleia de laranja em um dos bolinhos recém-assados da Sra. Stubbs, Ellie lhe contou o que acontecera no dia anterior.

– Isso me faz lembrar... – disse ela, ao terminar de contar sobre a segunda vez que suturara Charles.

– Lembrar de quê?

– Com a proximidade do inverno e dos feriados, pensei que poderíamos fazer algo especial para os colonos. Tive a ideia fazer geleia caseira.

Helen, que estendida a mão para pegar outro bolinho, parou.

– Imagino que isso não envolva você ter que voltar à cozinha.

– Será uma surpresa, já que não esperam que uma condessa cozinhe.

– Pode haver uma razão para isso. Embora, no seu caso, acredito que as pessoas tenham desistido de tentar descobrir *o que* esperar.

Ellie franziu a testa.

– Asseguro-lhe de que já fiz geleia centenas de vezes.

– Ah, acredito em você. Só acho que mais ninguém acreditará. Principalmente a Sra. Stubbs, que reclama que continua encontrando fuligem em todo canto da cozinha.

– A Sra. Stubbs gosta de reclamar.

– Isso é verdade, claro, mas ainda não tenho certeza...

– *Eu* tenho certeza – disse Ellie, enfática –, e isso é o que conta.

Ao terminarem o café, Ellie já havia convencido Helen a ajudá-la a preparar a geleia, e duas criadas da cozinha foram mandadas à cidade para comprar frutas silvestres. Uma hora depois, voltaram da cidade com uma grande variedade de frutas, e Ellie estava pronta para trabalhar. Evidentemente, a Sra. Stubbs não ficou satisfeita em ver Ellie em sua cozinha.

– Não, não, não! – gritou ela. – O forno já foi um desastre!

– Sra. Stubbs – falou Ellie com voz severa –, devo lembrá-la de que *eu* sou a senhora desta casa. Se eu quiser esfregar creme de limão nas paredes, estarei no meu direito.

A Sra. Stubbs ficou pálida e olhou para Helen, apavorada.

– Ela está exagerando – esclareceu Helen. – Mas talvez seja melhor a senhora trabalhar fora da cozinha.

– Uma excelente ideia – concordou Ellie, praticamente empurrando a governanta porta afora.

– Creio que Charles não ficará muito feliz com isso – disse Helen.

– Bobagem. Ele sabe que o incêndio não foi minha culpa.

– Sabe? – perguntou Helen com espressão de dúvida.

– Bem, se não sabe, deveria. Agora vamos começar a trabalhar.

Ellie instruiu uma criada a pegar a maior panela de Wycombe Abbey, e então começou a colocar as frutas lá dentro.

– Em vez de fazer geleias de vários sabores – disse à Helen –, poderíamos fazer uma só geleia com todas essas frutas silvestres. Ficará deliciosa.

– E podemos fazer tudo em uma única panela – observou Helen.

– Você entende rápido. – Ellie sorriu e começou a acrescentar açúcar e água. – Mas isso será suficiente para todos os colonos?

Helen inclinou-se e deu uma olhada.

– Provavelmente não. Mas, se é realmente tão fácil, podemos fazer outra amanhã.

– Não é preciso fazer mais nada – declarou Ellie. – Agora só precisamos tapar e deixar a mistura cozinhar.

Ela moveu a panela para longe da fornalha que ardia ao máximo. Não precisava de mais acidentes na cozinha.

– Quanto tempo vai demorar? – perguntou Helen.

– Ah, a maior parte do dia. Eu poderia tentar cozinhá-la mais rápido, mas teria que monitorar a geleia e mexê-la com mais frequência. Com todo esse açúcar, grudaria no fundo. Desse jeito, vou pedir a uma das criadas para mexê-la enquanto eu estiver longe. Voltarei de hora em hora, mais ou menos, para verificar o progresso.

– Entendo.

– Meu cunhado sugeriu uma vez que eu colocasse pedras na tampa. Disse que cozinharia ainda mais rápido.

– Entendo – repetiu Helen de modo automático, mas depois acrescentou: – Não, na verdade não entendo.

– Isso mantém o vapor dentro da panela, o que aumenta a pressão. O que, por sua vez, permite que a geleia cozinhe a uma temperatura mais alta.

– Seu cunhado parece ter bastante conhecimento científico.

– Tem, sim. – Ellie colocou a tampa na panela e continuou: – De qualquer forma, não importa. Não tenho pressa. Só preciso garantir que as criadas mexam a geleia com frequência.

– Isso parece bem fácil – falou Helen.

– Ah, é sim. Completamente à prova de erros.

Ellie estendeu a mão acima do fogão uma última vez para checar se não estava quente demais, e então deixaram a cozinha.

Ellie prendeu um relógio na manga do vestido para se lembrar de verificar a geleia a intervalos apropriados. O doce cozinhava lenta, mas uniformemente, e, na opinião de Ellie, estava delicioso. A panela era grossa e não ficava quente demais no fogo baixo, então Ellie conseguia segurar as alças enquanto mexia, o que era bem prático.

Como os preparativos não exigiam sua atenção ininterrupta, ela decidiu dedicar parte de suas energias ao caos malcheiroso da estufa. Estava muito irritada por ainda não ter entendido como o sabotador estava matando todas as suas plantas favoritas. Tudo o que conseguira descobrir era que o cheiro não vinha das próprias plantas.

As plantas estavam mortas, isso era incontestável. Mas o cheiro vinha de pilhas de lixo de cozinha discretamente instaladas ali. Lixo que, Ellie suspeitava, havia sido interceptado a caminho do chiqueiro. Misturado ao lixo havia um material escuro bastante suspeito que só podia ter sido obtido do chão dos estábulos.

Alguém estava determinado a lhe causar problemas. Ellie não conseguia imaginar ninguém que a odiasse a ponto de reunir excremento de cavalo e comida estragada. No entanto, ela adorava seu pequeno jardim interno o suficiente para vestir um par de luvas de trabalho e limpar a sujeira. Pegou alguns sacos e uma pá, decidida a não respirar pelo nariz durante a hora seguinte, e escavou.

Após cinco minutos, no entanto, tornou-se evidente que sua saia estava atrapalhando, então ela encontrou uma corda e sentou-se em um banco de pedra para amarrá-las.

– Uma visão encantadora.

Ellie ergueu os olhos e viu o marido entrar na estufa.

– Bom dia, Charles.

– Muitas vezes desejei que você levantasse sua saia para mim – declarou ele com um sorriso torto. – Quem merece esse gesto tão encantador?

Ela esqueceu a dignidade e mostrou a língua para ele.

– "O que" seria mais apropriado.

Charles seguiu seu olhar até a pilha fedida escondida atrás de uma laranjeira. Ele deu um passo à frente, cheirou o ar e recuou.

– Deus do céu, Ellie! – exclamou ele, tossindo, com ânsia de vômito. – O que fez com as plantas?

– Não fui eu – grunhiu ela. – Acha mesmo que sou estúpida a ponto de pensar que uma cabeça de ovelha apodrecendo ajudaria uma laranjeira a crescer?

– Uma *o quê*? – questionou ele, voltando até a árvore para dar uma olhada.

– Já tirei daí – falou ela, apontando para o saco.

– Santo Deus, Ellie, você não deveria ter que fazer isso.

– Não – concordou ela – Eu não deveria. Alguém aqui em Wycombe Abbey não aprecia minha presença. Mas vou chegar ao fundo desta sujeira nem que isso me mate. Não vou mais tolerar essa situação.

Charles suspirou e a viu enfiar a pá na sujeira.

– Aqui – ordenou ela –, você pode segurar o saco aberto. Ou quer usar algumas luvas de trabalho?

Ele piscou, incapaz de acreditar que ela estava limpando aquilo sozinha.

– Ellie, posso pedir aos criados para fazerem isso.

– Não, não pode – disse ela, com mais emoção do que ele esperava. – Eles não deveriam ter que fazer isso. Não vou pedir a eles.

– Ellie, é precisamente por essa razão que *temos* criados. Pago-lhes salários muito generosos para manter Wycombe Abbey limpa. Isto é apenas uma sujeira... um pouco *mais fedorenta* do que o habitual.

Ela o encarou com os olhos brilhando.

– Eles vão pensar que fiz isso. E eu não quero.

Charles percebeu que o orgulho dela estava em jogo. Como ele também sabia um pouco sobre orgulho, não insistiu.

– Muito bem. Devo insistir, no entanto, que me deixe empunhar a pá. Que tipo de marido eu seria se ficasse aqui sentado, observando-a fazer todo o trabalho difícil?

– De jeito nenhum. Seu braço está ferido.

– Não está tão ruim.

Ela bufou.

– Esqueceu que fui eu quem o suturou ontem à noite? Sei quanto está ruim.

– Eleanor, dê-me a pá.

– Nunca.

Ele cruzou os braços e encarou-a com ar sério. Por Deus, como era teimosa.

– Ellie, a pá, por favor.

– Não.

Ele deu de ombros.

– Tudo bem. Você venceu. Não vou usar a pá.

– Eu sabia que você veria que... ai!

– Meu braço – informou Charles enquanto a puxava para si – está funcionando muito bem, na verdade.

A pá caiu no chão quando Ellie virou o pescoço para olhar para ele.

– Charles? – disse, hesitante.

Ele sorriu com malícia.

– Pensei que eu poderia beijá-la.

– Aqui? – murmurou ela.

– Aham.

– Mas está fedendo.

– Posso ignorar se você puder.

– Mas por quê?

– Por que quero beijar você?

Ela assentiu.

– Pensei que isso pudesse fazê-la parar de falar sobre essa pá ridícula.

Antes que ela pudesse dizer mais alguma coisa, ele baixou a cabeça e a beijou com intensidade. Ela não relaxou de imediato. Mas era tão incrivelmente divertido segurar aquela mulher pequena e determinada e senti-la se retorcer em seus braços. Ellie era como um minúsculo leão, feroz e protetor, e Charles percebeu que queria toda aquela emoção dirigida para ele. Na verdade, a insistência da esposa para que ele descansasse enquanto ela fazia o trabalho duro não o fizera se sentir menos másculo. Apenas o fizera se sentir amado.

Amado? Era isso o que ele queria? Ele pensara que queria um casamento como o de seus pais. Ele comandaria a própria vida, sua esposa a dela, e os dois estariam contentes. Só que se sentia atraído pela nova esposa de uma maneira que nunca imaginara, nunca sonhara. E ele não estava contente. Ele a queria, queria desesperadamente, e ela sempre estava fora de seu alcance.

Charles ergueu um pouco a cabeça e a fitou. Os olhos dela estavam desfocados, os lábios, macios e entreabertos, e ele não sabia como não notara antes, mas ela era a mulher mais bonita do mundo inteiro e estava em seus braços, e...

... e ele tinha que beijá-la mais uma vez. Naquele instante. Sua boca devorou a dela com uma nova e surpreendente urgência, enquanto ele absorvia sua essência. Ela tinha gosto de frutas quentes, a doce, marcante e pura Ellie. Charles agarrou a saia dela e puxou-a para cima, até conseguir mergulhar a mão embaixo e agarrar a pele firme de sua coxa.

Ela arfou e apertou os ombros dele, o que só serviu para deixá-lo ainda mais excitado. Então ele deslizou a mão para cima até o ponto onde as meias dela terminavam. Ele correu suavemente o dedo ao longo da pele nua dela, deleitando-se com o modo como ela estremecia ao seu toque.

– Ah, Charles – gemeu ela.

E isso era o suficiente para fazê-lo enlouquecer: o som do nome dele nos lábios dela.

– Ellie – disse ele, a voz tão rouca que ele mal reconheceu –, temos que ir lá para cima. Agora.

Ela não reagiu por um instante, apenas perdeu as forças junto ao corpo dele.

– Eu não posso.

– Não diga isso – pediu ele, arrastando-a para a porta. – Diga qualquer coisa, menos isso.

– Não, eu tenho que mexer a geleia.

Isso o deteve.

– De que diabo você está falando?

– Eu tenho que... – Ela parou e molhou os lábios. – Não me olhe assim.

– Assim como? – perguntou ele, o bom humor retornando.

Ela colocou as mãos nos quadris e encarou-o com olhar severo.

– Como se quisesse me devorar.

– Mas eu quero.

– Charles!

Ele deu de ombros.

– Minha mãe me disse para nunca mentir.

Ela parecia prestes a bater o pé.

– Eu realmente preciso ir.

– Maravilha. Vou acompanhá-la até lá em cima.

– Tenho que ir para a cozinha – falou ela, enfática.

Ele suspirou.

– Para a cozinha, não.

Ela contraiu a boca, irritada, antes de informar:

– Estou fazendo geleia para dar aos colonos como um presente de fim de ano. Falei sobre isso ontem com você.

– Tudo bem. Para a cozinha. E depois para o quarto.

– Mas eu...

Ellie parou de falar quando percebeu que não queria mais lutar contra ele. Queria as mãos dele nas dela, queria ouvir suas suaves palavras de sedução. Queria se sentir a mulher mais desejável do mundo, que era exatamente como se sentia toda vez que ele a encarava com os olhos ardentes e semicerrados.

Persuadida, ela sorriu um tanto tímida e falou:

– Está bem.

– Você vai? – perguntou Charles, mal acreditando no que estava ouvindo.

Ela assentiu, sem olhar nos olhos dele.

– Maravilha!

Ele parecia um menininho empolgado, o que foi um pouco estranho para Ellie, considerando que estava prestes a se deixar seduzir por ele.

– Mas preciso ir à cozinha primeiro – lembrou ela.

– A cozinha, certo. A cozinha. – Ele lhe lançou um olhar meio de lado enquanto a puxava para o saguão. – Isso tira um pouco da espontaneidade, não acha?

– Charles – disse ela em tom de advertência.

– Está bem.

Ele trocou de direção e começou a arrastá-la para a cozinha, movendo-se ainda mais rápido do que quando a arrastava para o quarto.

– Tentando apressar as coisas? – brincou ela.

Ele a puxou ao dobrarem uma esquina, colocou-a contra uma parede e levou sua boca à dela para um beijo rápido e possessivo.

– Você tem três minutos na cozinha – declarou ele. – Três. E isso é tudo!

Ellie riu e acenou com a cabeça, disposta a conceder-lhe esse ataque ditatorial porque a fazia sentir-se em brasa por dentro. Charles a soltou e eles desceram as escadas, Ellie quase tendo que correr para acompanhá-lo.

A cozinha começava a ficar agitada, com monsieur Belmont e sua equipe dando início aos preparativos para as refeições do dia. A Sra. Stubbs estava em um canto, tentando ignorar o francês enquanto supervisionava três criadas que faziam a limpeza depois do café da manhã.

– É a minha geleia ali no fogão – disse Ellie a Charles, apontando para a panela grande. – De frutas silvestres variadas. Helen e eu a preparamos juntas e...

– Três minutos, Eleanor.

– Certo. Só preciso mexê-la e então...

– Mexa logo.

Ela andou metade do caminho até o fogão e parou.

– Ah! Eu deveria lavar as mãos primeiro. Estava usando luvas de trabalho na estufa, mas estava tudo tão sujo.

Charles suspirou com impaciência. Deus, ela já podia ter feito tudo.

– Lave as mãos, mexa e termine com isso. Há um balde ali naquela mesa.

Ela sorriu, mergulhou as mãos na água, e então deixou escapar um pequeno grito.

– E agora?

– Está congelando. Monsieur Belmont deve ter mandado trazer gelo. Talvez tenhamos alguma sobremesa gelada de fruta esta noite.

– Ellie, a geleia...

Ela foi até a panela, franzindo a testa quando os criados se afastaram dela. Eles ainda não confiavam nela na cozinha.

– Só vou passá-la para esta mesa aqui, onde pode esfriar e...

Charles nunca teria certeza do que aconteceu em seguida. Ele observava monsieur Belmont cortar habilmente uma beringela quando ouviu Ellie soltar um grito de dor. Quando ergueu os olhos, a grande panela de geleia estava caindo no chão. Ele presenciou, impotente e horrorizado, a panela atingir o chão e a tampa sair. Geleia roxa voou pelo ar, salpicando o fogão, o chão e Ellie.

Ela estava uivando como um animal ferido e desabou, soluçando de agonia. Charles sentiu seu coração parar e correu para o lado dela, suas botas deslizando pela geleia quente e açucarada enquanto atravessava a cozinha.

– Tire isso de mim – choramingava ela. – Tire isso de mim.

Charles olhou para ela e viu que a geleia fervente estava presa à sua pele. Santo Deus, a pele ainda estava sendo queimada enquanto ele ficava olhando. Parecia estar apenas em suas mãos e pulsos. Sem parar para pensar, ele pegou o balde de água gelada que Ellie usara anteriormente e mergulhou ali as mãos dela.

Ela tentou retirar as mãos.

– Não! – gritou ela. – Está gelada demais.

– Querida, sei que está gelada – disse ele com suavidade, esperando que ela não percebesse como sua voz estava trêmula. – Estou com as minhas mãos na água também.

– Dói. Ah, isso dói.

Charles engoliu em seco e olhou em volta da cozinha. Certamente alguém ali saberia o que fazer para que ela parasse de sentir dor. Ouvir seus gemidos e sentir seu corpo estremecer estavam acabando com ele.

– Calma, Ellie – falou ele, com a voz mais tranquilizadora que conseguiu. – Olhe, a geleia está saindo. Está vendo?

Ela olhou para as mãos na água, e Charles imediatamente desejou não ter pedido isso. A pele dela estava muito vermelha e irritada.

– Pegue mais gelo! – berrou ele para ninguém em especial. – A água está ficando quente.

A Sra. Stubbs se aproximou enquanto três criadas corriam para o depósito de gelo.

– Milorde, não tenho certeza se tomou a melhor atitude.

– A geleia ainda estava fervendo. Eu tinha que esfriá-la.

– Mas ela está tremendo.

Ele se virou para Ellie.

– Ainda está doendo muito?

Ela balançou a cabeça.

– Quase não sinto nada.

Charles mordeu o lábio inferior. Ele não sabia qual era a melhor maneira de se tratar uma queimadura.

– Muito bem. Talvez devêssemos enfaixá-la.

Ele permitiu que ela retirasse as mãos do balde, mas bastaram dez segundos para que ela começasse a reclamar de dor novamente. Ele mergulhou as mãos dela de volta na água no momento em que as criadas voltavam com o gelo.

– A água gelada, de alguma forma, alivia a dor – disse ele à Sra. Stubbs.

– Mas ela não pode ficar aí para sempre.

– Eu sei. Só mais um minuto. Quero ter certeza.

– Gostaria que eu preparasse um unguento especial de queimadura para ela?

Charles assentiu e voltou sua atenção para Ellie. Ele a segurou com firmeza, aproximou os lábios da orelha dela e sussurrou:

– Fique comigo, querida. Deixe-me tirar essa dor de você.

Ela assentiu.

– Respire fundo – instruiu Charles. E, olhando para a Sra. Stubbs, falou: – Peça a alguém para limpar a cozinha. Não quero ver nada disso aqui. Jogue tudo fora.

– Não! – berrou Ellie. – Minha geleia, não!

– Ellie, é só geleia.

Ela o fitou com olhos límpidos e suplicantes.

– Trabalhei nisso o dia todo.

Charles suspirou de alívio. Se ela pudesse se concentrar na maldita geleia, talvez conseguisse esquecer um pouco da dor. Então, ouviu-se um grito horrível.

– *O que* está acontecendo aqui?!

Ele olhou e viu sua tia Cordelia. Santo Deus, era tudo de que precisavam.

– Alguém a tire daqui – murmurou ele.

– Ela se queimou? Alguém se queimou? Há anos venho alertando vocês sobre o fogo.

– Alguém pode tirá-la da cozinha? – pediu ele mais alto.

– O fogo consumirá a todos nós. – Cordelia começou a balançar os braços descontroladamente no ar. – Todos nós!

– Agora! – bradou Charles, e desta vez dois criados apareceram para levar a tia para fora da cozinha. – Santo Deus – murmurou. – A mulher está louca.

– Ela é inofensiva – observou Ellie, trêmula. – Você mesmo disse isso.

– Fique quieta e conserve sua energia – pediu ele, a voz rouca de medo.

A Sra. Stubbs se aproximou com uma pequena tigela nas mãos.

– Aqui está o unguento, milorde. Precisamos aplicá-lo às queimaduras e depois envolver as mãos dela com uma atadura.

Charles olhou para a mistura pegajosa com ar hesitante.

– O que há nisso?

– Um ovo batido e duas colheres de azeite, milorde.

– E tem certeza de que vai funcionar?

– É o que minha mãe sempre usava, milorde.

– Muito bem.

Charles sentou-se e observou a criada aplicar suavemente a mistura à pele manchada de Ellie, envolvendo depois as mãos dela em tiras de linho fino. Ellie mantinha o pescoço e os ombros rígidos e ele percebeu que ela tentava não gritar de dor.

Deus do céu, partia seu coração vê-la assim.

Uma pequena agitação se formou na entrada da cozinha. Ele se virou e viu Judith, seguida de perto por Claire e Helen.

– Nós ouvimos um barulho – disse Helen, ofegante por ter corrido pela casa. – Tia Cordelia estava gritando.

– Tia Cordelia está sempre gritando – disse Judith. Então seus olhos pousaram em Ellie e ela perguntou: – O que aconteceu?

– Ela queimou as mãos – respondeu Charles.

– Como? – perguntou Claire, a voz estranhamente estridente.

– A geleia – respondeu ele. – Ela... – Charles virou-se para Ellie, esperando que ela pudesse esquecer um pouco da dor se a incluísse na conversa. – Mas como diabo isso aconteceu?

– A panela – respondeu ela, arfando. – Fui tão tola. Eu deveria ter notado que não estava onde a deixei.

Helen se aproximou, ficou de joelhos e passou o braço em torno dos ombros de Ellie de maneira reconfortante.

– O que quer dizer?

Ellie olhou para a prima.

– Quando colocamos a geleia para cozinhar... queríamos que ficasse em fogo baixo, lembra?

Helen assentiu.

– A panela foi movida para perto da fornalha. Eu não percebi.

Ela parou e engoliu um grito de dor quando a Sra. Stubbs colocou uma das ataduras no lugar e começou a trabalhar na outra mão.

– Então o que aconteceu? – perguntou Helen.

– As alças estavam quentes. Isso me surpreendeu e deixei cair a panela. Quando ela bateu no chão...

Ellie cerrou os olhos com força, tentando não se lembrar do terrível momento em que o líquido roxo voou por toda parte e caiu em sua pele, queimando-a daquele jeito tão horrível.

– Basta! – ordenou Charles, notando sua angústia. – Helen, tire Claire e Judith da cozinha. Elas não precisam ver isso. E peça para levarem uma garrafa de láudano para o quarto de Ellie.

Helen assentiu, pegou as filhas pela mão e saiu da cozinha.

– Não quero láudano – protestou Ellie.

– Você não tem escolha. Recuso-me a ficar parado e não fazer nada para aliviar sua dor.

– Mas eu não quero dormir. Não quero... – Ela engoliu em seco e olhou para ele, sentindo-se mais vulnerável do que já se sentira em sua vida inteira. – Não quero ficar sozinha – sussurrou ela.

Charles curvou-se e deu um suave beijo em sua têmpora.

– Não se preocupe – murmurou ele. – Não vou sair do seu lado, prometo.

E, quando finalmente lhe deram o láudano e a colocaram na cama, ele se acomodou em uma cadeira junto à sua cabeceira. Charles observou Ellie adormecer e ficou em silêncio até o sono dominá-lo também.

CAPÍTULO 16

Quando Charles acordou, várias horas depois, Ellie ainda dormia. Mas o láudano que lhe dera deixaria de agir em breve, então ele separou outra dose para ela tomar ao acordar. Não sabia direito por quanto tempo as queimaduras a afligiriam, porém não permitiria que ela sofresse desnecessariamente. Não conseguiria suportar, nem mais um minuto, sua tentativa de suprimir os gemidos de dor.

Aquilo dilacerava seu coração.

Charles bocejou enquanto seus olhos se ajustavam à penumbra do quarto. Odiava o final do outono porque os dias eram curtos e o sol ia embora cedo. Ansiava pelo calor do verão – quando o sol permanecia alto no céu durante boa parte da noite – ou mesmo pelo ar fresco da primavera. E se perguntava como Ellie se mostraria no verão. A luz teria um efeito diferente sobre seu cabelo? Pareceria mais ruivo? Mais louro? Ou ela permaneceria exatamente igual, apenas mais quente ao toque?

Ao pensar nisso, ele se curvou e afastou um fio de cabelo da testa dela, tomando cuidado para não tocar em suas mãos enfaixadas. Já ia repetir o movimento quando ouviu uma batida suave à porta. Charles levantou-se e cruzou o quarto, encolhendo-se ao ouvir o barulho que suas botas faziam no chão. Ele olhou para Ellie e suspirou de alívio ao notar que ela ainda dormia profundamente.

Charles abriu a porta e encontrou Claire de pé no corredor, mordendo o lábio e torcendo as mãos. Seus olhos estavam inchados e vermelhos.

– Charles – disparou ela, falando alto. – Eu tenho que...

Ele levou o dedo aos lábios e saiu para o corredor, fechando, com cuidado, a porta atrás de si. Então, para o óbvio espanto de Claire, ele se sentou.

– O que está fazendo?

– Tirando minhas botas. Não estou com paciência de procurar o meu criado pessoal para pedir ajuda.

– Ah.

Ela olhou para baixo, claramente confusa com relação a como proceder. Charles podia ser primo de Claire, mas também era um conde, e não era sempre que se via um conde olhando de cima.

– Queria falar comigo? – perguntou ele, agarrando o calcanhar da bota esquerda.

– Bem... sim. Queria. Bem, na verdade, preciso falar com Ellie. – Claire engoliu em seco. – Ela está acordada?

– Não, graças a Deus. E pretendo lhe dar outra dose de láudano no instante em que ela acordar.

– Entendo. Ela deve estar sentindo dores horríveis.

– Sim, está. Há bolhas em sua pele, e ela provavelmente terá cicatrizes para o resto da vida.

Claire se encolheu.

– Eu... me queimei uma vez. Apenas com uma vela, mas doeu muito. Ellie nem mesmo gritou. Pelo menos não que eu tenha ouvido. Ela deve ser muito forte.

Charles fez uma pausa em seus esforços para tirar a bota direita.

– Sim – disse ele com suavidade –, ela é. Mais do que imaginei.

Claire ficou em silêncio por um longo tempo e em seguida disse:

– Posso falar com ela quando acordar? Sei que quer lhe dar mais láudano, mas levará alguns minutos para fazer efeito e...

– Claire – interrompeu ele –, não pode esperar até amanhã?

Ela engoliu em seco mais uma vez.

– Não. Não pode.

Ele olhou fixamente para o rosto dela e continuou assim quando se levantou.

– Há algo que sinta que deva me dizer? – indagou ele em voz baixa.

A menina balançou a cabeça.

– Ellie. Preciso falar com Ellie.

– Muito bem. Vou ver se ela está disposta a receber uma visita. Mas, se não estiver, você terá que esperar até amanhã. Sem discussão.

Claire assentiu quando Charles colocou a mão na maçaneta da porta e girou.

૮

Ellie abriu os olhos e fechou-os de novo, esperando conter a sensação de vertigem que tomou conta dela no instante em que acordou. Não ajudou. Por isso, ela tornou a abrir os olhos e procurou o marido.

– Charles?

Nenhuma resposta.

Ellie sentiu um nó se instalar em sua garganta. Ele dissera que não sairia do seu lado. Fora a única coisa que a mantivera calma enquanto adormecia. Então ouviu a porta ranger e viu a silhueta dele na entrada.

– Charles.

Tinha a intenção de sussurrar, mas seu chamado soou como um grito.

Ele correu para seu lado.

– Você acordou.

Ela assentiu.

– Estou com sede.

– É claro. – Ele se virou e disse por cima do ombro: – Claire, peça o chá.

Ellie ergueu o pescoço para poder ver atrás dele. Não tinha percebido que Claire também estava no quarto. Aquilo era surpreendente. Claire nunca demonstrara interesse em seu bem-estar.

Quando Ellie tornou a olhar para Charles, ele estava levando uma xícara de porcelana à sua boca.

– Enquanto isso – sugeriu ele –, se quiser umedecer a garganta, tenho chá morno aqui. Já bebi um pouco, mas é melhor que nada.

Ellie assentiu e tomou um gole, perguntando-se por que, depois de tantos beijos, parecia tão íntimo beber de sua xícara.

– Como estão suas mãos? – perguntou ele.

– Bastante doloridas – confessou –, mas não tanto quanto antes.

– É o láudano. Tem um efeito poderoso.

– Nunca tinha tomado antes.

Ele se curvou e beijou-a com delicadeza.

– E rezo para que nunca mais tome.

Ellie bebeu um pouco de chá, tentando, sem sucesso, evitar reviver o acidente em sua mente. Mas não parava de rever a panela caindo e o líquido queimando sua pele; suas mãos no balde de água gelada e os olhares de todos sobre ela... Ah, tinha sido horrível, simplesmente horrível. Ela odiava dar espetáculo, odiava comportar-se como uma tola. Não importava que aquilo tivesse sido um acidente, que não tivesse sido culpa dela. Não podia suportar a pena nos olhos das pessoas. Até Judith tinha...

– Ah, Deus! – gritou ela, engasgando com o chá. – Judith. Ela está bem?

Charles parecia confuso.

– Ela não estava na cozinha quando você deixou a panela cair, Ellie.

– Eu sei, eu sei. Mas ela me viu quando... Ah, você sabe o que quero dizer. Ela me viu chorando, gemendo e sentindo dor, e isso deve tê-la deixado muito confusa. Odeio pensar em como ela deve estar se sentindo.

Charles levou gentilmente o dedo aos lábios dela.

– Shh. Você vai ficar esgotada se continuar falando rápido assim.

– Mas Judith...

Desta vez ele segurou os lábios dela, mantendo-os fechados.

– Judith está bem. Helen já lhe explicou o que aconteceu. Ela ficou bastante preocupada, mas está encarando isso em seu ritmo normal, como uma criança de 6 anos.

– Eu gostaria de falar com ela.

– Pode fazer isso amanhã. Acho que ela está jantando com a babá agora e planeja passar o resto da noite trabalhando em suas aquarelas. Ela disse que quer fazer uma pintura especial para ajudá-la em sua recuperação.

Por um instante, Ellie ficou tão contente que nem sentiu dor.

– Essa é a coisa mais amável que já ouvi – murmurou ela.

– A propósito – acrescentou Charles –, Claire pediu para conversar com você. Eu lhe avisei que só permitiria isso se você estivesse se sentindo disposta.

– É claro – murmurou Ellie.

Era estranho que Claire, que sempre fizera questão de demonstrar seu desagrado em relação a Ellie, quisesse confortá-la em sua recuperação. Mas Ellie ainda tinha esperança de que pudessem ter um relacionamento amistoso e familiar, então moveu a cabeça para o lado, fez contato visual com ela e falou:

– Boa noite, Claire.

Claire cumprimentou-a com uma reverência.

– Espero que esteja se sentindo melhor.

– Estou começando a melhorar – replicou Ellie. – Imagino que vá levar algum tempo. Mas é maravilhoso ter pessoas para me fazer companhia. Isso me distrai e me ajuda a esquecer das minhas mãos.

Ellie pensou ter visto Claire ficar pálida quando mencionou suas mãos. Fez-se um longo e estranho silêncio, e finalmente Claire engoliu em seco, virou-se para Charles e pediu:

– Posso ter um momento a sós com Ellie?

– Realmente não acho...

– *Por favor.*

Ellie ficou assustada ao notar o tom de desespero na voz de Claire.

– Está tudo bem. Não estou com sono – disse a Charles.

– Mas eu tinha planejado lhe dar mais láudano.

– O láudano pode esperar cinco minutos.

– Não quero que sofra mais que o necessário.

– Eu vou ficar bem, Charles. De qualquer forma, até me agrada ter mais alguns instantes de lucidez. Você pode esperar o chá lá perto da escada, por favor?

– Está bem.

Charles saiu do quarto, mas não pareceu feliz com isso.

Ellie virou-se para Claire com um sorriso cansado.

– Ele pode ser muito teimoso, não é verdade?

– Sim. – Claire mordeu o lábio inferior e desviou o olhar. – Receio que eu também.

Ellie observou atentamente a jovem. Claire estava agitada e chateada. Ellie queria confortá-la, mas não sabia se seus gestos de boa vontade seriam bem recebidos. Afinal, Claire deixara sua hostilidade bem explícita nas últimas semanas. Por fim, Ellie deu um tapinha no lado vazio da cama e disse:

– Gostaria de se sentar aqui ao meu lado? Eu apreciaria a companhia.

Claire hesitou, depois deu alguns passos e sentou-se. Não disse nada durante alguns minutos, só ficou lá sentada, mexendo nos cobertores. Ellie finalmente quebrou o silêncio.

– Claire?

A menina despertou de seus devaneios e levantou a cabeça.

– Não fui muito gentil com você desde que chegou aqui.

Ellie não sabia qual era a melhor maneira de reagir a essas palavras, por isso se manteve quieta.

Claire limpou a garganta, como se estivesse reunindo coragem para continuar. E, de repente, começou a falar sem parar.

– O incêndio na cozinha foi minha culpa. Eu movi a grade. Não pretendia causar um incêndio. Só queria queimar a torrada para você não parecer tão inteligente, e também arruinei seu ensopado, e venho envenenando seu jardim e... e...

Claire se deteve. Sua voz falhou e ela desviou o olhar.

– E o que, Claire? – insistiu Ellie, com gentileza.

Ela sabia o que estava por vir, mas precisava ouvir dos lábios de Claire. Mais ainda, achava que Claire precisava dizer as palavras.

– Movi a panela para o lugar mais quente do fogão – sussurrou a jovem. – Nunca pensei que alguém se machucaria. Por favor, acredite em mim. Só queria queimar a geleia. Apenas isso. Só a geleia.

Ellie engoliu em seco. Claire parecia tão arrasada, infeliz e arrependida, que Ellie queria confortá-la, mesmo ela tendo lhe causado tanta dor. Ellie tossiu.

– Ainda estou com um pouco de sede. Você poderia...

Ela nem precisou terminar a frase, pois Claire já estava pegando a xícara de chá morno e levando aos lábios de Ellie, que o tomou, agradecida, um gole e depois outro. O láudano deixara sua garganta muito seca. Por fim, olhou para Claire e perguntou:

– Por quê?

– Não posso dizer. Por favor, saiba apenas que sinto muito. – A boca de Claire tremia e seus olhos se enchiam de lágrimas a um ritmo alarmante. – Sei que me comportei de maneira terrível, e nunca mais farei algo assim. Eu juro.

– Claire – disse Ellie, mantendo a voz gentil, mas firme. – Estou disposta a aceitar suas desculpas, porque acredito serem sinceras, mas não pode esperar que eu faça isso sem saber o motivo.

Claire fechou bem os olhos.

– Não queria que as pessoas gostassem de você. Não queria que você gostasse daqui. Só queria que fosse embora.

– Mas por quê?

– Não posso falar – declarou ela, aos soluços. – Não posso.

– Claire, você precisa me dizer.

– Não posso. É muito embaraçoso.

– Nada nunca é tão horrível quanto se pensa – falou Ellie de modo gentil.

A jovem cobriu o rosto com as mãos e murmurou:

– Promete não contar a Charles?

– Claire, ele é meu marido. Nós juramos...

– Precisa prometer!

Ela parecia à beira da histeria. Ellie duvidava que o segredo que ela escondia fosse tão terrível quanto pensava, mas lembrava-se de como era ter 14 anos, então prometeu:

– Está bem, Claire. Eu juro.

Claire desviou o olhar antes de dizer:

– Queria que ele esperasse por mim.

Ellie fechou os olhos. Nunca sonhara que Claire pudesse alimentar um *amor* secreto por Charles.

– Sempre quis me casar com ele – sussurrou Claire. – Ele é meu herói. Ele nos salvou há 6 anos, você sabe. A pobre mamãe estava grávida de Judith, e os credores nos tiraram tudo. Charles mal nos conhecia, mas pagou as dívidas do meu pai e nos acolheu. E nunca nos fez sentir como parentes pobres.

– Ah, Claire.

– Ele não teria que esperar muito tempo.

– Mas de que adiantava tentar me afugentar? Nós já estávamos casados.

– Ouvi os dois discutindo. Sei que vocês não... – Claire ficou vermelha como um tomate. – Não posso dizer isso, mas sei que o casamento poderia ser anulado.

– Ah, Claire. – Ellie suspirou, preocupada demais com a situação atual para se sentir envergonhada por Claire saber que seu casamento não havia sido consumado. – Ele não poderia tê-la esperado. Você deve saber sobre o testamento do pai dele.

– Sim, mas ele poderia ter anulado o casamento e...

– Não – interrompeu Ellie –, ele não pode. *Nós* não podemos. Se fizer isso, ele perde o dinheiro para sempre. Charles tinha que se casar antes de seu trigésimo aniversário e o casamento não poderia ser dissolvido.

– Eu não sabia – disse Claire em voz baixa.

Ellie suspirou. Que situação. Então percebeu o que acabara de dizer e arregalou os olhos.

– Ah, querida, o aniversário de Charles... Já passou? – perguntou ela.

Quando se conheceram, ele disse que faltavam *quantos* dias para o seu aniversário? Quinze? Dezessete? Ellie marcou o dia em que ele lhe pedira em casamento em seu calendário mental, então começou a contar.

– O aniversário dele é daqui a dois dias – informou Claire.

Naquele exato momento, ouviram uma batida forte à porta.

– Deve ser Charles – falaram as duas em uníssono.

– Só ele bate forte assim – acrescentou Claire.

– Entre! – gritou Ellie. E, virando-se para Claire, sussurrou rápido: – Você terá que contar a ele. Não precisa lhe dizer o motivo, mas vai ter que dizer a ele o que fez.

A jovem parecia abatida, mas resignada.

– Eu sei.

Charles entrou no quarto carregando uma bandeja de prata com um aparelho de chá e biscoitos. Fez Claire sair da cama e apoiou a bandeja em seu lugar.

– Você se importaria de servir, prima? – perguntou ele. – Já deve estar bom. Esperei vários minutos na escada para lhes dar um pouco mais de tempo.

– Foi muito gentil de sua parte – replicou Ellie. – Tínhamos muito o que conversar.

– Tinham? – questionou Charles. – Algo que gostariam de compartilhar comigo?

Ellie lançou um olhar incisivo na direção de Claire, que respondeu com uma expressão de pânico.

– Vai ficar tudo bem, Claire – disse Ellie.

A jovem entregou uma xícara de chá para Charles e falou:

– Para Ellie.

Ele se sentou ao lado da esposa e levou a xícara aos lábios dela.

– Tenha cuidado. Está quente.

Ela tomou um gole e suspirou.

– É o paraíso. É o paraíso em uma xícara de chá quente.

Charles sorriu e deu um beijo no alto de sua cabeça.

– Bem – falou ele, olhando para Claire –, o que você precisava falar com Ellie?

Claire estendeu outra xícara em sua direção.

– Eu precisava me desculpar.

– Mas por quê? – perguntou ele calmamente, dando a Ellie outro gole de chá.

A menina parecia prestes a sair correndo do quarto.

– Apenas diga a ele – insistiu Ellie, serena.

– Foi por minha culpa que Ellie se machucou hoje – admitiu Claire, a voz quase inaudível. – Movi a panela para a geleia queimar. Não me ocorreu que as alças também ficariam quentes.

Ellie engasgou ao ver o rosto de Charles se transformar em uma expressão implacável. Ela imaginou que ele ficaria com raiva, se irritaria ou até mesmo gritaria, mas aquela fúria silenciosa era enervante.

– Charles – murmurou Claire. – Por favor, diga alguma coisa.

Charles pousou a xícara com os movimentos lentos e rígidos de alguém que está prestes a perder o controle.

– Estou tentando pensar em uma boa razão para não mandá-la para um desses abrigos para pessoas sem lar. Na verdade – acrescentou, elevando a voz a cada segundo –, estou tentando pensar em um bom motivo para não matá-la!

– Charles! – exclamou Ellie.

Mas àquela altura ele já estava de pé e avançava na direção de Claire.

– O que você estava pensando? – perguntou ele. – O que diabo você estava pensando?

– Charles! – repetiu Ellie.

– Fique fora disso! – respondeu ele.

– Não mesmo!

Charles a ignorou e cravou os olhos em Claire.

– Suponho que também tenha sido responsável pelo incêndio na cozinha.

Ela assentiu, arrasada, lágrimas escorrendo pelo rosto.

– E o ensopado – confessou ela, ofegante. – Também foi minha culpa. E a estufa.

– Por que, Claire? Por quê?

Ela abraçou o próprio corpo, soluçando.

– Não posso dizer.

Ele a agarrou pelo ombro, obrigando-a a encará-lo.

– Você vai explicar para mim, e fará isso neste instante.

– Não posso!

– Você entende o que fez? – Charles a sacudiu e a virou para a cama de Ellie. – Olhe para ela! Olhe para as mãos dela! Você fez isso.

Claire chorava com tanta força que Ellie achou que ela iria desabar no chão.

– Pare, Charles! – berrou Ellie, não aguentando mais presenciar aquela cena. – Não vê que ela está chateada?

– Como deveria estar! – bradou ele.

– Charles, já chega! Ela me disse que sente muito, e aceito suas desculpas.

– Eu não.

Se as mãos de Ellie não estivessem enfaixadas e latejando de dor, ela teria batido nele.

– Não cabe a você aceitar as desculpas – disse ela, irritada.

– Não quer uma explicação?

– Ela já me deu uma.

Charles ficou tão surpreso que soltou Claire, e ela caiu.

– Jurei a ela que não lhe contaria.

– Por quê?

– Isso é entre mim e Claire.

– Ellie... – começou ele, num tom de advertência.

– Não vou quebrar minha palavra. E acredito que valorize a honestidade o suficiente para não me pedir para fazer isso.

Charles suspirou, irado, e passou a mão pelos cabelos. Ellie o fizera recuar para um canto.

– Ela deve ser punida – declarou ele por fim. – Insisto nisso.

Ellie assentiu.

– É claro. Claire se comportou muito mal e deve enfrentar as consequências. Mas eu vou decidir o castigo, não você.

Ele revirou os olhos. Ellie era tão compassiva que provavelmente colocaria a garota de castigo no quarto por uma noite, e só.

Sua esposa, no entanto, surpreendeu-o quando se dirigiu a Claire.

– Claire, como *você* acha que deveria ser punida?

A jovem também ficou surpresa, e permaneceu sentada ali no chão, incapaz de dizer algo, abrindo e fechando a boca como um peixe.

– Claire? – insistiu Ellie com gentileza.

– Eu poderia limpar a sujeira da estufa.

– É uma excelente ideia – concordou Ellie. – Comecei a limpar esta manhã com Charles, mas não conseguimos avançar muito. Você também precisará replantar muita coisa. Muitas plantas morreram na última quinzena.

Claire assentiu.

– Eu também poderia limpar a geleia da cozinha.

– Isso já foi feito – informou Charles, de forma ríspida.

Novas lágrimas se formaram nos olhos de Claire, e ela olhou para Ellie em busca de apoio.

– Eu gostaria muito – falou Ellie de modo delicado – que você informasse a todos os membros desta família que os incidentes da última semana não foram culpa minha. Venho tentando encontrar meu lugar aqui em Wycombe Abbey, e não gostei nem um pouco de parecer tola e inepta.

Claire fechou os olhos e assentiu.

– Não será fácil para você – admitiu a esposa de Charles. – Mas vir aqui me pedir desculpas também não foi. Você é uma garota forte, Claire. Mais forte do que pensa.

Pela primeira vez naquela noite, Claire sorriu, e Ellie sabia que tudo ficaria bem.

– Acho que Ellie já teve emoção demais por um dia, Claire – declarou Charles, limpando a garganta.

A condessa fez um gesto com o dedo para pedir que Claire se aproximasse. Quando Claire chegou à sua cabeceira, Ellie sussurrou no ouvido dela:

– E sabe o que eu acho?

Claire balançou a cabeça.

– Acho que algum dia você ficará muito feliz por Charles não ter podido esperá-la.

A jovem fitou Ellie com olhar indagador.

– O amor irá encontrá-la quando você menos esperar – falou Ellie com suavidade. – E *quando* tiver idade suficiente.

Claire riu, fazendo com que Charles resmungasse.

– Mas que diabo as duas estão cochichando?

– Nada – respondeu Ellie. – Agora deixe Claire ir embora. Ela tem muito trabalho a fazer.

Charles se afastou para deixar Claire sair apressada do quarto. Quando a porta se fechou, ele disse à esposa:

– Você foi muito indulgente com ela.

– Era uma decisão minha, não sua – replicou Ellie, a voz repentinamente cansada.

Lidar com um marido furioso e uma prima aos prantos consumira boa parte de sua já exaurida energia.

Ele estreitou os olhos.

– Você está com dor?

Ela assentiu.

– Posso tomar aquela segunda dose de láudano agora?

Charles sentou-se ao lado dela e levou o copo aos seus lábios, alisando seus cabelos enquanto ela bebia o líquido. Ellie bocejou e recostou-se nos travesseiros, repousando as mãos enfaixadas sobre as cobertas.

– Sei que pensa que não fui severa o bastante com Claire – disse ela –, mas acho que ela já aprendeu a lição.

– Terei que acreditar na sua palavra, não é mesmo? Já que se recusa a me contar o que ela disse em sua defesa.

– Ela não tentou se defender. Sabe que o que fez foi errado.

Charles estendeu as pernas na cama e se recostou na cabeceira.

– Você é uma mulher notável, Eleanor Wycombe.

Ela bocejou.

– Certamente não me importo em ouvi-lo dizer isso.

– A maioria das pessoas não teria sido tão indulgente.

– Não deixe isso enganar você. Posso ser bastante vingativa se necessário.

– É mesmo? – perguntou ele, um tom divertido na voz.

Ellie bocejou de novo e se aconchegou a ele.

– Pode ficar aqui esta noite? Pelo menos até eu adormecer?

Ele assentiu e beijou sua têmpora.

– Que bom. Fica mais quente com você aqui.

Charles soprou a vela e deitou em cima das cobertas. Então, quando tinha certeza de que ela estava dormindo, tocou o próprio coração e sussurrou:

– Fica mais quente aqui também.

CAPÍTULO 17

Ellie passou a manhã seguinte na cama, recuperando-se. Charles não saía do seu lado, mas, quando precisava se afastar, era logo substituído por uma integrante da família Pallister – na maioria das vezes Helen ou Judith, uma vez que Claire estava ocupada limpando a bagunça que havia feito na estufa.

No início da tarde, no entanto, ela já estava começando a perder a paciência com Charles e sua sempre presente garrafa de láudano.

– É muito gentil você estar tão preocupado com minhas queimaduras – disse Ellie, tentando tranquilizá-lo –, mas a dor já não está tão terrível quanto ontem. E, quando bebo isso, não consigo terminar uma conversa sem pegar no sono.

– Ninguém se importa – assegurou-lhe ele.

– *Eu* me importo.
– Já reduzi a dose pela metade.
– E essa quantidade ainda me deixa meio fora do ar. Posso aguentar um pouco de dor, Charles. Não sou fraca.
– Ellie, não precisa ser uma mártir.
– Não quero ser mártir. Só quero ser eu mesma.
Ele hesitou, porém colocou a garrafa de volta na mesinha de cabeceira.
– Se suas mãos começarem a doer...
– Eu sei, eu sei. Eu...
Ellie deu um suspiro de alívio quando alguém bateu à porta, encerrando a conversa. Charles parecia prestes a mudar de ideia, obrigando-a a tomar o láudano.
– Entre! – gritou ela.
Judith entrou saltitando, o cabelo louro-escuro preso para trás.
– Bom dia, Ellie – disse ela.
– Bom dia, Judith. Que bom ver você.
A garota acenou para ela e subiu na cama.
– Não mereço um cumprimento? – perguntou Charles.
– Sim, sim, é claro – respondeu Judith. – Bom dia para você, Charles, mas terá que sair.
Ellie abafou uma risada.
– E por quê? – perguntou ele.
– Tenho assuntos extremamente importantes para tratar com Ellie. Assuntos *particulares*.
– É mesmo?
Judith ergueu as sobrancelhas com uma expressão altiva que, de alguma forma, adequava-se de modo perfeito aos seus 6 anos.
– Sim. Mas pode ficar enquanto dou o presente de Ellie.
– Que generoso de sua parte – declarou Charles.
– Um presente! Que gesto atencioso! – disse Ellie ao mesmo tempo.
– Fiz uma pintura para você.
Judith estendeu-lhe uma pequena aquarela.
– É linda, Judith! – exclamou Ellie, admirando as pinceladas azuis, verdes e vermelhas. – É adorável. É... é...
– É uma imagem do campo – disse Judith.
Ellie deixou escapar um suspiro de alívio por não ter que arriscar um palpite.

– Está vendo? – continuou a menina. – Aqui é a grama e ali é o céu. E estas são as maçãs na macieira.

– Onde está o tronco da árvore? – indagou Charles.

Judith franziu a testa.

– Fiquei sem marrom.

– Gostaria que eu pedisse mais para você?

– Eu adoraria.

Charles sorriu.

– Queria que todas as mulheres fossem tão fáceis de agradar.

– Não somos tão irracionais – interveio Ellie, sentindo-se compelida a defender a classe feminina.

Judith colocou as mãos nos quadris, irritada por não entender o que os adultos estavam falando.

– Precisa sair agora, Charles. Como eu disse, tenho que falar com Ellie. É muito importante.

– É mesmo? Importante demais para mim? O conde? Aquele supostamente no comando de tudo por aqui?

– A palavra-chave é "supostamente" – falou Ellie com um sorriso. – Desconfio que seja Judith quem de fato administra a casa.

– Você sem dúvida está certa – disse ele com ironia.

– Vamos precisar de pelo menos meia hora – informou Judith. – Talvez mais. De qualquer forma, é melhor bater antes de entrar de novo. Não gostaria que nos interrompesse.

Charles levantou-se e seguiu para a porta.

– Fui sumariamente dispensado.

– Meia hora! – gritou Judith enquanto ele saía.

Ele retornou e falou para a menina:

– Você, querida, é uma tirana.

– Charles – disse Ellie, fingido-se irritada –, Judith pediu para conversarmos em particular.

– Pirralha precoce – murmurou ele.

– Ouvi isso. E significa que você me ama – declarou Judith com um sorriso.

– Não tem como enganar essa aí – disse Ellie, estendendo a mão para bagunçar o cabelo da menina e só então se dando conta de que não podia fazê-lo.

– Cuidado com as mãos! – ordenou Charles.

– Vá logo! – rebateu Ellie, incapaz de conter uma pequena risada ao lhe dar ordens.

Elas o ouviram resmungar no corredor. Judith tapou a boca para esconder o riso.

– Muito bem, o que precisava falar comigo? – perguntou Ellie.

– É sobre a comemoração do aniversário de Charles. Claire disse à mamãe e a mim que você queria planejar uma festa.

– Ah, sim, claro. Que bom que você lembrou! Acho que não conseguirei fazer muito, mas sou excelente em pedir coisas às pessoas.

Judith riu.

– *Eu* vou estar no comando.

– E posso ser a segunda no comando?

– É claro.

– Então temos um acordo – disse Ellie. – E, como não posso apertar sua mão, teremos que selá-lo com um beijo.

– Feito!

Judith engatinhou pela cama e deu um beijo estalado na bochecha de Ellie.

– Bem, agora só preciso beijá-la também e já podemos começar a fazer nossos planos.

Judith esperou Ellie beijar o alto de sua cabeça.

– Acho que devemos pedir a monsieur Belmont para assar um grande bolo. Enorme! Com cobertura de creme de manteiga.

– Enorme ou apenas muito grande? – indagou Ellie com um sorriso.

– Enorme! – berrou Judith, balançando os braços no ar para demonstrar. – E nós podemos...

– Ai! – gritou Ellie quando a mão da menina esbarrou na sua.

Judith pulou da cama de imediato.

– Desculpe. Sinto muito. Foi um acidente. Eu juro.

– Eu sei – disse Ellie, cerrando os dentes para suportar a dor. – Está tudo bem, querida. Pegue aquela garrafa ali na mesa, coloque um pouco do líquido no copo e traga para mim.

– Quanto? Assim? – perguntou Judith, apontando com o dedo para o meio do copo.

– Não, metade disso – respondeu Ellie.

Um quarto de dose parecia a medida perfeita... O suficiente para tirar a dor sem, no entanto, deixá-la sonolenta e desorientada.

– Mas não diga a Charles.

– Por que não? – quis saber a menina.

– Só não conte. Odeio quando ele está certo – murmurou Ellie.

– O quê?

Ellie bebeu do copo que Judith levou à sua boca.

– Não é nada. Agora temos planos a traçar, não é?

Elas passaram os quinze minutos seguintes conversando sobre o sério assunto da cobertura de creme de manteiga, discutindo os méritos do chocolate em oposição à baunilha.

Mais tarde, Charles entrou pela porta de ligação dos quartos com uma folha de papel na mão.

– Como está se sentindo?

– Muito melhor, obrigada, embora seja bem difícil virar as páginas do meu livro.

Ele ergueu um dos cantos da boca, bem-humorado.

– Tem tentado ler?

– "Tentado" é a palavra certa.

Ele se aproximou dela e virou a página de seu livro.

– E como nossa querida Srta. Dashwood está passando esta tarde? – perguntou ele.

Ellie fitou Charles, confusa, até perceber que ele estava olhando para o exemplar de *Razão e sensibilidade* que ela tentava ler.

– Muito bem – respondeu ela. – Acho que o Sr. Ferrars vai pedi-la em casamento a qualquer instante.

– Que emocionante – replicou ele.

E ela teve que admirá-lo por manter uma expressão tão séria.

– Pode fechar o livro – pediu ela. – Já li o suficiente esta tarde.

– Precisa de mais um quarto de dose de láudano?

– Como sabe sobre isso?

Ele ergueu uma sobrancelha.

– Eu sei tudo, querida.

– Imagino que o que *sabe* é como subornar Judith.

– É um conhecimento valioso, de fato.

Ela revirou os olhos.

– Agradeceria um quarto de dose, por favor.

Ele serviu o líquido e entregou a ela, esfregando o braço ao fazer isso.

– Ah! – exclamou Ellie. – Eu tinha me esquecido do seu braço. Como está?

– Muito melhor do que suas mãos. Não se preocupe.

– Mas não poderei tirar os pontos.

– Tenho certeza de que outra pessoa poderá fazer isso. Helen, talvez. Ela está sempre trabalhando em seus bordados e costuras.

– Creio que sim. Espero que não esteja bancando o forte e recusando-se a me dizer quanto dói. Se eu descobrir que você...

– Por amor de Deus, Ellie, você se feriu gravemente. Pare de se preocupar comigo.

– É muito mais fácil me preocupar com você do que ficar pensando nas minhas mãos.

Ele sorriu, compreensivo.

– É difícil para você ficar sem fazer nada, não é?

– Muito.

– Está bem, por que não temos uma dessas conversas que dizem que os maridos e esposas têm?

– Perdão?

– Você me diz algo como: "Querido marido..."

– Ah, por favor.

Ele a ignorou.

– "... como passou este lindo dia?"

Ellie deu um grande suspiro.

– Ah, tudo bem. Posso jogar este jogo.

– Bastante esportivo de sua parte – disse ele em tom de aprovação.

Ela lhe lançou um olhar irritado e perguntou:

– Como tem se ocupado, meu caro marido? Ouvi você se movimentando no quarto ao lado.

– Eu estava andando de um lado para outro.

– Andando de um lado para outro? Isso parece sério.

Ele abriu um sorriso.

– Estou montando uma nova lista.

– Uma nova lista? Estou ofegante de ansiedade. Qual é o título?

– "Sete maneiras de entreter Eleanor."

– Apenas sete? Eu não sabia que poderia ser tão facilmente entretida.

– Posso garantir que pensei muito sobre isso.

– As marcas de passos no tapete de seu quarto podem confirmar isso.

– Não zombe do meu pobre e atormentado tapete. Andar de um lado para outro é a menor das minhas aflições. Se o restante de nosso casamento for igual a esses quinze dias, estarei grisalho quando fizer 30 anos.

Ellie sabia que aquela data importante aconteceria no dia seguinte, mas não queria estragar a festa surpresa que planejara com as Pallisters, então fingiu não saber de nada.

– Tenho certeza de que nossas vidas seguirão em um ritmo muito mais tranquilo agora que fiz as pazes com Claire.

– Espero que sim – falou ele, soando como um garoto descontente. – Agora gostaria de ouvir minha nova lista? Trabalhei nela a tarde toda.

– É claro. Prefere que eu mesma a leia ou vai recitá-la em voz alta?

– Ah, acho melhor ler em voz alta. – Ele se inclinou para a frente e olhou-a com uma expressão selvagem. – Para garantir que cada palavra tenha a ênfase apropriada.

Ellie não pôde deixar de rir.

– Muito bem. Comece.

Ele limpou a garganta.

– "Número um: leia para ela, para que não precise virar as páginas."

– Deixe-me ver! Inventou isso agora. Não tinha como saber que eu estava lendo. E certamente não podia saber que eu estava tendo dificuldade com as páginas.

– Só estou fazendo uma pequena edição – informou ele, orgulhoso. – É permitido, sabe?

– Imagino que sim, considerando que faz as regras como bem entende.

– É o lado bom de ser um conde – admitiu ele. – Mas a verdade é que o número um dizia mesmo para eu ler para você. Só fiz um pequeno adendo, incluindo a parte sobre virar as páginas. Posso continuar? – Quando ela assentiu, ele prosseguiu: – "Número dois: esfregue os pés dela."

– Meus pés?!

– Hum, sim. Você já recebeu uma boa massagem nos pés? Posso garantir que é delicioso. Quer que eu descreva? Ou que eu demonstre?

Ela limpou a garganta várias vezes.

– Qual é o próximo item da lista?

– Covarde – acusou ele, com um sorriso.

Ele estendeu o braço e, por cima das cobertas, deslizou a mão pela perna dela até encontrar o pé. Então beliscou seu dedo.

– "Número três: traga Judith pelo menos duas vezes por dia para conversar."

– Essa é uma sugestão consideravelmente mais inocente do que a última.

– Sei que gosta da companhia dela.

– Estou intrigada com a notável variedade desta lista.

Ele deu de ombros.

– Os itens não obedecem a um critério em particular. Eu os anotava à medida que vinham à minha mente. Bem, exceto pelo último, é claro. Pensei nele primeiro, mas não queria chocá-la.

– Estou com medo de perguntar qual é o número sete.

– Deveria estar. – Ele sorriu. – É o meu favorito.

Ellie sentiu as bochechas queimarem.

Charles pigarreou, tentando não rir da inocente angústia dela.

– Devo continuar com o próximo item?

– Por favor.

– "Número quatro: mantenha-a informada sobre o progresso de Claire na estufa."

– Isso deveria servir para me entreter?

– Não exatamente; só imaginei que você gostaria de uma atualização.

– E como ela está indo?

– Muito bem, na verdade. Tem se mostrado bastante esforçada. Mas está muito frio lá embaixo. Ela deixou as portas externas abertas para arejar o lugar. Espero que o mau cheiro já tenha sumido quando você estiver bem o suficiente para retomar sua jardinagem.

Ellie sorriu.

– Qual é o próximo item da lista?

Ele olhou para o papel.

– Deixe-me ver. Ah, aqui estamos. "Número cinco: traga a costureira com amostras de tecidos e modelos." – Ele olhou de volta para ela. – Mal posso acreditar que ainda não fizemos isso. Você ainda não está bem o suficiente para que possam tirar as medidas corretamente, mas podemos pelo menos selecionar alguns estilos e cores. Estou ficando cansado de vê-la apenas de marrom.

– Dois anos atrás, meu pai recebeu várias peças de tecido marrom como dízimo. Não comprei vestidos de outra cor desde então.

– Algo muito penoso.

– Você por acaso entende de moda?

– Com certeza mais do que o bom reverendo, seu pai.

– Neste ponto, milorde, estamos de acordo.

Ele se inclinou até seu nariz encostar no dela.

– Sou realmente seu lorde, Eleanor?

Os lábios dela se abriram em um sorriso irônico.

– O protocolo social parece ditar que eu me refira a você dessa forma.

Ele suspirou e agarrou o próprio peito fingindo desespero.

– Se você dança com a mesma agilidade que conversa, será a celebridade da cidade.

– Só se eu comprar um ou dois vestidos novos. Não poderia comparecer a todos os eventos usando marrom.

– Ah, sim, o lembrete sutil para eu retornar ao assunto em questão. – Ele ergueu o papel e leu: – "Número seis: discuta com ela os termos de sua nova conta bancária."

O rosto de Ellie se iluminou.

– Está interessado?

– É claro.

– É que, comparadas às suas finanças, minhas 300 libras são uma soma insignificante. Não devem ser muito importantes para você.

Ele a encarou como se ela estivesse deixando de notar algo muito óbvio.

– Mas são para *você*.

Naquele exato momento, Ellie concluiu que o amava. Tanto quanto se pode *concluir* essas coisas, é claro. Perceber aquilo foi um choque, e, em algum lugar de sua mente confusa, ocorreu-lhe que aquele sentimento vinha se formando desde que ele a pedira em casamento. Havia algo de muito... *especial* em relação a Charles.

No jeito como ele ria de si mesmo.

No jeito como ele a fazia rir de si mesma.

No jeito como ele não deixava de dar um beijo de boa noite em Judith todas as noites.

No jeito como seus olhos se encheram de dor quando ela se machucou, como se tivesse sentido cada uma das queimaduras em sua própria pele. Mas, acima de tudo, no jeito como ele respeitava seus talentos e antevia suas necessidades.

Ele era um homem melhor do que ela imaginara ao dizer "eu aceito".

Ele cutucou seu ombro.

– Ellie? Ellie?

– O quê? Ah, sinto muito. – O rosto dela ficou vermelho, mesmo sabendo que ele não tinha como ler seus pensamentos. – Estava só pensando com meus botões.

– Querida, você estava praticamente em uma fábrica de botões.

Ela engoliu em seco e tentou pensar em alguma desculpa.

– Estava pensando em uma estratégia de investimento. O que acha de café?

– Gosto do meu com leite.

– Como investimento – rebateu ela, de modo áspero.

– Meu Deus, de repente ficamos mal-humorados.

Ele também ficaria mal-humorado, pensou ela, se percebesse que estava prestes a ter o coração partido. Ela estava apaixonada por um homem que não via nada de errado na infidelidade. Ele havia deixado suas opiniões sobre o casamento penosamente claras.

Ah, Ellie sabia que ele se manteria fiel por um tempo. Estava muito intrigado com ela para procurar outras mulheres. Mas em algum momento ficaria entediado e, quando isso acontecesse, ela seria deixada em casa com o coração em frangalhos.

Maldição! Se ele tinha que ter um defeito, por que não podia ser algo como roer as unhas, jogar ou até mesmo ser baixo, gordo e terrivelmente feio? Por que ele tinha que ser perfeito em tudo, exceto no que dizia respeito à santidade do casamento?

Ellie achou que ia chorar.

E o pior de tudo era que ela sabia que jamais poderia pagar na mesma moeda. Ellie não poderia ser infiel nem que tentasse. Para ela, talvez por conta da criação rigorosa que recebera, era impensável quebrar um voto tão solene quanto o do casamento.

– Você ficou tão abatida de repente – disse Charles, tocando seu rosto. – Meu Deus! Seus olhos estão cheios de lágrimas. Ellie, qual é o problema? São suas mãos?

Ellie assentiu. Dadas as circunstâncias, parecia a coisa mais fácil a fazer.

– Vou lhe dar mais um pouco de láudano. E não quero que diga que acabou de tomar. Outro quarto de dose não vai deixá-la inconsciente.

Ela bebeu o líquido, pensando que não se importaria de ficar inconsciente naquele momento.

– Obrigada – agradeceu quando ele limpou sua boca.

Charles olhava para ela com tanta preocupação que seu coração *doía*, e...

E foi quando uma ideia lhe ocorreu. Diziam que os libertinos regenerados se tornavam os melhores maridos, certo? Por que ela não poderia regenerá-lo? Ela nunca desistira de um desafio. Sentindo-se imediatamente inspirada, e talvez um pouco zonza por ter dobrado sua dose de láudano, virou-se para ele e perguntou:

– E quando ficarei sabendo qual é o misterioso número sete?

Ele a encarou com preocupação nos olhos.

– Não tenho certeza se está disposta para isso.

– Bobagem. – Ela mexeu a cabeça de um lado para outro e abriu um sorriso. – Estou com disposição para qualquer coisa.

Ele ficou intrigado. Pegou a garrafa de láudano e observou-a com curiosidade.

– Pensei que isso deixasse as pessoas com sono.

– Não sei quanto ao sono – replicou ela –, mas com certeza me sinto melhor.

Ele olhou para ela, depois para a garrafa, e achou prudente cheirar o líquido.

– Talvez eu devesse provar.

– Eu poderia provar *você*.

Ela riu.

– Agora eu *sei* que bebeu láudano demais.

– Quero ouvir o número sete.

Charles cruzou os braços e a viu bocejar. Começou a ficar preocupado com ela. Um minuto antes parecia à beira das lágrimas, e agora... Bem, se ele não soubesse que Ellie estava sob o efeito do remédio, pensaria que estava determinada a seduzi-lo.

O que, na verdade, se adequava muito bem ao que ele escrevera no número sete. Mas seu comportamento estranho não deixava Charles à vontade para revelar suas intenções amorosas.

– O número sete, por favor – insistiu ela.

– Talvez amanhã...

Ela fez biquinho.

– Você disse que queria me entreter. Garanto-lhe que não ficarei entretida a menos que saiba o último item de sua lista.

Charles nunca teria acreditado que isso aconteceria com ele, mas simplesmente não conseguia ler as palavras em voz alta. Tinha a sensação de estar se aproveitando dela.

– Aqui está – disse ele, constrangido, entregando-lhe a folha de papel –, leia você mesma.

Estava constrangido e irritado por sentir-se como um... um grande... Santo Deus, o que estava acontecendo com ele? Ele fora definitivamente domesticado.

Ele observou os olhos dela examinarem as palavras.

– Ah, céus! – disse ela com voz estridente. – Isso é possível?

– Asseguro-lhe que sim.

– Mesmo na minha condição? – Ela levantou as mãos. – Suponho que tenha sido por isso que menciona de modo específico...

Ele se sentiu um pouco convencido quando ela ficou vermelha.

– Não consegue dizer, querida?

– Eu não sabia que era possível fazer essas coisas com a boca – murmurou ela.

Os lábios de Charles se abriram em um sorriso quando o libertino dentro dele despertou. Gostou de voltar a ser ele mesmo.

– Na verdade, há muito...

– Pode me falar sobre isso mais tarde – interrompeu ela.

Ele semicerrou os olhos.

– Ou talvez eu lhe mostre.

Ela pareceu aprumar os ombros quando arfou.

– Tudo bem.

Ou talvez ela tenha guinchado e não arfado. De uma forma ou de outra, ela estava claramente aterrorizada.

E então ela bocejou; e ele se deu conta de que não importava muito se Ellie estava assustada ou não. A dose extra de láudano fez efeito e ela...

... deixou escapar um ronco alto.

Ele suspirou e se afastou, perguntando-se por quanto tempo ainda teria que esperar para fazer amor com sua esposa. E se perguntou se conseguiria viver assim por mais tempo.

Um som engraçado saía do fundo da garganta de Ellie – um barulho com o qual nenhum ser humano normal dormiria.

Ele percebeu que tinha coisas maiores com que se preocupar e começou a se perguntar se ela roncaria assim todas as noites.

CAPÍTULO 18

Ellie acordou na manhã seguinte sentindo-se incrivelmente revigorada. Era impressionante o que um pouco de coragem e determinação podia fazer pelo ânimo de uma pessoa. O amor romântico era algo estranho. Ela nunca sentira nada assim antes e, ainda que deixasse seu estômago revirado, queria se agarrar àquilo e nunca mais largar.

Ou melhor, queria agarrar Charles e nunca mais soltar, mas seria um pouco complicado com as ataduras. Imaginou que a luxúria era isso. Algo tão pouco familiar para ela quanto o amor romântico.

Não sabia se poderia fazer Charles pensar como ela em relação a amor, casamento e fidelidade, mas estava convicta de que não poderia viver tranquila se não tentasse. Se não conseguisse, ficaria arrasada, mas pelo menos não teria que se chamar de covarde.

E, assim, foi com grande entusiasmo que esperou na sala de jantar com Helen e Judith, enquanto Claire ia buscar Charles. Claire o procuraria no escritório com o pretexto de pedir-lhe para inspecionar o trabalho que fizera na estufa. A pequena sala de jantar ficava no caminho do escritório de Charles para a estufa, então Ellie, Judith e Helen estavam preparadas para saltar e gritar: "Surpresa!"

– Este bolo está lindo – disse Helen, examinando a cobertura clara. Observando com mais atenção, acrescentou: – Exceto, talvez, por essa pequena mancha aqui, exatamente da largura do dedo de uma criança de 6 anos.

Judith se enfiou debaixo da mesa, alegando ter visto um inseto.

Ellie sorriu.

– Um bolo não seria um bolo se ninguém tivesse provado um pouco de cobertura. Pelo menos não seria um bolo de família. E esses são os melhores.

Helen olhou para baixo para observar se Judith estava ouvindo a conversa.

– Para falar a verdade, Ellie, eu mesma estou tentada.

– Então vá em frente. Não vou contar a ninguém. Eu me juntaria a você, mas... – lamentou Ellie, erguendo as mãos enfaixadas.

Helen se mostrou preocupada.

– Tem certeza de que está se sentindo disposta para uma festa? Suas mãos...

– Elas já não doem tanto, eu juro.

– Charles disse que você ainda precisa tomar láudano para a dor.

– Muito pouco. Apenas um quarto de dose. E espero parar amanhã. As queimaduras estão cicatrizando bem. As bolhas praticamente desapareceram.

– Que bom. Fico feliz, eu... – Helen engoliu em seco, fechou os olhos por um instante, e então puxou Ellie para o outro lado da sala para Judith não ouvir o que dizia. – Não tenho como lhe agradecer por toda a compreensão com Claire. Eu...

Ellie levantou a mão.

– Não foi nada, Helen. Não devemos mais falar sobre o assunto.

– Eu devo. A maioria das mulheres em seu lugar teria colocado nós três no olho da rua.

– Mas, Helen, esta é sua casa.

– Não – discordou Helen em voz baixa –, Wycombe Abbey é a sua casa. Nós somos suas hóspedes.

– Esta é sua casa. – O tom de Ellie era firme, embora ela sorrisse ao falar. – E, se a ouvir dizer o contrário mais uma vez, terei que estrangulá-la.

Helen parecia prestes a falar algo, porém desistiu. Um instante depois, no entanto, não se conteve:

– Claire não me contou por que se comportou daquele jeito, mas desconfio que sei a razão.

– Acho que sim – disse Ellie, tranquila.

– Obrigada por não constrangê-la diante de Charles.

– Ela não precisava ter o coração partido duas vezes.

De repente, Judith saiu de baixo da mesa.

– Esmaguei o inseto! – gritou ela. – Era enorme. E muito feroz.

– Não havia inseto algum, querida, e você sabe disso – declarou Ellie.

– Sabia que os insetos gostam de cobertura de creme de manteiga?

– Assim como as garotinhas.

Judith franziu os lábios, descontente com o rumo da conversa.

– Acho que ouvi os dois – sussurrou Helen. – Fiquem quietas.

As três estavam ao lado da entrada, aguardando ansiosas. Logo escutaram a voz de Claire.

– Você verá que fiz grandes progressos na estufa – dizia ela.

– Sim – soou a voz de Charles, cada vez mais alta –, mas não seria mais rápido atravessar o saguão leste?

– Uma criada estava encerando o chão – respondeu Claire. – Tenho certeza de que está escorregadio.

– Garota esperta – sussurrou Ellie para Helen.

– Podemos passar pela sala de jantar – continuou Claire. – É quase tão rápido e...

A porta da sala se abriu.

– Surpresa! – gritaram as quatro moradoras de Wycombe Abbey.

Charles pareceu mesmo surpreso – por alguns segundos. Ao ver Ellie ali, questionou:

– Que diabo está fazendo fora da cama?

– E um feliz aniversário para você também – falou ela, em tom áspero.

– Suas mãos...

– ... não parecem estar atrapalhando nem um pouco minha capacidade de andar. – Ela sorriu com ironia. – Notável, não?

– Mas...

Helen, com um gesto inusitadamente impaciente, bateu de leve na nuca de Charles.

– Silêncio, primo, e aproveite sua festa.

Charles olhou para o ruidoso grupo de mulheres que o encarava, ansioso, e percebeu quanto havia sido rude.

– Obrigado a todas vocês – declarou ele. – Sinto-me honrado por terem se esforçado tanto para celebrar meu aniversário.

– Não podíamos deixar passar sem pelo menos um bolo – falou Ellie. – Judith e eu escolhemos a cobertura. Creme de manteiga.

– É mesmo? – disse ele com ar aprovador. – Garotas inteligentes.

– Eu lhe fiz uma pintura! – exclamou Judith. – Com minhas aquarelas.

– Verdade, querida? – Ele se ajoelhou ao lado dela. – É adorável. Ora, mas está igual a... a...

Ele olhou para Helen, Claire e Ellie em busca de ajuda, mas todas deram de ombros.

– Aos estábulos! – exclamou Judith com entusiasmo.

– Exatamente!

– Passei uma hora inteira olhando para os estábulos enquanto pintava.

– Uma hora inteira? Quanta dedicação. Terei que encontrar um lugar de destaque para sua pintura no meu escritório.

– Você deve emoldurá-la. Em ouro.

Ellie conteve uma risada e sussurrou para Helen:

– Prevejo um excelente futuro para essa menina. Talvez como rainha do universo.

Helen suspirou.

– Minha filha não sofre da incapacidade de saber o que quer.

– Isso é bom – disse Ellie. – É bom saber o que se quer. Só recentemente percebi o que eu queria.

Charles cortou o bolo – sob a orientação de Judith, é claro, que tinha firmes ideias sobre como deveria ser feito – e logo estava ocupado abrindo os presentes.

Havia a aquarela de Judith, um travesseiro bordado de Claire e um pequeno relógio de Helen.

– Para sua mesa – explicou ela. – Notei que, à noite, é difícil ver o relógio de pêndulo que fica do outro lado da sala.

Ellie cutucou com delicadeza o marido para chamar sua atenção.

– Ainda não tenho um presente para você – confessou em voz baixa –, mas tenho algo planejado.

– Mesmo?

– Eu lhe contarei tudo a respeito semana que vem.

– Devo esperar uma semana inteira?

– Precisarei usar bem as minhas mãos – disse ela, flertando com o olhar.

Ele abriu um sorriso malicioso.

– Mal posso esperar.

Cumprindo sua palavra, Charles chamou uma modista a Wycombe Abbey com amostras de tecido e modelos. Ellie teria que mandar fazer a maior parte de seu novo guarda-roupa em Londres, mas, enquanto estava impossibilitada de viajar para a cidade, encomendaria alguns vestidos com uma modista de qualidade, a Sra. Smithson, da Smithson's de Canterbury.

Ellie estava bastante entusiasmada para conhecer a modista; sempre precisara costurar os próprios vestidos, e poder marcar um atendimento particular era, de fato, um luxo.

Bem, não muito particular.

– Charles – repetiu Ellie pela quinta vez –, sou perfeitamente capaz de escolher meus vestidos.

– Claro, querida, mas você nunca esteve em Londres e... – Ele viu um modelo na mão da Sra. Smithson. – Ah, não, esse não. O decote é muito baixo.

– Mas estes não são para Londres. São para o campo. E já estive no campo – acrescentou ela, um tanto sarcástica. – Na verdade, estou no campo agora mesmo.

Se Charles a ouviu, não demonstrou.

– Verde – falou ele para a Sra. Smithson. – Ela fica linda de verde.

Ellie teria gostado desse elogio, mas tinha assuntos mais urgentes a resolver.

– Charles, eu gostaria de um momento a sós com a Sra. Smithson.

Ele parecia chocado.

– Para quê?

– Acho que seria interessante você não saber como são meus vestidos. – Ela sorriu docemente. – Não gostaria de ser surpreendido?

Ele deu de ombros.

– Não tinha pensado nisso.

– Bem, pense um pouco – grunhiu ela. – De preferência no seu escritório.

– Você não me quer aqui?

Ele pareceu magoado, e Ellie imediatamente se arrependeu de ter falado de maneira áspera com ele.

– É que escolher vestidos é um tipo de passatempo feminino.

– É mesmo? Eu estava ansioso por isto. Nunca escolhi vestidos para uma mulher antes.

– Nem mesmo para suas...

Ellie se conteve. Já ia dizer "amantes", mas se recusou a pronunciar tal palavra. Estava pensando positivamente nos últimos dias, e não queria que ele se lembrasse de que já se envolvera com essas mulheres de reputação duvidosa.

– Charles – continuou com uma voz mais suave –, eu gostaria de escolher algo que possa surpreendê-lo.

Ele resmungou, mas deixou a sala.

– O conde é um marido que se envolve bastante, não é? – disse a Sra. Smithson ao fechar a porta.

Ellie corou e murmurou algo sem sentido. Então percebeu que precisava agir rápido, enquanto Charles estava longe. Se o conhecia bem, ele mudaria de ideia e entraria ali de novo a qualquer momento.

– Sra. Smithson – disse ela –, não há pressa com relação aos vestidos. Mas eu precisava...

A Sra. Smithson sorriu como se já tivesse entendido.

– Um enxoval?

– Sim, algumas lingeries.

– Isso pode ser arranjado sem precisar de prova.

Ellie suspirou, aliviada.

– Posso recomendar o verde-claro? Seu marido parece gostar muito dessa cor.

Ellie assentiu.

– E o estilo?

– Ah, qualquer um. Bem, qualquer um que julgue apropriado para um jovem casal recém-casado.

Ellie tentou não colocar muita ênfase em "recém-casado", mas, por outro lado, precisava deixar claro que não desejava uma camisola apenas para esquentá-la à noite.

A Sra. Smithson assentiu com seu jeito discreto, e Ellie sabia que enviaria alguma coisa especial. Talvez algo atraente. Definitivamente algo que Ellie nunca teria escolhido sozinha.

Considerando sua falta de experiência na arte da sedução, Ellie pensou que seria melhor assim.

Uma semana depois, as mãos de Ellie estavam quase curadas. A pele ainda parecia sensível, mas já não doía a cada movimento. Era hora de dar a Charles seu presente de aniversário.

Estava apavorada.

E muito animada também, é claro. Mas, tendo em vista que era completamente inocente, o pavor era a emoção predominante.

Ellie decidira que seu presente para Charles em seu trigésimo aniversário seria ela mesma. Queria que o casamento deles fosse uma união verdadeira, de mente, alma e... – ela engoliu em seco ao pensar nisso – corpo.

A Sra. Smithson cumprira sua promessa. Ellie mal podia acreditar em seu reflexo no espelho. A modista escolhera uma camisola da mais fina seda verde-clara. O decote era discreto, mas o restante da camisola era mais atraente e provocante do que Ellie poderia ter sonhado. Consistia de duas partes, costuradas apenas nos ombros. Havia dois laços, um de cada lado da cintura, mas eles não escondiam o comprimento de suas pernas nem a curva do quadril.

Ellie sentia-se completamente nua e ficou grata por poder vestir o robe que fazia jogo com a camisola. Ela estremeceu – em parte porque havia um vento frio no ar noturno, em parte porque podia ouvir Charles se movimentando em seu quarto. Ele em geral entrava para dar boa noite, mas Ellie pensou que poderia ter uma crise de nervos se ficasse ali sentada, esperando por ele. Nunca fora muito paciente.

Respirou fundo, procurando criar coragem, ergueu a mão e bateu à porta de ligação.

Charles congelou no ato de tirar a gravata. Ellie nunca batia à porta. Era ele quem sempre a visitava em seu quarto. Será que suas mãos já estavam boas o suficiente para bater em madeira? Ele tinha a impressão de que ela não sofrera nenhuma queimadura nos nós dos dedos, mas ainda assim...

Terminou de tirar a gravata, atirou-a em uma cadeira e atravessou o quarto até a porta. Ele não queria que ela girasse a maçaneta, portanto, em vez de gritar "entre", simplesmente abriu a porta.

E quase desmaiou.

– Ellie? – disse, engasgando.

Ela apenas sorriu.

– O que você está vestindo?

– Eu... hã... é parte do meu enxoval.

– Você não tem um enxoval.

– Achei que poderia ter um.

Charles refletiu sobre as implicações desta afirmação e sentiu a pele ficar quente.

– Posso entrar?

– Ah, sim, claro.

Ele se afastou e deixou-a entrar, o queixo caindo ao vê-la passar. O que quer que ela estivesse usando, o traje se prendia à cintura, e a seda moldava todas as curvas.

Ela se virou.

– Suponho que esteja se perguntando por que estou aqui.

Ele se lembrou de fechar a boca.

– Eu estou me perguntando – disse ela, rindo de nervoso.

– Ellie, eu...

Ela deixou cair o robe.

– Ah, Deus – gemeu ele, revirando os olhos para o céu. – Estou sendo testado. É isso, não é? Estou sendo testado.

– Charles?

– Coloque isso de volta – pediu ele exaltado, pegando o robe no chão. E, sentindo que o tecido ainda tinha o calor da pele dela, soltou-o e pegou um cobertor de lã. – Não, melhor ainda, coloque isso.

– Pare, Charles!

Ellie levantou os braços para afastar o cobertor e ele viu que os olhos dela estavam cheios de lágrimas.

– Não chore – pediu ele. – Por que está chorando?

– Você não... Você não...

– Eu não o quê?

– Você não me quer? – sussurrou ela. – Nem mesmo um pouco? Você queria na semana passada, mas eu não estava vestida assim e...

– Está louca?! – gritou ele. – Eu a quero tanto que posso morrer agora. Por isso cubra-se porque senão vai me matar.

Ellie colocou as mãos nos quadris, irritada com o rumo da conversa.

– Cuidado com suas mãos! – berrou ele.

– Minhas mãos estão ótimas – retrucou ela.
– Estão?
– Desde que eu não toque, sem luvas, uma roseira.
– Tem certeza?
Ela assentiu.
Por uma fração de segundo, ele não se moveu. Então veio para cima dela com uma força que a deixou sem ar. Num minuto Ellie estava de pé, no instante seguinte, de costas na cama, com Charles *em cima* dela.
Mas o mais incrível era que ele a estava beijando. Beijando de verdade, daquela maneira intensa que não fazia desde antes do acidente. Ah, ele escrevera coisas excitantes em suas listas, mas vinha tratando-a como uma flor delicada. Ele agora a beijava com todo o seu corpo – com as mãos, que já haviam descoberto a fenda lateral de sua lingerie e estavam em volta da curva quente de sua coxa; com os quadris, que pressionavam intimamente os dela; e com o coração, que pulsava de modo sedutor contra seu peito.
– Não pare – gemeu Ellie. – Não pare de jeito nenhum.
– Eu não poderia nem se quisesse – replicou ele, acariciando a orelha dela... com a boca. – E não quero.
– Ah, que bom.
A cabeça dela tombou para trás e ele passou de sua orelha para o pescoço.
– Esta camisola – gemeu ele, incapaz de formar frases completas. – Nunca a perca.
Ela sorriu.
– Você gostou?
Ele respondeu soltando os laços dos quadris.
– Deveria ser proibida.
– Posso encomendar uma de cada cor – provocou ela.
Suas mãos agarraram as costelas de Ellie, seus dedos grandes pressionando a parte de baixo dos seios dela.
– Faça isso. Mande-me a conta. Melhor ainda, pagarei antecipadamente.
– Eu paguei por esta – disse Ellie com suavidade.
Charles levantou a cabeça, sentindo algo diferente na voz dela.
– Por quê? Sabe que pode usar meu dinheiro para comprar o que quiser.
– Eu sei. Mas este é o meu presente de aniversário para você.
– A camisola?
Ela sorriu e tocou o rosto dele. Os homens podiam ser tão obtusos.

– A camisola. Eu. – Ela levou a mão dele até seu coração. – Isto. Quero que nosso casamento seja real.

Ele não disse nada, só tomou o rosto dela nas mãos e fitou-a por um longo tempo. Então, com uma lentidão agonizante, baixou os lábios até os dela para um beijo mais suave do que qualquer coisa que ela poderia ter sonhado.

– Ah, Ellie – disse ele, suspirando junto a sua boca. – Você me faz tão feliz.

Não era uma declaração de amor, mas alegrou o coração dela.

– Também estou feliz – sussurrou a condessa.

Ele passou para o pescoço dela, acariciando-o com o rosto. Suas mãos deslizaram por baixo da seda da camisola, deixando um rastro de fogo na pele dela já quente. Ellie sentia Charles tocar seus quadris, sua barriga, seus seios – ele parecia estar em toda parte, e ainda assim ela queria mais.

Ela tentou abrir os botões da camisa de Charles, querendo desesperadamente sentir o calor da pele dele. Mas tremia de desejo, e suas mãos ainda não estavam tão ágeis quanto de costume.

– Shhh, permita-me – sussurrou ele, levantando um pouco o corpo para tirar a camisa.

Ele abriu os botões devagar. E Ellie não sabia se queria que fosse ainda mais devagar, para prolongar aquela dança provocante, ou se queria que ele rasgasse logo a maldita coisa e voltasse para o lado dela.

Enfim, ele tirou a peça de roupa e abaixou o corpo em direção a ela, apoiando-se nos braços estendidos.

– Toque em mim – ordenou ele, depois suavizou o pedido com um apaixonado "por favor".

Ellie estendeu a mão, um tanto hesitante. Nunca tocara o peito de um homem, nem mesmo vira um. Ela ficou um pouco surpresa com o punhado de pelos castanho-avermelhados em sua pele. Eram macios, mas não escondiam os músculos que saltavam sob sua carícia nem o ardor da pele dele.

Ela ficou mais ousada, encorajada pela maneira como ele inspirava fundo quando ela esticava o braço em sua direção. Ela nem precisava tocar a pele dele para vê-lo estremecer de desejo. De repente, sentia-se a mulher mais linda da Terra. Pelo menos aos olhos dele, pelo menos naquele instante, e isso era tudo o que importava.

Ela sentiu as mãos dele levantando-a e, em seguida, a lingerie deslizou por cima de sua cabeça e caiu no chão. Ellie já não se sentia nua, *estava* nua. E, de alguma forma, isso parecia a coisa mais natural do mundo.

Ele saiu de cima dela e tirou a calça. Desta vez, despiu-se rápida e quase freneticamente. Os olhos de Ellie se arregalaram ao verem como ele estava excitado. Charles notou a apreensão dela, engoliu em seco e perguntou:

– Está com medo?

Ela balançou a cabeça.

– Bem, talvez um pouco. Mas sei que fará tudo ser lindo.

– Ah, Deus, Ellie – gemeu ele, afundando de volta na cama. – Vou tentar. Prometo que vou tentar. Nunca estive com uma mulher inocente antes.

Isso a fez rir.

– E eu nunca fiz isso antes, então estamos empatados.

Ele tocou o rosto dela.

– Você é tão corajosa.

– Não é coragem, é confiança.

– Mas rir quando estou prestes a...

– É exatamente por isso que estou *rindo*. Estou tão feliz que não consigo pensar em mais nada além de rir.

Ele a beijou de novo, sua boca quente na dela. E, enquanto a distraía dessa forma, sua mão desceu pela pele macia da barriga dela até as curvas que protegiam sua feminilidade. Ela enrijeceu por um instante, depois relaxou sob sua gentil carícia. A princípio, tentou não tocá-la mais profundamente, apenas continuou aquela carícia enquanto movia a boca pelo rosto dela.

– Você gosta disso? – sussurrou ele.

Ela assentiu.

Sua outra mão correu até o seio dela, agarrando-o antes de roçar o mamilo excitado com a palma da mão.

– Gosta disso? – murmurou ele, a voz cada vez mais rouca.

Ela assentiu de novo, desta vez com os olhos bem fechados.

– Quer que eu faça mais uma vez?

E, enquanto ela assentia pela terceira vez, ele deslizou um dedo para o interior de sua feminilidade ardente e começou a acariciá-la.

Ellie arfou, depois se esqueceu de como respirar. Então, quando enfim se lembrou de onde estavam seus pulmões, deixou escapar um sonoro "ah!", que fez Charles sorrir e deslizar o dedo ainda mais fundo, tocando-a da maneira mais íntima.

– Ah, meus Deus, Ellie – gemeu ele. – Você me quer.

Ela agarrou desesperadamente os ombros dele.

– Você só notou agora?

A risada dele veio de seu íntimo. Seus dedos continuaram aquela tortura sensual, movendo-se e acariciando dentro dela, e então ele encontrou sua saliência mais sensível, e Ellie quase explodiu.

– Não resista – disse ele, pressionando seu membro excitado contra a barriga dela. – Só fica melhor.

– Tem certeza?

Ele assentiu.

– Absoluta.

As pernas dela relaxaram e, desta vez, Charles abriu-as ainda mais, acomodando-se no espaço entre as coxas. Ele retirou a mão, e então sua virilidade a tocou, sondando de modo suave a entrada dela.

– Isso mesmo – sussurrou ele. – Abra-se para mim. Relaxe. – Ele avançou, depois parou por um instante. – E então? – perguntou ele, mas sua voz soou tensa.

Ellie podia ver que ele se controlava ao máximo para não fazer amor com ela até o fim.

– É muito estranho – admitiu ela. – Mas bom. É... Ah! – gritou quando ele se aproximou ainda mais do centro dela. – Você me enganou.

– É assim mesmo, querida.

– Charles, eu...

O rosto dele ficou sério.

– Isso pode machucá-la um pouco.

– Não vai – assegurou-lhe ela. – Não com você.

– Ellie, eu... Ah, Deus, não posso esperar mais. – Ele avançou, abrigando-se completamente dentro dela. – Você é tão... Não posso... Ah, Ellie, Ellie.

O corpo de Charles começou a se mover em um ritmo primitivo, cada impulso acompanhado de sons que eram uma mistura de gemido e respiração. Ela era tão perfeita, reagia tão bem ao seu toque. Ele jamais sentira desejo com aquela total e completa urgência. Ele queria cuidar dela e devorá-la ao mesmo tempo. Queria beijá-la, amá-la, cercá-la. Queria tudo dela e queria lhe dar tudo de si.

Em algum lugar, no fundo de sua mente, ele percebeu que isso era amor, essa emoção indefinida da qual conseguira escapar por tantos anos. Mas seus sentimentos e ideias foram abafados pela necessidade impetuosa de seu corpo, e ele perdeu toda a capacidade de pensar.

Charles podia ouvir os gemidos dela ficarem mais agudos, e sabia que Ellie sentia o mesmo desespero e necessidade.

– Vamos, Ellie! – exclamou ele. – Vamos!

E então ela se desfez sob ele, e Charles deixou escapar um urro enquanto avançava uma última vez, liberando-se dentro do ventre dela.

Ele estremeceu algumas vezes em consequência do clímax, depois desabou sobre Ellie, percebendo que devia estar pesado demais para ela, mas incapaz de se mover. Por fim, quando sentiu que recuperara um pouco do controle sobre seu corpo, começou a rolar para sair de cima dela.

– Não – falou ela. – Gosto de sentir você.

– Vou esmagá-la.

– Não, não vai. Eu quero...

Ele rolou de lado, puxando-a para junto dele.

– Viu só? Não é bom assim?

Ela assentiu e fechou os olhos, parecendo cansada, mas muito amada.

Charles brincava com os cabelos dela, perguntando-se como aquilo ocorrera, como acontecera de se apaixonar por sua esposa – uma mulher que escolhera de modo tão impulsivo e desesperado.

– Sabia que sonho com seu cabelo? – perguntou ele.

Ela abriu os olhos maravilhada com a surpresa.

– Mesmo?

– Sim. Sempre pensei que era da cor do pôr do sol, mas agora percebo que estou errado. – Então pegou uma mecha e levou-a aos lábios. – Ele brilha mais. Brilha mais do que o sol. Assim como você.

Ele a envolveu em seus braços, e então eles dormiram.

CAPÍTULO 19

A semana seguinte foi de pura felicidade. Ellie e Charles passaram mais tempo na cama do que fora dela e, quando se aventuravam a descer, parecia que a vida conspirava para mandar apenas coisas boas para os dois. Ellie teve sua primeira prova de vestido, Claire terminou de limpar a estufa e disse à Ellie que gostaria de ajudá-la a plantar e Judith pintou mais quatro aquarelas, uma das quais de fato lembrava um cavalo.

Ellie descobriu mais tarde que a pintura deveria reproduzir uma árvore. No entanto, Judith não pareceu ficar magoada.

Na verdade, a única coisa que poderia tornar a vida de Ellie mais perfeita seria ver Charles prostrar-se a seus pés, beijar cada um de seus dedos e declarar-lhe seu amor eterno. Mas Ellie tentava não se preocupar com o fato de ele não dizer que a amava.

Afinal, justiça fosse feita, ela também não tivera coragem de declarar seu amor por ele.

Mas estava otimista. Podia ver que Charles apreciava muito sua companhia, e não havia como negar que eram bastante compatíveis na cama. Ela só precisava ganhar seu coração. E ela também precisava recordar-se de que nunca falhava em nada em que *realmente* se empenhasse.

E ela estava se empenhando nisso. Havia até mesmo começado a criar suas próprias listas, a mais ativa chamada "Como fazer Charles perceber que me ama".

Quando Ellie não estava pensando no fato de seu marido ainda não lhe ter dito que a amava ou trabalhando duro para garantir que isso acontecesse, passava o tempo examinando as páginas financeiras do jornal. Pela primeira vez na vida tinha controle real sobre seus investimentos, e não queria estragar tudo.

Charles parecia passar a maior parte do tempo *dele* planejando maneiras de arrastar Ellie de volta para a cama. Ela nunca oferecia mais do que uma resistência simbólica, e só fazia isso porque ele continuava escrevendo listas para estimulá-la, e elas eram sempre incrivelmente divertidas.

Certa noite, enquanto Ellie avaliava alguns investimentos no escritório, ele lhe apresentou aquela que mais tarde ela anunciaria como sua preferida.

CINCO MANEIRAS PARA ELLIE IR
DO ESCRITÓRIO PARA O QUARTO

1. Caminhar rapidamente
2. Caminhar muito rapidamente
3. Correr
4. Sorrir amavelmente e pedir a Charles para carregá-la
5. Pular num pé só

Ellie ergueu as sobrancelhas ao ler a última.

Charles deu de ombros.

— Fiquei sem ideias.

— Você percebe que agora vou ter que subir pulando num pé só o caminho todo?

— Eu ficaria feliz em carregá-la.

— Não, não. Você me propôs um desafio. Não tenho escolha. Preciso pular ou perderei para sempre minha honra.

— Hum, sim – disse ele, esfregando o queixo, pensativo. – Posso entender que se sinta assim.

— É claro que, se me vir balançar, pode ficar à vontade para ajudar a me firmar sobre meus pés.

— Sobre o seu *pé*, você quer dizer.

Ellie tentou ficar séria, mas o sorriso travesso em seu rosto arruinou tudo. Ela se levantou, pulou até a porta, depois virou-se para o marido e perguntou:

— É permitido trocar de pé?

Ele balançou a cabeça.

— Aí não seria pular num pé só.

— Claro – murmurou ela. – Bem... Talvez eu precise me apoiar em você de vez em quando.

Ele cruzou a sala e abriu a porta para ela.

— Ficaria encantado em ajudá-la da maneira que precisasse.

— Talvez eu precise me apoiar *com força* de vez em quando.

Ele deu um sorriso malicioso.

— Isso seria ainda mais delicioso.

Ellie saltou pelo corredor, trocou de pé quando achou que ele não estava olhando e perdeu o equilíbrio. Ela agitou os braços no ar, gargalhando enquanto tentava manter-se de pé. Charles correu e apoiou o braço dela em seu ombro.

— Melhor assim? – perguntou ele.

— Ah, muito melhor – respondeu ela, pulando para a frente.

— Isso é o que se ganha por trocar de pé.

— Eu nunca faria isso – mentiu ela.

— Humpf. – Ele a encarou com um olhar de "você não me engana". – Agora tenha cuidado ao virar a esquina.

– Eu nunca sonharia em... Ah! – gritou ela ao chocar-se com a parede.
– Tsc tsc, isso vai lhe custar caro.
– Sério? – indagou ela com ar interessado. – Quanto?
– Um beijo. Talvez dois.
– Só concordarei se puder lhe dar três.
Ele suspirou.
– Você é uma negociadora difícil, milady.
Ela ficou na ponta do pé e beijou o nariz dele.
– Um.
– Acho que esse só conta como meio.
Ela o beijou nos lábios, a língua provocando maliciosamente o canto de sua boca.
– Dois.
– E o terceiro?
– Você não ganharia um terceiro se eu não tivesse negociado de maneira tão hábil – ressaltou ela.
– Sim, mas agora estou aguardando, então é melhor que seja bom.
Ellie abriu um sorriso ao ouvir aquele desafio.
– Sorte minha ter aprendido muito sobre beijos na última semana – murmurou ela.
– Sorte *minha* – devolveu ele, rindo enquanto ela puxava sua boca em direção à dela.
O beijo foi quente e apaixonado, e ele o sentiu em cada parte do corpo. Principalmente em uma específica, que enrijeceu com um desejo tão intenso que ele teve que se afastar.
– É melhor você pular rápido.
Ellie riu, e eles foram saltando, tropeçando e correndo pelo caminho. Quando chegaram à escada, estavam rindo tanto que Ellie tropeçou e caiu sentada no último degrau.
– Ai! – gritou ela.
– Está tudo bem?
Ambos olharam constrangidos para Helen, que estava com tia Cordelia no grande salão e os encarava sem entender nada.
– Parecia que você estava mancando, Ellie – disse ela. – E então pareceu... Bem, francamente, não sei o que pareceu.
Ellie ficou com o rosto corado.

– Ele... hã... eu... ah...

Charles nem se preocupou em tentar explicar.

Helen sorriu.

– Entendo. Venha, Cordelia. Creio que nossos recém-casados desejam um pouco de privacidade.

– Recém-casados, humpf! – resmungou Cordelia. – Eles estão agindo como dois pássaros malucos, isso sim.

Ellie viu a velha senhora deixar o salão, com Helen logo atrás.

– Bem, pelo menos ela não está mais gritando "fogo" a todo momento.

Charles piscou.

– Você tem razão. Acho que os acidentes na cozinha podem ter tirado essa história de fogo de dentro dela.

– Graças a Deus.

– Infelizmente, ou felizmente, dependendo do seu ponto de vista, não fez o mesmo comigo.

– Acho que não entendo o que quer dizer.

– O que quero dizer é que estou em chamas – rosnou ele.

Os olhos de Ellie se arregalaram.

– Então vá logo para o quarto antes que eu a ataque aqui mesmo na escada.

Ela sorriu com malícia.

– Você faria isso?

Ele se inclinou para a frente, demonstrando seu famoso lado libertino.

– Eu não proporia nenhum desafio, milady, a menos que esteja preparada para enfrentar as consequências.

Ellie se levantou e começou a correr. Charles foi atrás, feliz por ela ter decidido usar os dois pés.

Várias horas depois, Ellie e Charles estavam sentados na cama, recostados nos travesseiros enquanto desfrutavam do jantar que haviam pedido no quarto. Nenhum dos dois estava com disposição para aparecer lá embaixo.

– Codorna? – perguntou Charles.

Ele colocou o pedaço de carne na boca de Ellie.

– Hum. Deliciosa.

– Aspargo?

– Vou engordar muito assim.

– E continuará deliciosa.

Charles colocou a ponta do aspargo entre os lábios dela. Ellie mastigou e suspirou de satisfação.

– Monsieur Belmont é um gênio.

– Por isso o contratei. Agora experimente um pouco deste pato assado. Juro que vai adorar.

– Não, pare. Não consigo comer mais nada.

– Ah, você está fraquejando – provocou Charles, segurando um prato e uma colher. – Não pode parar agora. Estou tentando torná-la uma dissoluta completa. Além disso, monsieur Belmont terá um ataque se você não comer o creme de ovos. É a obra-prima dele.

– Eu não sabia que chefs tinham obras-primas.

Ele abriu um sorriso sedutor.

– Confie em mim.

– Está bem. Vou experimentar só um pouquinho. – Ellie abriu a boca e deixou Charles lhe dar uma colher de creme. – Santo Deus! – exclamou. – Isso é divino.

– Acho que gostaria de mais um pouco.

– Se não me der mais um pouco desse creme, terei que matá-lo.

– Isso foi dito com grande determinação – comentou ele com admiração.

Ela olhou de soslaio para Charles.

– Eu não estou brincando.

– Aqui, pegue a panela inteira. Odeio ficar entre uma mulher e sua comida.

Ellie fez uma pausa em sua missão de devorar até a última porção de creme.

– Eu deveria me sentir ofendida com essa observação, mas no momento estou num estado sublime demais para isso.

– Odeio me pegar especulando se esse estado sublime se deve à minha proeza e vigor masculino ou ao creme.

– Não vou responder. Detestaria ferir seus sentimentos.

Ele revirou os olhos.

– Você é muito gentil.

– Por favor, diga que monsieur Belmont faz isso sempre.

231

– O tempo todo. É minha sobremesa preferida.

Ellie fez uma pausa, a colher parada na boca.

– Ah – disse ela, parecendo culpada. – Acho que eu deveria ter dividido, então.

– Não se importe com isso. Posso comer a torta de morango. – Ele deu uma mordida. – Monsieur Belmont deve estar querendo um aumento de salário.

– Por que acha isso?

– Torta de morango não é a sua preferida? É atipicamente atencioso da parte dele preparar as nossas sobremesas favoritas.

O rosto de Ellie se fechou em uma expressão séria.

– Por que ficou assim de repente? – perguntou Charles, lambendo um pouco de morango de seus lábios.

– Estou enfrentando um dilema moral.

Charles olhou ao redor do quarto.

– Não vejo nenhum.

– É melhor você comer o resto do creme – disse Ellie, entregando-lhe a panela já pela metade. – Vou me sentir culpada por semanas se não a dividir.

Ele sorriu.

– Eu sabia que me casar com a filha de um vigário me traria vantagens.

– Eu sei. – Ela suspirou. – Nunca consegui ignorar alguém em necessidade.

Charles levou uma colher de creme à boca com considerável entusiasmo.

– Não sei se isso conta como "necessidade", mas, para o seu bem, estou disposto a fingir que sim.

– Os sacrifícios que se faz por uma esposa... – murmurou ela.

– Fique então com o resto da torta de morango.

– Não – disse ela, levantando a mão. – Parece um tipo de sacrilégio depois do creme.

Ele deu de ombros.

– Como quiser.

– Além disso, estou me sentindo meio estranha.

Charles largou o creme e observou-a. Ela piscava muito e parecia pálida.

– Você parece de fato um tanto estranha.

– Ah, Deus – gemeu Ellie, agarrando a barriga e se curvando em posição fetal.

Charles retirou o resto dos pratos da cama rapidamente.

– Ellie? Querida?

Ela não respondeu, apenas choramingou e se encolheu. Sua testa estava molhada e sua respiração, ofegante.

Charles sentiu-se tomado pelo pânico. Ellie, que ria e brincava momentos antes, agora parecia estar... parecia estar... Deus do céu, parecia estar morrendo.

Com o coração quase parando, ele cruzou depressa o quarto e tocou a sineta. Então correu até a porta, abriu-a e gritou:

– Cordelia!

Sua tia podia ser bastante excêntrica, mas sabia algumas coisas sobre doença e cura, e Charles não tinha ideia do que fazer.

– Ellie – disse ele com urgência, correndo de volta para seu lado. – O que há de errado? Por favor, fale comigo.

– É como se fossem espadas em chamas – explicou ela, ofegante, os olhos fechados para conter a dor. – Espadas em chamas na minha barriga. Ah, Deus, ah, Deus. Faça isso parar. Por favor.

Charles engoliu em seco, depois colocou a mão na própria barriga, que também latejava. Mas atribuiu a sensação ao pavor; com certeza não sentia a mesma agonia que a esposa.

– Aaaaaahhhhhh! – gritou ela, começando a convulsionar.

Charles levantou-se depressa e foi de novo até a porta aberta.

– Alguém venha aqui agora! – berrou ele, no instante em que Helen e Cordelia vinham correndo.

– O que houve? – perguntou Helen sem fôlego.

– É Ellie. Ela está doente. Não sei o que aconteceu. Num minuto ela estava bem, e no seguinte...

Elas foram até a cabeceira da condessa. Cordelia olhou para Ellie e anunciou:

– Ela foi envenenada.

– O quê? – indagou Helen, horrorizada.

– Isso é ridículo – disse Charles ao mesmo tempo.

– Já vi isso antes – declarou Cordelia. – Ela foi envenenada. Tenho certeza.

– O que podemos fazer? – questionou Helen.

– Temos que tirar o veneno de dentro dela. Charles, traga-a até o lavatório.

Charles encarou a tia com ar de dúvida. Devia confiar o bem-estar da esposa a uma velha senhora um tanto senil? Mas, por outro lado, ele não sabia mais o que fazer e, mesmo que Ellie não tivesse sido envenenada, a sugestão de Cordelia fazia sentido. Precisavam remover o que havia no estômago dela.

Ele a pegou, tentando não deixar seus gemidos agonizantes o afetarem, mas ela se contraía de forma violenta em seus braços e seus espasmos o abalaram profundamente.

Ele olhou para Cordelia.

– Acho que ela está piorando.

– Apresse-se!

Ele correu até o lavatório e tirou o cabelo de Ellie do rosto.

– Shhh, querida, vai ficar tudo bem – sussurrou ele.

Cordelia pegou uma pena.

– Abra a boca de sua esposa.

– Mas que diabo a senhora vai fazer com isso?

– Apenas faça o que eu digo.

Charles segurou a boca de Ellie aberta e observou horrorizado Cordelia enfiar a pena em sua garganta. Ellie sentiu ânsia várias vezes antes de finalmente vomitar.

Charles desviou o olhar por um instante. Não pôde evitar.

– Terminamos?

Cordelia o ignorou.

– Mais uma vez, Eleanor – ordenou ela. – Você é uma garota forte. Pode fazer isso. Helen, pegue algo para ela lavar a boca quando acabar.

Então enfiou a pena na garganta dela mais uma vez, e Ellie colocou para fora o resto do conteúdo de seu estômago.

– Isso – disse Cordelia. Ela pegou um copo d'água com Helen e derramou um pouco na boca de Ellie. – Cuspa, garota.

Ellie tentou cuspir, mas também deixou que a água caísse sozinha de sua boca.

– Não me obrigue a fazer isso de novo – implorou ela.

– Pelo menos ela está falando – comentou Cordelia. – É um bom sinal.

Charles esperava que ela estivesse certa, pois ele jamais vira uma pessoa tão pálida quanto Ellie naquele momento. Ele esperou Helen limpar a boca da esposa com um pano úmido e depois a levou de volta para a cama.

Helen pegou o lavatório sujo com as mãos trêmulas.

– Vou pedir a alguém para cuidar disso.

Então saiu apressada do quarto.

Charles pegou a mão de Ellie, virou-se para Cordelia e perguntou:
– A senhora acha mesmo que ela foi envenenada?
Sua tia assentiu de modo enfático.
– O que ela comeu? Alguma coisa que você não tenha comido?
– Não, com exceção...
– Com exceção de quê?
– Do creme; mas comi uma colher também.
– Humpf. E como você se sente?
Charles olhou para ela por algum tempo, levando a mão à barriga.
– Na verdade, não muito bem.
– Está vendo?
– Mas não é nada como o que Ellie sentiu. Apenas uma fisgada, como se eu tivesse comido algo estragado. E só.
– E você comeu apenas uma colher?
Charles assentiu, e então o sangue se esvaiu de seu rosto.
– Ela comeu mais da metade da panela – sussurrou ele.
– Ela poderia ter morrido se tivesse comido tudo – afirmou Cordelia. – Que bom que dividiu com você.
Charles mal podia acreditar na falta de emoção na voz da tia.
– Deve ser uma intoxicação alimentar. É a única explicação.
Cordelia deu de ombros.
– Tenho certeza que não.
Ele a encarou com incredulidade.
– É impossível. Quem iria querer fazer algo assim com ela?
– Na minha opinião, foi a jovem Claire – replicou Cordelia. – Todo mundo sabe o que ela fez com as mãos da condessa.
– Mas aquilo foi um acidente – falou Charles, sem querer acreditar nas palavras da tia.
Claire podia ser travessa, mas nunca faria algo assim.
– E Claire fez as pazes com Ellie.
Cordelia deu de ombros mais uma vez.
– Fez mesmo?
Por coincidência, Helen reapareceu, arrastando Claire, que chorava.
Charles voltou-se para a prima, tentando evitar um olhar acusador.
– Eu não fiz isso – choramingou Claire. – Eu nunca, jamais faria algo assim. Sabe que não. Eu amo Ellie agora. Eu nunca a machucaria.

Charles queria acreditar nela. Realmente queria, mas Claire fora responsável por tantos problemas.

– Talvez tenha sido algo que você começou na semana passada, antes de você e Ellie resolverem suas diferenças – falou ele, gentil. – Talvez você tenha esquecido...

– Não! – gritou Claire aos prantos. – Eu não fiz isso. Eu juro.

Helen passou o braço em volta da filha.

– Eu acredito nela, Charles.

Ele encarou os olhos vermelhos de Claire e percebeu que Helen estava certa. Ela falara a verdade. E ele se sentiu péssimo por ter pensado o contrário. Claire podia não ser perfeita, mas não envenenaria uma pessoa. Ele suspirou.

– É provável que tenha sido só um acidente. Talvez monsieur Belmont tenha usado leite estragado no creme.

– Leite estragado? – repetiu Cordelia. – Teria que estar muito além de rançoso para ter lhe causado tanto mal.

Charles sabia que a tia tinha razão. Ellie correra risco de vida. As convulsões que abalaram seu pequeno corpo poderiam ter sido causadas por algo tão simples quanto leite estragado? Mas o que mais poderia ser? Quem iria querer envenenar Ellie?

Helen deu um passo à frente e pousou a mão no braço de Charles.

– Quer que eu fique com ela?

Ele não respondeu por um instante, ainda perdido em pensamentos.

– Perdão. O quê? Não, vou ficar com ela.

Helen inclinou a cabeça.

– É claro. Se precisar de alguma ajuda...

Os olhos de Charles entraram em foco de novo e ele deu total atenção à prima.

– Agradeço a oferta, Helen. Talvez eu aceite.

– Não hesite em me acordar – afirmou ela. Então pegou a mão da filha e a conduziu para a porta. – Venha, Claire. Ellie não conseguirá descansar com tantas pessoas em volta.

Cordelia também se encaminhou para a saída.

– Voltarei em uma hora para ver como ela está. Mas parece que o pior já passou.

Charles olhou para a esposa que agora dormia. Ela parecia melhor do que dez minutos antes. Mas isso não queria dizer muito, pois a única maneira de parecer pior seria começar a colocar sangue pela boca. Ellie ainda estava muito pálida, porém a respiração parecia estável e ela não aparentava sentir dor.

Ele pegou a mão da esposa e a levou aos lábios, rezando baixinho. Ia ser uma longa noite.

CAPÍTULO 20

Ao meio-dia do dia seguinte, a cor de Ellie praticamente voltara ao normal, e estava claro para Charles que o episódio da intoxicação alimentar não deixaria sequelas. Cordelia concordou com sua avaliação, mas instruiu Charles a lhe dar pedaços de pão para absorver o que pudesse ter restado de veneno em seu estômago.

Ele seguiu à risca o conselho da tia e, na hora do jantar, Ellie já estava alerta e lhe implorava para não forçá-la a comer mais pão.

– Nem mais um pedaço, por favor – implorou Ellie. – Está revirando meu estômago.

– Tudo vai revirar seu estômago – disse ele de modo prático.

Charles aprendera que ela respondia melhor quando lhe falavam de maneira direta.

Ela gemeu.

– Então não me faça comer.

– Mas é preciso. Isso ajuda a absorver o veneno.

– Ora, foi só um leite estragado. Com certeza não vai ficar em meu estômago.

– Leite estragado, ovos estragados... Não há como saber o que de fato causou a intoxicação. – Ele a encarou de modo estranho. – Tudo o que sei é que ontem à noite parecia que você ia morrer.

Ellie ficou em silêncio. Na noite anterior *se sentira* como se fosse morrer.

– Está bem – falou ela com calma. – Dê-me outro pedaço de pão.

Charles entregou-lhe uma fatia.

– Acho que Cordelia acertou. Você parece menos letárgica desde que começou a comer pão.

– Cordelia parece muito mais lúcida desde meu infeliz espisódio de envenenamento.

Ele a observou, pensativo.

– Acho que Cordelia só precisava de alguém que a ouvisse de vez em quando.

– E por falar em pessoas que querem ser ouvidas de vez em quando... – disse Ellie, indicando com a cabeça a porta aberta do quarto.

– Boa noite, Ellie! – cumprimentou Judith com ar alegre. – Você dormiu o dia inteiro.

– Eu sei. Sou muito preguiçosa, não acha?

Judith deu de ombros.

– Fiz uma pintura para você.

– Ah, que gentileza! – exclamou Ellie. – É um... é um... – Ela olhou para Charles, que não ajudou em nada. – Lindo coelho?

– Exatamente.

Ellie soltou um suspiro aliviado.

– Vi um no jardim. Achei que gostaria das orelhas dele.

– Eu gosto. Adoro suas orelhas. São bem pontudas.

O rosto de Judith ficou sério.

– Mamãe disse que você bebeu leite estragado.

– Sim, receio que tenha me dado uma terrível dor de estômago.

– Você sempre deve cheirar o leite antes de beber – instruiu Judith. – Sempre.

– Farei isso de agora em diante. – Ellie deu um tapinha na mão da menina. – Agradeço seu conselho.

Judith assentiu.

– Sempre dou bons conselhos.

Ellie abafou uma risada.

– Venha aqui, querida, e me dê um abraço. Será meu melhor remédio.

Judith subiu na cama e aconchegou-se ao abraço de Ellie.

– Gostaria de um beijo?

– Ah, sim.

– Isso vai fazê-la melhorar – afirmou a pequena, dando um beijo estalado na bochecha de Ellie. – Talvez não imediatamente, mas vai.

Ellie acariciou os cabelos dela.

– Tenho certeza disso, querida. Aliás, estou começando a me sentir melhor.

Parado num canto, observando em silêncio a esposa e a prima, Charles sentiu o coração transbordar. Ellie ainda se recuperava do pior ataque de intoxicação alimentar que ele já testemunhara, e, mesmo assim, ali estava ela, aconchegando a prima.

Ela era incrível. Não havia outra maneira de descrevê-la. E, como se isso não bastasse, ainda seria a melhor mãe que a Inglaterra já vira. Que diabo, ela já era a melhor esposa!

Charles sentiu os olhos úmidos, e de repente percebeu que precisava lhe dizer que a amava. E tinha que fazê-lo naquele instante. Ou então tinha certeza de que seu coração explodiria. Ou seu sangue ferveria. Ou todo o seu cabelo cairia. Tudo o que sabia era que as palavras "Eu amo você" estavam prestes a jorrar dele, e era preciso dizê-las em voz alta. Simplesmente não era algo que pudesse conter em seu coração por mais tempo.

Ele não sabia ao certo se aquele sentimento era correspondido, mas tinha a impressão de que, se ela não o retribuía, pelo menos sentia algo próximo de amor. E isso seria suficiente para ele no momento. Tinha muito tempo para fazê-la amá-lo. A vida inteira, na realidade.

Charles começava a apreciar o aspecto permanente do vínculo matrimonial.

– Judith – disse ele de repente –, preciso falar com Ellie agora.

Judith olhou para ele sem renunciar ao seu lugar nos braços de Ellie.

– Pode falar.

– Preciso falar com ela *em particular*.

Judith bufou, saiu da cama e, franzindo o nariz para Charles, disse à Ellie:

– Estarei no meu quarto se precisar de mim.

– Vou me lembrar disso – replicou Ellie com seriedade.

Judith foi até a porta, parou, correu de volta até Charles e beijou rapidamente as costas de sua mão.

– Porque você é meio mal-humorado – explicou ela. – E devia ser mais bem-humorado.

Ele bagunçou o cabelo da menina.

– Obrigado, querida. Vou tentar me comportar.

Judith sorriu e saiu depressa do quarto, deixando a porta bater atrás dela.

Ellie olhou para Charles.

– Você parece muito sério.

– E estou – falou ele, achando que a própria voz soava engraçada.

Maldição, ele se sentia um jovem inexperiente. Não sabia por que estava tão nervoso. Não tinha dúvida de que Ellie tinha algum carinho por ele. A questão era que ele nunca dissera "Eu amo você" antes.

Mas que diabo! Ele nunca esperara perder seu coração justamente para uma esposa. Respirou fundo.

– Ellie – começou ele.

– Mais alguém ficou doente? – perguntou ela, o rosto preocupado. – O creme...

– Não! Não é isso. É que preciso lhe dizer uma coisa e... – ele aparentava estar bastante constrangido – e não sei como fazer isso.

Ellie mordeu o lábio inferior, sentindo-se de repente muito infeliz. Achou que seu casamento estava progredindo bem, e agora ele parecia prestes a pedir o divórcio! O que era absurdo, é claro – um homem em sua posição nunca pediria o divórcio, mas, de qualquer forma, Ellie tinha uma sensação ruim.

– Quando nos casamos – recomeçou ele –, eu tinha algumas ideias sobre o que queria do casamento.

– Eu sei – interrompeu Ellie, o pânico crescendo dentro dela. Ele deixara suas ideias bem claras, e seu coração batia descompassado só de pensar naquilo. – Mas se parar para pensar, perceberá que...

Charles levantou a mão.

– Por favor, deixe-me terminar. Isso é muito difícil para mim.

Também era difícil para ela, pensou Ellie, aborrecida por ele não a deixar dizer o que pensava.

– O que estou tentando dizer é... Raios. – Ele passou a mão pelo cabelo. – Isso é mais difícil do que eu esperava.

Que bom, pensou ela. Se ele ia partir seu coração, preferia que não fosse fácil.

– O que estou tentando dizer é que eu estava enganado. Não quero uma esposa que...

– Você não quer uma esposa? – repetiu ela com voz sufocada.

– Não! – gritou ele. Então continuou em um tom mais normal: – Não quero uma esposa que olhe para o outro lado se eu me desviar.

– Você quer que eu *assista*?

– Não, quero que fique furiosa.

Ellie estava à beira das lágrimas.

– Você quer me irritar? E me magoar?

– Não. Ah, Deus, você entendeu tudo errado. Não quero ser infiel. *Não serei infiel*. Só quero que me ame tanto que, se eu fosse, o que não vai acontecer, você iria querer me esquartejar.

Ellie apenas olhou para ele enquanto digeria suas palavras.

– Entendo.

– Entende? Entende mesmo? Porque o que estou dizendo é que eu amo você e, embora tenha muita esperança de que retribua o sentimento, está tudo bem se ainda não for o caso. Mas preciso que me diga que posso ter esperança, que vai se importar comigo, que...

Um som abafado saiu da garganta de Ellie e ela cobriu o rosto com as mãos. Ela tremia tanto que ele não sabia o que pensar.

– Ellie? – chamou ele com urgência. – Ellie, meu amor, diga alguma coisa. Por favor, fale comigo.

– Ah, Charles – disse ela enfim. – Você é tão idiota.

Ele recuou, seu coração e sua alma doendo mais do que imaginava ser possível.

– É *claro* que eu amo você. Isso está praticamente escrito na minha testa.

Charles ficou boquiaberto.

– Ama?

– Amo.

Era difícil ouvir a voz dela, que falava em meio a risos e lágrimas.

– Na verdade, achei que pudesse me amar – disse ele, provocando-a ao adotar sua expressão de libertino preferida. – Nunca tive problemas com as mulheres antes e...

– Ah, pare! – ordenou ela, atirando um travesseiro nele. – Não arruine este momento perfeito fingindo que orquestrou tudo.

– Ah, é? – Ele ergueu uma sobrancelha. – Então o que devo fazer? Fui um libertino a minha vida inteira. Estou um pouco perdido agora que me regenerei.

– O que você deve fazer – falou Ellie, sentindo uma alegria tomar conta do seu ser – é vir aqui para esta cama e me dar um grande abraço. O maior que você já deu.

Ele se sentou rápido ao seu lado.

– E, então – continuou ela, a alegria agora em seu rosto, em seus olhos, até mesmo em seus cabelos e pés –, deveria me beijar.

Ele se inclinou e beijou-a com suavidade nos lábios.

– Assim?

Ela balançou a cabeça.

– Esse beijo foi comportado demais, e você se esqueceu de me abraçar primeiro.

Ele a envolveu em seus braços e puxou-a para o colo.

– Se eu pudesse abraçá-la assim para sempre, eu faria – sussurrou ele.

– Mais forte.

Ele riu.

– Seu estômago... eu não quero...

– Meu estômago está totalmente recuperado – afirmou ela com um suspiro. – Deve ser o poder do amor.

– Acha mesmo? – perguntou ele, rindo.

Ela fez uma careta.

– Essa foi a coisa mais sentimental que eu já disse, não é?

– Não a conheço há tempo suficiente para fazer esse julgamento, mas, dada a sua natureza franca, eu me arriscaria a concordar.

– Bem, não me importo. Estava falando sério. – Ela atirou os braços em volta dele e o abraçou com força. – Não sei como aconteceu porque nunca esperei me apaixonar por você, mas me apaixonei. E, se isso faz meu estômago melhorar, ótimo.

O corpo de Charles tremeu com uma risada.

– O amor deveria ser divertido? – perguntou Ellie.

– Eu duvido, mas não pretendo reclamar.

– Pensei que deveria me sentir torturada, angustiada e todas aquelas besteiras.

Ele segurou o rosto dela e a fitou, sério.

– Desde que se tornou minha esposa, você foi queimada, sofreu uma terrível intoxicação alimentar, e nem vou listar tudo que Claire fez contra você. Acho que já teve sua cota no campo da tortura e da angústia.

– Bem, é verdade que me senti angustiada e torturada em um momento ou outro – admitiu ela.

– Mesmo? Quando foi isso?

– Quando percebi que amava você.

– A ideia foi tão horrível assim? – provocou ele.

Ela olhou para as mãos.

– Lembrei-me daquela terrível lista que escreveu antes de nos casarmos, desejando uma esposa que olhasse para o outro lado quando você se desviasse.

Ele gemeu.

– Eu era louco. Não, eu não era louco. Era idiota. E simplesmente não a conhecia.

– Tudo em que eu conseguia pensar era que nunca poderia ser a esposa passiva e tolerante que você queria e que seria muito infeliz se você fosse infiel. – Ela balançou a cabeça. – Eu poderia jurar que conseguia *ouvir* meu coração se partindo.

– Isso nunca acontecerá – assegurou-lhe ele. Então olhou-a com ar desconfiado. – Espere um segundo. Por que isso lhe fez sentir apenas um instante ou outro de agonia? Eu achava que a perspectiva de minha infidelidade valeria pelo menos um dia inteiro de sofrimento.

Ellie riu.

– Só fiquei angustiada até me lembrar de quem eu sou. Sempre consegui o que queria quando me esforcei. Então decidi me esforçar por você.

As palavras dela não eram exatamente poesia, mas o coração de Charles se alegrou mesmo assim.

– Aaaaah! – exclamou ela. – Até fiz uma lista.

– Tentando me vencer no meu próprio jogo, não é?

– Tentando *ganhar* de você em seu próprio jogo. Está na gaveta de cima da minha escrivaninha. Vá buscá-la para eu ler para você.

Charles saiu da cama, estranhamente emocionado por ela ter adotado seu hábito de fazer listas.

– Devo ler ou prefere ler você mesma em voz alta? – perguntou ele.

– Ah, eu posso... – De repente ela congelou e ficou muito vermelha. – Na verdade, pode ler se quiser. Para si mesmo.

Ele encontrou a lista e voltou para o lado dela. Se Ellie havia colocado algo tão excitante que ficara com vergonha de ler em voz alta, aquilo seria interessante. Ele olhou para sua bonita caligrafia e para as frases numeradas com cuidado e decidiu torturá-la. Entregou-lhe a folha de papel:

– Acho que você deveria ler. Afinal, é sua primeira lista.

Ela ficou ainda mais vermelha, o que para ele não parecia ser possível. Charles achou muito divertido.

– Está bem – murmurou ela. – Mas você não pode rir de mim.

– Não faço promessas que não posso cumprir.

– Patife.

Charles recostou-se nos travesseiros, descansando a cabeça nas mãos.

– Comece.

Ellie limpou a garganta.

– Bem, a lista se chama: "Como fazer Charles perceber que me ama."

– Surpreendentemente, o tonto conseguiu perceber tudo sozinho.

– Sim – concordou Ellie –, o tonto percebeu.

Ele abafou um sorriso.

– Não vou interromper de novo.

– Pensei que tivesse dito que não faz promessas que não pode cumprir.

– *Tentarei* não interromper de novo – corrigiu ele.

Ellie lançou-lhe um olhar incrédulo, então leu:

– "Número um: impressioná-lo com minha perspicácia financeira."

– Fiquei impressionado com isso desde o começo.

– "Número dois: demonstrar que posso administrar com competência a casa."

Ele coçou a cabeça.

– Por mais que aprecie os aspectos práticos de sua personalidade, não são sugestões muito românticas.

– Eu ainda estava pegando o jeito – explicou ela. – Levei um pouco de tempo para entrar no verdadeiro espírito da tarefa. Continuando: "Número três: pedir à Sra. Smithson para enviar mais lingerie de seda."

– Essa, sim, é uma ideia que posso endossar sem reservas.

Ela olhou para ele meio de lado, mal desviando o rosto da lista.

– Pensei que não fosse interromper.

– Eu disse que tentaria, e isso não se qualifica como interrupção. Você já tinha terminado a frase.

– Sua habilidade verbal me impressiona.

– Fico encantado em ouvir isso.

– "Número quatro: certificar-me de que ele perceba como sou boa com Judith para que veja como serei uma boa mãe." – Então dirigiu-se a ele com uma expressão preocupada. – Mas não quero que pense que esse é o único motivo para eu passar tempo com Judith. Eu a amo muito.

Ele colocou sua mão sobre a dela.

– Eu sei. E sei que será uma mãe maravilhosa. Fico emocionado só de pensar nisso.

Ellie sorriu, absurdamente satisfeita com o elogio.

– Você também será um excelente pai. Tenho certeza.

– Devo confessar que nunca tinha pensado muito no assunto. O único interesse era o fato de precisar ter um herdeiro, mas agora... – Os olhos dele ficaram enevoados. – Agora percebo que há algo mais. Algo lindo e surpreendente.

Ela se aconchegou a ele.

– Ah, Charles. Fico tão feliz que tenha caído daquela árvore.

Ele sorriu.

– E eu fico feliz que você estivesse ali embaixo. Tenho, sem dúvida, uma mira excelente.

– E grande modéstia também.

– Leia o último item da lista, por favor.

As bochechas dela ficaram rosadas.

– Ah, não é nada. Na verdade não importa, já que não preciso fazê-lo perceber que me ama. Como você disse, percebeu tudo sozinho.

– Leia, esposa, ou vou amarrá-la à cama.

Ela o fitou espantada, e um som estranho e abafado escapou dos seus lábios.

– Ah, não me olhe assim. Eu não a prenderia com força.

– Charles!

Ele revirou os olhos.

– Acho que você não teria como saber sobre tais coisas.

– Não, não é isso. Eu... bem... Talvez você deva ler o item cinco da minha lista – disse ela, empurrando o papel em sua direção.

Charles olhou para baixo e leu:

– "Número cinco: Amarre-o à..."

Ele se desmanchou em uma rouca gargalhada antes mesmo de pronunciar o *c* da palavra *cama*.

– Não é o que você está pensando!

– Querida, se sabe o que estou pensando, é muito menos inocente do que eu imaginava.

– Bem, não é o mesmo que você pretendia dizer quando falou... Pare de rir, eu vou explicar!

Ele poderia ter respondido, mas era difícil falar alguma coisa rindo daquele jeito.

– O que eu queria dizer com o número cinco – resmungou ela – era que você parece bastante encantado por mim quando estamos... *você sabe*... e pensei que, se eu pudesse mantê-lo aqui...

Ele estendeu os pulsos.

– Pode me prender, milady.

– Eu estava falando metaforicamente!

– Eu sei – disse ele com um suspiro. – E é uma pena.

Ela tentou não rir.

– Eu deveria desaprovar esse tipo de conversa...

– Mas sou tão encantador – completou ele com um sorriso cafajeste.

– Charles?

– Sim?

– Meu estômago...

O rosto dele ficou sério.

– Sim?

– Parece normal.

– E com isso você quer dizer...?

Ela abriu um sorriso sedutor.

– Exatamente o que você pensou. E, desta vez, sei *mesmo* o que está pensando. Sou *muito* menos inocente do que era há uma semana.

Ele se inclinou e tomou sua boca em um longo beijo.

– Graças a Deus.

Ellie envolveu-o em seus braços, deleitando-se com o calor do corpo dele.

– Senti sua falta na noite passada – murmurou ela.

– Você não estava nem consciente na noite passada – rebateu ele, saindo de seu abraço. – E terá que sentir minha falta por um pouco mais de tempo.

– O quê?

Ele se afastou e ficou de pé.

– Acha que sou um patife tão grande que tiraria proveito de você nesta condição?

– Na verdade, *eu* estava esperando tirar proveito de você – murmurou ela.

– Você temia que eu pudesse falhar como marido por não ser capaz de controlar meus instintos mais básicos – explicou ele. – Se isso não é uma excelente demonstração de autocontrole, então não sei o que é.

– Não precisa controlá-los *comigo*.

– Ainda assim, Ellie, terá que aguardar alguns dias.

– Você é insensível.

– E você só está frustrada. Vai superar isso.

Ellie cruzou os braços e encarou-o, furiosa.

– Peça para Judith voltar. Acho que prefiro a companhia dela.

Ele riu.

– Amo você.

– Também amo você. Agora saia antes que eu atire algo na sua cabeça.

CAPÍTULO 21

O voto de abstinência temporário de Charles era só isso – temporário –, e logo ele e Ellie voltaram aos seus hábitos de recém-casados.

Mas ainda tinham suas atividades independentes, e, certo dia, enquanto Ellie examinava as páginas sobre finanças, Charles decidiu cavalgar por sua propriedade. O tempo estava inesperadamente quente e ele queria aproveitar o sol antes que ficasse frio demais para fazer longos passeios a cavalo. Ele adoraria ter levado Ellie, mas ela não sabia cavalgar e se recusava a começar a aprender antes da primavera, quando o tempo estaria mais quente e o terreno menos duro.

– Vou cair muitas vezes – explicara ela –, então é melhor fazer isso quando o chão estiver mais macio.

Charles riu ao se lembrar de Ellie enquanto montava em seu cavalo e saía em um trote tranquilo. Sua esposa, com certeza, tinha uma veia prática. Era uma das coisas que mais amava nela.

Nos últimos dias, parecia estar sempre pensando em Ellie. Era constrangedora a frequência com que as pessoas estalavam os dedos à sua frente porque ele estava olhando para o nada. Não conseguia evitar. Bastava pensar nela para exibir um sorriso bobo e suspirar como um idiota.

Charles se perguntou se a alegria do amor verdadeiro desapareceria com o tempo. Esperava que não.

Ao chegar no final do caminho, já se lembrara de três comentários engraçados que Ellie fizera na noite anterior, ficara pensando em seu rosto quando abraçava Judith e fantasiara sobre o que iria fazer com ela na cama à noite.

Esse devaneio, em particular, fez seu corpo arder de desejo e seus reflexos ficarem um pouco embotados, o que provavelmente impediu que ele percebesse de imediato quando seu cavalo começou a ficar agitado.

– Pare, Whistler. Calma, garoto – pediu ele, puxando as rédeas.

Mas o cavalo não lhe deu atenção, bufando de medo e dor.

– Mas que diabo está acontecendo?

Charles inclinou-se e tentou acalmar Whistler dando-lhe tapinhas no pescoço longo. Isso não pareceu ajudar, e logo Charles lutava apenas para conseguir ficar em cima da montaria.

– Whistler! Whistler! Calma, garoto!

Nada. Num minuto, Charles tinha as rédeas nas mãos, no instante seguinte, estava voando pelo ar, mal tendo tempo de dizer "maldição!" antes de aterrissar em cima de seu tornozelo direito – o mesmo que machucara no dia em que conhecera Ellie.

E então ele gritou "maldição!" muitas e muitas vezes. Praguejar não ajudava a aliviar a dor que tomava sua perna nem a acalmar seus ânimos, mas ele continuou berrando mesmo assim.

Whistler relinchou uma última vez e saiu em direção a Wycombe Abbey a todo galope, abandonando Charles com um tornozelo que, ele temia, não suportaria seu peso.

Murmurando uma surpreendente variedade de imprecações, ficou de quatro e se arrastou até um toco de árvore próximo, onde se sentou e praguejou um pouco mais. Tocou o tornozelo por cima da bota e não se espantou ao notar que inchava rapidamente. Tentou tirar a bota, mas a dor era demais. Maldição. Teria que cortar o couro. Outro perfeito par de botas arruinado.

Charles gemeu, pegou um galho que poderia lhe servir como bengala e começou a mancar de volta para casa. Seu tornozelo o estava matando de tanta dor, mas ele não via o que mais poderia fazer. Dissera à Ellie que ficaria fora por várias horas, portanto ninguém notaria sua ausência por algum tempo.

Seu progresso era lento e pouco firme, mas, por fim, avistou Wycombe Abbey.

Felizmente, também viu Ellie, que vinha correndo em sua direção enquanto chamava seu nome.

– Charles! – gritou ela. – Graças a Deus! O que aconteceu? Whistler voltou, ele está sangrando e...

Assim que o alcançou, parou de falar para recuperar o fôlego.

– Whistler está sangrando? – perguntou ele.

– Sim. O cavalariço não sabe bem por que, e eu não sabia o que tinha acontecido com você e... *O que* aconteceu com você?

– Whistler me derrubou. Torci o tornozelo.

– De novo?

Ele olhou com tristeza para o pé direito.

– O mesmo. Imagino que ainda estivesse fraco da lesão anterior.

– Dói?

Ele olhou para ela como se fosse uma tonta.

– Como o diabo.

– Ah, claro, imagino que sim. Apoie-se em mim. Vamos voltar juntos para Abbey.

Charles passou o braço sobre o ombro dela, apoiando-se para mancar de volta para casa.

– Por que me sinto como se estivesse revivendo um sonho ruim? – perguntou-se em voz alta.

Ellie riu.

– Nós já fizemos isso antes, não é? Mas, se parar para pensar, não teríamos nos conhecido se você não tivesse torcido o tornozelo da última vez. E você não teria me pedido em casamento se eu não tivesse cuidado da sua lesão com tanto carinho e atenção.

– Carinho e atenção! – resmungou ele. – Você estava soltando fogo pelas ventas.

– Bem, não poderíamos deixar o paciente sentir pena de si mesmo, não é?

Ao se aproximarem da casa, Charles disse:

– Quero ir aos estábulos ver por que Whistler está sangrando.

– Pode ir depois que eu cuidar do seu pé.

– Cuide lá nos estábulos. Tenho certeza de que alguém ali terá uma faca para você cortar a bota.

Ellie parou.

– Insisto que volte para casa onde poderei verificar direito se tem algum osso quebrado.

– Não quebrei nenhum osso.

– Como sabe?

– Já quebrei antes. Sei como é.

Então a puxou, tentando fazer com que se dirigissem para os estábulos, mas ela parecia ter criado raízes.

– Ellie – grunhiu ele. – Vamos.

– Descobrirá que sou mais teimosa do que pensa.

– Se isso é verdade, estou em grandes apuros – murmurou ele.

– O que quer dizer?

– Quer dizer que eu diria que é tão teimosa quanto uma mula, mulher, só que isso poderia insultar a mula.

Ellie se afastou, deixando-o cair.

– Não acredito que disse isso!

– Ah, pelo amor de Deus – resmungou ele, esfregando o cotovelo que batera ao cair. – Vai me ajudar a chegar aos malditos estábulos ou tenho que ir mancando até lá sozinho?

A resposta dela foi dar meia-volta e seguir em direção a Wycombe Abbey.

– Mas que mulher teimosa como uma mula – queixou-se ele.

Felizmente ainda tinha o galho para lhe servir de bengala, e alguns minutos depois desabou em um banco nos estábulos.

– Alguém me traga uma faca! – gritou ele.

Se não tirasse a maldita bota, seu pé ia explodir.

Um cavalariço chamado James correu e entregou-lhe a faca.

– Whistler está sangrando, milorde – informou James.

– Fiquei sabendo.

Charles se encolheu ao começar a cortar o couro de seu segundo melhor par de botas. O melhor já fora destruído por Ellie.

– O que aconteceu?

Thomas Leavey, que administrava os estábulos e, na opinião de Charles, era um dos melhores conhecedores de cavalo do país, aproximou-se.

– Encontramos isso sob a sela.

Charles ficou sem ar. Leavey tinha em sua mão um prego amassado e enferrujado. Não era muito longo, mas o peso de Charles na sela teria sido suficiente para cravá-lo nas costas de Whistler, causando uma agonia indescritível ao animal.

– Quem selou meu cavalo? – perguntou Charles.

– Eu.

Charles olhou para seu confiável administrador. Sabia que Leavey nunca faria nada para machucar um cavalo, e muito menos um humano.

– Tem alguma ideia de como isso pode ter acontecido?

– Deixei Whistler sozinho em sua baia por um ou dois minutos antes de o senhor vir buscá-lo. Meu único palpite é que alguém entrou aqui escondido e colocou o prego sob a sela.

– Mas quem diabo faria algo assim? – indagou Charles.

Ninguém tinha uma resposta.

– Não foi um acidente – declarou Leavey por fim. – Disso, eu sei. Algo assim não acontece por acidente.

Charles sabia que era verdade. Alguém deliberadamente tentara feri-lo. Sentiu, então, o sangue gelar. Alguém o queria morto.

Enquanto digeria esse terrível fato, Ellie entrou pisando duro no local.

– Sou uma pessoa muito boa – anunciou ela, sem se dirigir a alguém em especial.

Os funcionários do estábulo apenas olharam para ela, sem saber direito como responder.

Ela se aproximou de Charles.

– Dê-me a faca – ordenou ela. – Cuidarei da sua bota.

Ele a entregou à esposa sem dizer uma palavra, ainda em choque com o recente atentado contra sua vida.

Ellie se sentou de forma pouco elegante aos seus pés e começou a serrar a bota.

– Na próxima vez que me comparar com uma mula – sibilou ela –, é melhor achar a mula insatisfatória.

Charles nem conseguiu rir.

– Por que Whistler estava sangrando? – perguntou ela.

Ele trocou um olhar com Leavey e James. Não queria que ela soubesse do atentado à sua vida. Teria que conversar com os dois assim que ela fosse embora, pois, se dissessem uma palavra sobre aquilo a alguém, Ellie ficaria sabendo a verdade antes do anoitecer. As fofocas corriam rápido no campo.

– Foi só um arranhão – informou Charles. – Ele deve ter se espetado em um galho enquanto corria para casa.

– Não sei muito sobre cavalos – disse ela, sem tirar os olhos de seu trabalho com a bota –, mas isso me parece estranho. Whistler precisaria acertar o galho com muita força para sangrar.

– É, suponho que sim.

Ela tirou a bota destruída do pé do marido.

– Não consigo imaginar como ele teria acertado um galho correndo pela estrada principal ou pelo caminho até aqui. Os dois são mantidos bem limpos.

Ela o pegara. Charles olhou para Leavey em busca de ajuda, mas ele apenas deu de ombros.

Ellie tocou o tornozelo dele com suavidade, verificando o inchaço.

– Além disso – completou ela –, faz mais sentido que tenha sofrido a lesão antes de derrubá-lo. Deve haver alguma explicação para esse comportamento. Ele nunca o derrubou antes, não é?

– Não – respondeu Charles.

Ela torceu ligeiramente o tornozelo dele.

– Isso dói?

– Não.

– E isso? – perguntou, torcendo-o em uma direção diferente.

– Não.

– Que bom – disse ela, soltando o pé de Charles e encarando-o. – Acho que está mentindo para mim.

Charles notou que, de modo conveniente, Leavey e James haviam desaparecido.

– O que aconteceu de fato com Whistler, Charles? – Como ele não respondeu logo, ela o fitou, séria, e acrescentou: – E lembre-se de que sou tão teimosa quanto uma mula. Então saiba que não vai a lugar algum antes de me dizer a verdade.

Charles deixou escapar um suspiro cansado. Havia desvantagens em se ter uma esposa tão inteligente. Era melhor ela ficar sabendo da história por ele. Então contou-lhe a verdade e mostrou o prego enferrujado que Leavey deixara no banco ao seu lado.

Ellie torceu as luvas nas mãos. Ela as tirara antes de cuidar do tornozelo de Charles, e agora estavam muito amassadas. Depois de uma longa pausa, falou:

– O que esperava ganhar escondendo isso de mim?

– Só queria protegê-la.

– Da verdade? – indagou com voz ríspida.

– Não queria que se preocupasse.

– Você não queria que eu me preocupasse.

Ele achou que ela soava estranhamente calma.

– Você não queria que eu me *preocupasse*?

Então achou que soava um pouco estridente.

– Você não queria que eu me *PREOCUPASSE*?

Charles acreditava que, agora, metade dos funcionários de Wycombe Abbey podia ouvi-la gritar.

– Ellie, meu amor...

– Não tente sair dessa me chamando de "meu amor" – esbravejou ela. – Como se sentiria se eu mentisse para você sobre algo importante assim? Como se sentiria?

Ele abriu a boca para falar, mas, antes que pudesse dizer qualquer coisa, ela berrou:

– Vou lhe dizer como se sentiria. Ficaria tão furioso que iria querer me *estrangular*!

Charles pensou que ela provavelmente estava certa, mas não via motivo para admitir isso naquele momento.

Ellie respirou fundo e pressionou os dedos contra as têmporas.

– Tudo bem, Ellie – disse a si mesma –, acalme-se. Matá-lo agora seria contraproducente. – Ela olhou para trás. – Vou me controlar porque esta é uma situação terrível e séria. Mas não pense que não estou furiosa com você.

– Não há a menor chance disso.

– Não brinque com isso – disparou ela. – Alguém tentou matá-lo. E se não descobrirmos quem e por que, você pode acabar morto.

– Eu sei – disse ele baixinho –, e é por isso que vou contratar proteção extra para você, Helen e as meninas.

– Não somos *nós* que precisamos de proteção extra! É a sua vida que está em perigo.

– Também serei mais cuidadoso.

– Santo Deus, isso é horrível. Por que alguém iria querer matá-lo?

– Não sei, Ellie.

Ela esfregou as têmporas de novo.

– Minha cabeça dói.

Ele pegou sua mão.

– Por que não voltamos para casa?

– Agora não. Estou pensando – informou ela, soltando a mão dele.

Charles desistiu de tentar seguir o zigue-zague de seu raciocínio.
De repente, ela o fitou.
– Aposto que queriam envená-lo.
– O quê?
– O creme. Não era leite estragado. Monsieur Belmont ficou dias furioso por sugerirmos isso. Alguém envenenou o creme, que destinava-se a você, não a mim. Todos sabem que é sua sobremesa favorita. Você mesmo me disse.
Ele a encarou, atônito.
– Você está certa.
– Sim, e eu não ficaria surpresa se o acidente de carruagem, quando estava me cortejando, também tenha sido... Charles? Charles? – Ellie engoliu em seco. – Você parece estar passando mal.
Charles sentiu-se invadido por uma fúria diferente de tudo que experimentara na vida. Saber que alguém tentara matá-lo já era ruim. Saber que Ellie fora pega na linha de fogo o fazia querer assassinar alguém.
Ele olhou para Ellie como se tentasse gravar o rosto dela em sua mente.
– Não vou deixar nada acontecer com você – prometeu ele.
– Quer fazer o favor de parar de pensar em mim? É você que estão tentando matar.
Tomado pela emoção, ele se levantou e puxou-a para junto de seu corpo, esquecendo-se completamente de seu tornozelo machucado.
– Ellie, eu... Aaai!
– Charles!
– Maldito tornozelo. Não consigo nem beijá-la direito. Eu... Não ria.
Ela balançou a cabeça.
– Não me diga para não rir. Alguém está tentando matá-lo. Preciso de todas as risadas possíveis.
– Colocando dessa maneira...
Ela lhe estendeu a mão.
– Vamos voltar para casa. Precisamos colocar algo gelado em seu tornozelo para diminuir o inchaço.
– Como diabo vou descobrir quem é o assassino se não posso nem andar?
Ellie se esticou e beijou sua bochecha. Ela sabia como era horrível sentir-se impotente, mas tudo o que podia fazer era confortá-lo.
– Você não pode – disse ela. – Terá que esperar alguns dias. Nesse momento, vamos nos concentrar em manter todo mundo seguro.

– Não vou ficar parado enquanto...

– Você não vai ficar parado – assegurou-lhe ela. – Precisamos pensar em nossa proteção. Quando nossas defesas estiverem prontas, seu tornozelo já estará bem melhor. E então você poderá – acrescentou ela, estremecendo – procurar seu inimigo. Embora eu prefira que o espere vir até você.

– O quê?

Ela insistiu para que Charles começasse a se mover lentamente em direção à casa.

– Não temos a menor ideia de quem seja. Então é melhor ficar em Wycombe Abbey, onde você estará seguro, até que ele se revele.

– Você estava em Abbey quando foi envenenada – lembrou ele.

– Eu sei. Precisamos reforçar nossa segurança. Mas certamente é mais seguro aqui do que em qualquer outro lugar.

Ele sabia que ela estava certa, mas se sentia atormentado por ter que ficar ali sentado sem fazer nada. E ficar sentado era tudo o que poderia fazer com aquele maldito tornozelo. Charles resmungou algo para mostrar que concordava e continuou a mancar até em casa.

– Por que não vamos pela entrada lateral? – sugeriu Ellie. – Podemos ver se a Sra. Stubbs nos arruma uma boa peça de carne.

– Não estou com fome – murmurou ele.

– Para o seu tornozelo.

Ele não disse nada. Detestava sentir-se tolo.

Na metade do dia seguinte, Charles se sentia um pouco mais no controle da situação. Podia não estar bem o suficiente para caçar seu inimigo, mas pelo menos conseguira agir como detetive.

Ao interrogar a equipe da cozinha, descobrira que uma criada recém-contratada desaparecera misteriosamente na noite do envenenamento de Ellie. Ela fora admitida apenas uma semana antes. Ninguém se lembrava se tinha sido ela quem levara o creme até o quarto principal; por outro lado, ninguém se recordava de ter feito isso. Portanto, Charles achou que era seguro presumir que a criada desaparecida tivera tempo suficiente para alterar a comida.

Ele mandara seus homens vasculharem a área, mas não ficara surpreso quando não encontraram vestígios dela. Era bem provável que já estivesse a caminho da Escócia com o ouro que, sem dúvida, recebera para colocar o veneno.

Charles também instituíra novas medidas para proteger a família, como proibir Claire e Judith de deixar a casa. Ele teria imposto o mesmo decreto para Ellie e Helen se achasse que seria bem-sucedido. Felizmente, as duas mulheres pareciam inclinadas a ficar dentro de casa, nem que fosse para manter Judith entretida e ela não se queixar de não poder montar seu pônei.

Mas ainda não se sabia nada sobre a pessoa que colocara o prego sob a sela de Charles. Ele achou isso frustrante e decidiu inspecionar os estábulos pessoalmente em busca de pistas. Resolveu não contar a Ellie o que iria fazer, para não preocupá-la. Por isso, enquanto ela estava ocupada tomando chá com Helen, Claire e Judith, ele pegou o casaco, o chapéu e a bengala e saiu mancando.

Os estábulos estavam silenciosos quando chegou. Leavey estava fora exercitando um dos garanhões, e Charles imaginou que o restante dos funcionários estivesse fazendo a refeição da tarde. Achou ótimo poder ficar ali sozinho, pois poderia inspecionar de forma minuciosa o local sem ninguém olhando por cima do seu ombro.

Mas, para sua frustração, sua busca não resultou em novas pistas. Charles já se preparava para voltar para Wycombe Abbey quando ouviu alguém entrar pela porta exterior em direção aos estábulos.

Devia ser Leavey. Charles precisava avisá-lo de que andara bisbilhotando. Leavey havia sido instruído a ficar atento a qualquer ocorrência fora do comum, e, se Charles tivesse bagunçado alguma coisa durante sua busca, o chefe do estábulo notaria e ficaria preocupado.

– Leavey! – chamou Charles. – É Billington. Eu vim para...

Charles ouviu um barulho atrás de si. Virou-se, porém não viu nada.

– Leavey?

Nenhuma resposta.

Seu tornozelo começou a latejar, como se para lembrá-lo de que estava machucado e incapaz de correr.

Outro barulho.

Charles virou o corpo, mas desta vez tudo o que viu foi o cano de um rifle girando em direção à sua cabeça.

E então não enxergou mais nada.

CAPÍTULO 22

Ellie não sabia direito por que começara a se preocupar. Nunca se considerara uma pessoa dada a fantasias, mas não gostou da maneira como o céu nublou de repente. Ela estremeceu, com um medo irracional, e sentiu uma necessidade intensa de estar com Charles.

Mas, quando desceu ao escritório do marido, ele não estava lá. Seu coração bateu descompassado ao ver que a bengala dele também não se encontrava ali. Bem, se Charles tivesse sido sequestrado, os bandidos certamente não teriam levado sua bengala.

Maldição, ele só podia ter saído para investigar.

E, ao perceber que haviam se passado mais de três horas desde a última vez que o vira, Ellie sentiu um frio terrível na barriga.

Começou a procurar pela casa, mas nenhum dos criados o vira. Nem Helen ou Claire. Na verdade, a única pessoa que parecia ter alguma ideia de seu paradeiro era Judith.

– Eu o vi pela janela – falou a menina.

– Viu? – perguntou Ellie, quase desfalecendo de alívio. – Aonde ele estava indo?

– Para os estábulos. Estava mancando.

– Ah, obrigada, Judith – disse Ellie, dando-lhe um rápido abraço.

Ela saiu correndo do quarto e desceu as escadas. Charles provavelmente só tinha ido aos estábulos para tentar descobrir quem tinha adulterado sua sela. Gostaria que ele tivesse lhe deixado um bilhete, mas estava tão aliviada em saber onde ele estava que não ficou com raiva de seu descuido.

Ao chegar ao seu destino, no entanto, não havia sinal de seu marido. Leavey supervisionava vários funcionários que estavam limpando as baias, no entanto, nenhum deles parecia saber do paradeiro do conde.

– Tem certeza de que não o viu? – perguntou Ellie pela terceira vez. – A Srta. Judith garantiu que ele entrou aqui.

– Deve ter sido quando estávamos exercitando os cavalos – informou Leavey.

– Quando foi isso?

– Há várias horas.

Ellie suspirou, impaciente. Onde estava Charles? E então seus olhos viram algo estranho. Algo vermelho.

– O que é isso? – sussurrou ela, ajoelhando-se e pegando um pequeno punhado de palha.

– O que, milady? – perguntou Leavey.

– É sangue – disse ela com a voz trêmula. – Na palha.

– Tem certeza?

Ela cheirou e assentiu.

– Ah, meu Deus. – Ellie olhou para Leavey, o rosto ficando pálido. – Santo Deus, alguém o levou!

O primeiro pensamento de Charles quando recuperou a consciência foi que nunca mais beberia de novo. Já estivera de ressaca antes, mas jamais sentira a cabeça latejar daquele jeito. Então lhe ocorreu que ainda era de tarde e ele não andara bebendo e...

Ele gemeu quando as lembranças começaram a voltar à sua mente. Alguém o atingira na cabeça com um rifle.

Abriu os olhos e correu-os à sua volta. Parecia estar no quarto de uma cabana abandonada. Os móveis eram antigos e estavam empoeirados, o ar cheirava a mofo. As mãos e os pés de Charles haviam sido amarrados, o que não o surpreendeu.

Na verdade, o que o surpreendeu foi o fato de não estar morto. Era óbvio que alguém queria matá-lo. Qual o sentido de sequestrá-lo primeiro? A menos, é claro, que seu inimigo quisesse revelar sua identidade a Charles antes de aplicar o golpe final.

Mas, ao fazer isso, o pretenso assassino concedera a Charles um pouco mais de tempo para planejar, e ele se comprometeu a escapar e levar o inimigo à justiça. Não sabia bem como faria isso, já que estava amarrado e, para piorar, com um tornozelo torcido, porém jamais deixaria este mundo poucas semanas depois de descobrir o amor verdadeiro.

A primeira providência era fazer algo com relação às cordas que prendiam suas mãos; por isso se arrastou pelo chão até uma cadeira quebrada que avistou num canto. A madeira lascada parecia bem afiada, e ele começou a esfregar a corda contra a borda. Ele levaria muito tempo para romper a grossa corda, mas seu coração se enchia de esperança a cada pedaço minúsculo que ele conseguia arrebentar.

Fazia cinco minutos que Charles tentava se soltar quando ouviu uma porta bater em outro cômodo da cabana; rapidamente colocou as mãos ao lado do corpo. Começou a se arrastar para o centro do quarto, onde tinha sido deixado inconsciente, mas depois decidiu ficar parado. Poderia fingir que se arrastara pelo quarto apenas para encostar na parede.

Charles ouviu vozes, mas não conseguiu entender o que seus sequestradores falavam. Captou um vestígio do sotaque do leste de Londres e deduziu que estava lidando com bandidos contratados. Simplesmente não fazia sentido que seu inimigo fosse do submundo de Londres.

Depois de um ou dois minutos, ficou evidente que seus sequestradores não tinham a intenção de ver como ele estava. Charles concluiu que deviam estar esperando a pessoa no comando, e voltou a trabalhar na corda.

Ele não tinha ideia de quanto tempo ficara ali sentado, movendo os pulsos para a frente e para trás na madeira lascada, mas ainda não tinha feito muito progresso quando ouviu uma porta bater de novo, desta vez seguida por uma voz nitidamente da classe alta.

Charles puxou as mãos de volta para junto do corpo e afastou a cadeira quebrada com o ombro. Se estivesse certo, seu inimigo iria querer vê-lo logo e...

A porta se abriu. Charles prendeu a respiração. Uma silhueta surgiu na entrada.

– Bom dia, Charles.

– *Cecil?*

– Eu mesmo.

Cecil. Seu primo dissimulado, aquele que sempre fazia fofoca quando eram crianças, aquele que sempre se divertira esmagando insetos.

– Você é um homem difícil de matar – declarou Cecil. – Percebi que eu mesmo teria que fazer isso.

Charles se deu conta de que deveria ter dado mais atenção à fixação de seu primo por insetos mortos.

– Mas que diabo pensa que está fazendo, Cecil? – perguntou.

– Garantindo meu lugar como o próximo conde de Billington.

Charles apenas olhou para ele.

– Mas você nem mesmo é o próximo na linha de sucessão. Se me matar, o título vai para Phillip.

– Phillip está morto.

Charles sentiu-se mal. Nunca gostara de Phillip, mas jamais lhe desejara mal.

– O que você fez com ele? – indagou com voz rouca.

– Não fiz nada. As dívidas com apostas do nosso querido primo o mataram. Acredito que um de seus agiotas tenha perdido a paciência. Ele foi retirado do Tâmisa ainda ontem.

– E imagino que você não tenha nada a ver com essas dívidas.

Cecil deu de ombros.

– Posso ter guiado Phillip na direção de um ou outro jogo. Mas sempre a pedido dele.

Charles praguejou baixinho. Deveria ter ficado atento ao primo, percebido que seu hábito de jogar estava se tornando um problema. Poderia ter combatido a influência de Cecil.

– Phillip deveria ter me procurado – disse ele. – Eu o teria ajudado.

– Não se repreenda, primo – falou Cecil, fazendo um som de reprovação. – Você não poderia ter feito muita coisa pelo querido Phillip. Tenho a sensação de que aqueles agiotas o pegariam mesmo que ele tivesse pagado as dívidas.

Charles sentiu um gosto amargo na boca quando percebeu o que Cecil queria dizer.

– Você o matou – sussurrou ele. – Jogou-o no Tâmisa e fez parecer que tinham sido os agiotas.

– Muito inteligente, não acha? Levei mais de um ano para executar esse plano; afinal, precisava me certificar de que as ligações de Phillip com o submundo de Londres fossem do conhecimento de todos. Planejei tudo com muito cuidado. – Ele fechou a cara. – Mas então você arruinou tudo.

– Porque nasci? – perguntou Charles, desconcertado.

– Ao se casar com aquela estúpida filha do vigário. Eu não ia matá-lo, sabe? Nunca me importei com o título. Estava apenas atrás do dinheiro. Estava só esperando você fazer 30 anos. Comemorei o testamento de seu pai desde o dia em que foi lido. Ninguém achou que você cumpriria aqueles termos. Você agiu de forma a irritá-lo por toda a sua vida.

– E então me casei com Ellie – disse Charles com a voz fraca.

– E eu tinha que matá-lo. Simples assim. Percebi o perigo quando começou a cortejá-la, por isso adulterei seu coche, mas você só ficou com alguns hematomas. Depois, arquitetei sua queda da escada... Devo lhe dizer que isso foi difícil. Precisei trabalhar muito rápido. E eu não teria conseguido se a escada já não estivesse em mau estado.

Charles lembrou-se da dor abrasadora que sentiu quando a escada quebrada rasgou sua pele, e estremeceu de raiva.

– Houve um pouco de sangue – continuou Cecil. – Eu estava observando da floresta. Achei que tivesse conseguido, até perceber que você só cortara o braço. Eu esperava uma ferida no peito.

– Lamento tê-lo desapontado – falou Charles, seco.

– Ah, sim, sua famosa sagacidade. Você possui excelente autocontrole.

– Preciso disso em momentos como este.

Cecil balançou a cabeça devagar.

– Sua sagacidade não o salvará desta vez, Charles.

Charles olhou fixamente nos olhos do primo.

– Como planeja fazer?

– De maneira limpa e rápida. Nunca tive a intenção de fazê-lo sofrer.

– O veneno que deu à minha esposa não caiu tão bem assim no estômago dela.

Cecil soltou um longo suspiro.

– Ela está sempre se metendo no caminho, embora tenha causado aquele incêndio interessante na cozinha. Se estivesse ventando mais naquele dia, sua esposa poderia ter feito o trabalho por mim. Soube que você lutou para conter as chamas.

– Deixe Ellie fora disso.

– De qualquer forma, peço desculpas pela ação terrível daquele veneno. Fui informado de que não seria doloroso. Creio que não era verdade.

Charles entreabriu os lábios, incrédulo.

– Não posso acreditar que está se desculpando.

– Sou um homem de boas maneiras... mas sem escrúpulos.

– Seu plano não vai dar certo – afirmou Charles. – Pode me matar, mas não vai herdar minha fortuna.

Cecil bateu o dedo na bochecha.

– Deixe-me ver. Você não tem filhos. Se morrer, eu me tornarei o conde. – Ele deu de ombros e riu. – Parece simples para mim.

– Você se tornará conde, mas não receberá o dinheiro. Tudo o que terá é a propriedade ligada ao título. Wycombe Abbey vale bastante, mas, como conde, você será legalmente impedido de vendê-la, e custa uma maldita

261

fortuna mantê-la. Seus bolsos ficarão ainda mais vazios do que estão agora. Por que diabo acha que eu estava tão desesperado para me casar?

Gotas de suor se formaram na testa de Cecil.

– Do que está falando?

– Minha fortuna vai para minha esposa.

– Ninguém deixa uma fortuna assim para uma mulher.

– Eu deixei – declarou Charles com um sorriso indolente.

– Está mentindo.

Ele estava certo, mas Charles não via nenhum motivo para informá-lo. De fato planejara alterar seu testamento e deixar sua fortuna para Ellie; só ainda não tinha conseguido fazer isso. Charles deu de ombros.

– É uma aposta que terá que fazer.

– É aí que se engana, primo. Posso matar sua esposa.

Charles sabia que ele ia dizer isso, mas sentiu o sangue ferver mesmo assim.

– Acha mesmo que pode matar o conde e a condessa de Billington, herdar o título e a fortuna e não ser suspeito dos dois assassinatos?

– Posso... se não forem assassinados.

Charles estreitou os olhos.

– Um acidente – explicou Cecil. – Um terrível e trágico acidente. Algo que tire os dois de seus amados parentes. Vamos todos lamentar demais. Vestirei preto durante um ano inteiro.

– Que gentil de sua parte.

– Maldição. Agora terei que mandar um daqueles idiotas – ele acenou com a cabeça na direção do outro cômodo – atrás de sua esposa.

Charles começou a lutar contra as cordas.

– Se tocar num fio de cabelo dela...

– Charles, acabei de lhe contar que vou *matá-la* – informou Cecil com uma risada. – Se eu fosse você, não me preocuparia muito com o cabelo dela.

– Você vai apodrecer no inferno por isso.

– Sem dúvida. Mas viverei muito bem aqui na Terra antes disso. – Cecil coçou o queixo. – Não confio que farão um trabalho muito bom com sua esposa aqui. Estou impressionado que tenham conseguido trazê-lo para cá sem nenhum percalço.

– Eu não chamaria esse galo na minha cabeça de "sem nenhum percalço".

– Já sei! Você vai lhe escrever um bilhete. Atraia sua esposa para longe de casa. Pelo que sei, vocês dois andam bastante amorosos ultimamente. Faça-a pensar que planejou um encontro amoroso. Ela virá correndo. As mulheres sempre vêm.

Charles começou a pensar rápido. Cecil não tinha percebido que ele e Ellie já sabiam que havia alguém tentando fazer-lhes mal. Sua esposa não acreditaria que Charles estava planejando um encontro amoroso em um período tão conturbado. Ela perceberia de imediato que havia algo suspeito. Charles tinha certeza disso.

Mas não queria levantar suspeitas parecendo ansioso demais para escrever o bilhete, então disparou, irado:

– Não farei nada para atrair Ellie em direção a sua morte.

Cecil se aproximou e levantou Charles.

– Ela vai morrer de qualquer jeito, então pode muito bem morrer ao seu lado.

– Você terá que desamarrar minhas mãos – disse Charles, mantendo a voz mal-humorada.

– Não sou tão estúpido quanto pensa.

– E eu não sou tão habilidoso quanto *você* pensa – rebateu Charles. – Quer que minha letra pareça um monte de rabiscos? Ellie não é burra. Vai desconfiar se receber um bilhete que não pareça ter sido escrito por mim.

– Muito bem. Mas não tente nada heroico.

Cecil pegou uma faca e uma pistola. Usou a faca para cortar a corda em volta dos pulsos de Charles e manteve a pistola apontada para a cabeça dele.

– Você tem papel? – perguntou Charles com sarcasmo. – Uma pena? Tinta, talvez?

– Cale-se. – Cecil andou pelo quarto, mantendo a pistola apontada para Charles, que não poderia ter ido longe de qualquer jeito com os pés amarrados. – Maldição.

Charles começou a rir.

– Cale a boca! – gritou Cecil. Então virou-se para a entrada e gritou: – Baxter!

Um homem corpulento abriu a porta.

– O quê?

– Traga-me papel. E tinta.

– E uma pena – acrescentou Charles de maneira prestativa.

– Acho que não tem nada disso aqui – informou Baxter.

– Então vá comprar! – berrou Cecil, trêmulo.

Baxter cruzou os braços.

– Você ainda não me pagou por prender o conde.

– Pelo amor de Deus – sibilou Cecil. – Estou lidando com idiotas.

Charles observou com interesse a expressão raivosa no rosto de Baxter. Talvez pudesse fazê-lo se voltar contra Cecil.

Cecil atirou uma moeda para Baxter. O homem robusto se abaixou para pegá-la, mas não antes de encarar Cecil com um olhar fulminante. Já ia saindo, mas parou quando Cecil bradou:

– Espere!

– O que foi agora? – perguntou Baxter.

Cecil apontou na direção de Charles.

– Amarre-o de novo.

– Por que o desamarrou?

– Não é da sua conta.

Charles suspirou e estendeu as mãos para Baxter. Por mais que quisesse lutar por sua liberdade, aquela não era a hora. Jamais venceria uma briga contra Baxter e Cecil, ainda mais quando este estava armado com uma faca e uma pistola. Isso sem mencionar o fato de que seus tornozelos estavam amarrados e um deles, torcido.

Charles suspirou quando Baxter passou uma nova corda em torno de seus pulsos. Todo aquele trabalho desgastando a outra corda para nada. Ainda assim, Baxter fez um nó mais frouxo do que o anterior, o que pelo menos permitia que o sangue circulasse um pouco.

Baxter saiu do quarto e Cecil seguiu-o até a entrada do lugar, acenando a arma na direção de Charles e dizendo de forma exasperada:

– Não se mexa.

– Como se eu pudesse – murmurou Charles, tentando mexer os dedos dentro das botas para fazer o sangue circular nos pés. Ouviu Cecil falar com o amigo de Baxter, que ainda não conhecera, mas não conseguiu entender o que diziam. Após um ou dois minutos, Cecil voltou e sentou-se numa cadeira caindo aos pedaços.

– E agora? – perguntou Charles.

– Agora esperamos.

Passados alguns instantes, no entanto, Cecil começou a se inquietar. Charles ficou satisfeito com seu desconforto.

– Entediado?
– Impaciente.
– Ah, entendo. Você quer me ver morto e acabar logo com isso.
– Exatamente.
Cecil começou a bater a mão na coxa e a estalar a língua.
– Você vai me deixar louco – disse Charles.
– Essa não é uma das minhas maiores preocupações.
Charles fechou os olhos. Sentia-se como se já tivesse morrido e ido para o inferno. O que poderia ser pior do que ficar preso por horas com um Cecil barulhento que, ainda por cima, planejava matar sua esposa além dele?
Abriu os olhos. Cecil segurava um baralho.
– Quer jogar? – indagou o primo.
– Não – respondeu Charles. – Você sempre foi trapaceiro.
Cecil deu de ombros.
– Não importa. Não dá para receber de um homem morto. Ah, perdão, dá sim. Na verdade, vou receber tudo o que é seu.
Charles fechou os olhos de novo. Estava cortejando o diabo quando se perguntou o que poderia ser pior do que ficar preso com Cecil.
Agora, ele sabia. Teria que jogar cartas com o patife.
Não havia justiça no mundo. Não mesmo.

As mãos de Ellie tremiam ao abrir o bilhete que o mordomo acabara de lhe entregar. Seus olhos correram pelas linhas e ela ficou sem ar.

Minha querida Eleanor,
Passei todo o dia preparando um passeio romântico para nós. Encontre-me no balanço em uma hora.
Seu dedicado marido,
Charles

Ellie olhou para Helen, que estava de vigília com ela durante a última hora.
– É uma armadilha – sussurrou ela, entregando-lhe o bilhete.
Helen leu e levantou a cabeça.
– Como pode ter certeza?

– Ele nunca me chamaria de Eleanor em um bilhete pessoal como esse. Principalmente se estivesse tentando fazer algo romântico. Ele me chamaria de Ellie. Tenho certeza disso.

– Eu não sei – disse Helen. – Concordo com você que há algo estranho, mas consegue mesmo chegar a essa conclusão só pelo fato de ele usar seu nome próprio ou um apelido?

Ellie descartou a pergunta.

– E, além disso, Charles instituiu medidas severas desde que alguém manipulou a sela dele. Acha mesmo que ele me enviaria um bilhete me pedindo para sair sozinha para uma área deserta?

– Você está certa – afirmou Helen. – O que faremos?

– Eu tenho que ir.

– Mas você não pode!

– De que outra maneira vou descobrir seu paradeiro?

– Mas, Ellie, vão feri-la. Quem levou Charles quer lhe fazer mal também.

– Precisarei de sua ajuda. Você vai aguardar próximo ao balanço e observar o que acontece. Então me seguirá depois que eu for capturada.

– Ellie, isso parece tão perigoso.

– Não há outro jeito – declarou Ellie, firme. – Não podemos salvar Charles se não soubermos onde ele está.

Helen balançou a cabeça.

– Não teremos tempo de pedir ajuda. Você deve estar no balanço em uma hora.

– Tem razão. – Ellie expirou, nervosa. – Nós mesmas teremos que salvá-lo.

– Está louca?

– Você sabe atirar?

– Sim – respondeu Helen. – Meu marido me ensinou.

– Que bom. Espero que não seja necessário. Vá com Leavey até o balanço. Não há outro criado em que Charles confie mais. – Então o rosto de Ellie se contraiu. – Ah, Helen, onde estou com a cabeça? Não posso lhe pedir que faça isso.

– Se você vai, eu vou – afirmou Helen. – Charles me salvou quando meu marido morreu e eu não tinha para onde ir. Agora é minha vez de retribuir o favor.

Ellie segurou as mãos dela.

– Ah, Helen. Ele tem sorte de ter você como prima.

– Não – corrigiu Helen. – Ele tem sorte de ter você como esposa.

CAPÍTULO 23

Ellie não contara em ser atingida na cabeça, mas, fora isso, tudo seguira exatamente como planejado. Ela esperara junto ao balanço, agira como idiota, chamara "Charles?" com uma voz tola ao ouvir passos e lutara – sem muito empenho – quando alguém a agarrara por trás.

Mas, obviamente, lutara com um pouco mais de força do que o agressor esperava, pois ele deixara escapar uma imprecação e acertara sua cabeça com algo que parecia uma pedra gigante ou um relógio de pêndulo. O golpe não a apagara, mas a deixara tonta e enjoada, e não ajudara muito quando o sequestrador a enfiara em um saco de estopa e a jogara por cima do ombro.

Mas ele não a revistara. E não encontrara as duas pequenas pistolas que amarrara às coxas.

Ela gemia enquanto sacolejava no ombro do homem, esforçando-se para não vomitar. Após cerca de trinta segundos, foi jogada em uma superfície dura, e logo ficou claro que estava na parte de trás de algum tipo de carroça.

O sequestrador parecia *mirar* cada saliência na estrada. Se saísse daquilo viva, teria hematomas em cada centímetro de seu corpo.

Eles viajaram por cerca de vinte minutos. Ellie sabia que Leavey e Helen estavam a cavalo, então deveriam conseguir segui-la com facilidade. Só rezava para que pudessem fazer isso sem serem vistos.

Finalmente a carroça parou e Ellie foi bruscamente içada no ar. O homem a carregou durante algum tempo, então Ellie ouviu uma porta se abrir.

– Peguei a mulher! – gritou seu sequestrador.

– Excelente. – Esta nova voz era de alguém bem-criado, muito bem--criado. – Traga-a para dentro.

Ellie ouviu outra porta se abrir e então o saco foi desamarrado. Alguém segurou o saco pelo fundo e despejou-a no chão.

Ela piscou, seus olhos precisando de tempo para se adaptarem à luz.

– Ellie? – disse a voz de Charles.

– Charles? – chamou ela, tentando se levantar. E, imóvel diante do que via, questionou: – Você está jogando *cartas*?

Se ele não tivesse uma boa explicação para aquilo, ela iria matá-lo.

– Na verdade, é bastante complicado – replicou ele, levantando as mãos, que estavam amarradas.

– Não entendo – disse Ellie. A cena era definitivamente surreal. – O que você está fazendo?

– Eu estava virando as cartas para ele – disse o outro homem. – Estamos jogando vinte e um.

– Quem é você? – perguntou ela.

– Cecil Wycombe.

Ellie virou-se para Charles.

– Seu primo?

– Ele mesmo – respondeu. – Não é a imagem da devoção filial? E trapaceia nas cartas também.

– O que você espera ganhar com isso? – indagou Ellie a Cecil, colocando as mãos nos quadris e esperando que ele não tivesse notado que havia esquecido de amarrá-la. – Você não é nem mesmo o próximo na linha de sucessão.

– Ele matou Phillip – replicou Charles sem emoção na voz.

– Você! Condessa! – bradou Cecil. – Sente-se na cama até terminarmos a mão.

Ellie ficou perplexa. Ele queria continuar a jogar cartas? Mais pela surpresa do que por qualquer outro motivo, ela seguiu docilmente para a cama e se sentou. Cecil deu uma carta para Charles e então virou uma ponta para que Charles pudesse ver qual era.

– Quer outra? – perguntou Cecil.

Charles assentiu.

Ellie aproveitou para avaliar a situação. Estava claro que Cecil não a via como uma ameaça, pois não pensara em amarrá-la antes de pedir que se sentasse na cama. Bem, ele segurava uma pistola, e Ellie tinha a sensação de que não hesitaria em usá-la se ela fizesse algum movimento em falso. Isso sem falar nos dois homens corpulentos que estavam de pé na entrada, de braços cruzados, observando o jogo com uma expressão irritada.

Os homens podiam ser tão idiotas. Sempre subestimavam as mulheres.

Ellie fitou Charles enquanto Cecil estava ocupado com as cartas e então dirigiu o olhar para a janela, tentando dizer que trouxera reforços.

– Por que estão jogando cartas? – perguntou Ellie, sem entender a situação.

– Eu estava entediado – respondeu Cecil. – Levou mais tempo do que eu esperava para que a trouxessem até aqui.

– Agora temos que continuar jogando – explicou Charles –, pois ele se recusa a parar enquanto estou ganhando.

– Pensei que você tivesse dito que ele trapaceava.

– E trapaceia. Só não faz isso muito bem.

– Vou deixar essa passar – falou Cecil –, já que vou matá-lo mais tarde. Espírito esportivo. Quer outra carta?

Charles balançou a cabeça.

– Não.

Cecil virou as próprias cartas e depois as de Charles.

– Maldição! – praguejou ele.

– Ganhei de novo – disse Charles com um sorriso despreocupado.

Ellie notou um dos homens na entrada revirar os olhos.

– Vamos ver – ponderou Charles. – Quanto você me deveria agora? Se, claro, não fosse me matar?

– Infelizmente para você, isso está decidido – sibilou Cecil com ar malicioso. – Agora fique quieto enquanto dou as cartas.

– Podemos resolver logo isso? – perguntou um dos homens. – Você só está nos pagando por um dia.

– Cale-se! – gritou Cecil, o corpo tremendo com a força de sua ordem. – Estou jogando cartas.

– Ele nunca me venceu em nada antes – informou Charles ao capanga, dando de ombros. – Jogos, caça, cartas, mulheres. Acho que quer fazer isso pelo menos uma vez antes de eu morrer.

Ellie mordeu o lábio inferior, tentando pensar na melhor forma de explorar a situação a seu favor. Poderia tentar atirar em Cecil, mas duvidava que conseguisse pegar uma de suas armas antes que os homens de vigia a dominassem. Nunca fora muito atlética e havia muito aprendera a contar com a inteligência em vez de usar a força ou a velocidade.

Olhou para os guardas, que agora estavam bastante irritados com Cecil, e se perguntou quanto ele estava lhes pagando. Provavelmente muito, para aturarem tantas bobagens.

Mas ela poderia pagar mais.

– Preciso me aliviar! – gritou Ellie.

– Aguente – ordenou Cecil, virando as cartas. – Maldição!

– Ganhei de novo – disse Charles.

– Pare de dizer isso!

– Mas é verdade.

– Eu disse para calar a boca!

Cecil agitou descontroladamente a arma no ar. Charles, Ellie e os guardas se abaixaram, mas por sorte nenhuma bala foi disparada. Um dos homens murmurou algo desagradável sobre Cecil.

– Preciso mesmo de um momento de privacidade – falou Ellie outra vez, fazendo sua voz soar estridente de propósito.

– Falei para você segurar, vadia!

Ellie arfou.

– Não fale com minha esposa desse jeito! – bradou Charles, furioso.

– Senhor – disse Ellie, esperando não estar se arriscando muito. – Obviamente não tem esposa, ou saberia que as mulheres são um pouco mais... *delicadas*... do que os homens em alguns aspectos. Não consigo fazer o que me pede.

– Eu a deixaria ir – aconselhou Charles.

– Pelo amor de Deus – resmungou Cecil. – Baxter! Leve-a lá fora e deixe-a fazer o que precisa.

Ellie se levantou e seguiu Baxter para fora do quarto. Assim que estavam a uma distância em que Cecil não podia ouvi-los, ela sibilou:

– Quanto ele está lhe pagando?

Baxter encarou-a com um olhar perspicaz.

– Quanto? – insistiu Ellie. – Eu dobro a quantia. Triplico.

Ele olhou para a porta e gritou:

– Apresse-se!

Então acenou a cabeça em direção à porta da frente, sinalizando para Ellie segui-lo. Ela correu atrás dele.

– Cecil é um idiota. Aposto que vai lhe passar a perna depois que você nos matar. E ele lhe ofereceu o dobro por ter que me sequestrar também? Não? Isso não é justo – sussurrou ela.

– Você está certa – concordou Baxter. – Ele deveria ter me dado o dobro. Só prometeu pagamento pelo conde.

– Eu lhe darei 50 libras se passar para o meu lado e me ajudar a libertar o conde.

– E se eu não fizer isso?

– Então terá que arriscar que Cecil lhe pague. Mas, pelo que vi lá dentro, naquilo que podemos chamar de mesa de jogos, você vai acabar com o bolso vazio.

– Tudo bem – falou Baxter –, mas quero ver o dinheiro primeiro.

– Não tenho o dinheiro aqui comigo.

O rosto dele pareceu ameaçador.

– Eu não esperava ser sequestrada – explicou Ellie rapidamente. – Por que eu traria tanto dinheiro comigo?

Baxter encarou-a.

– Você tem minha palavra – disse Ellie.

– Está bem. Mas, se me enganar, juro que corto sua garganta enquanto você estiver dormindo.

Ellie estremeceu, sem a menor dúvida de que ele falava a verdade. Ela levantou a mão – o sinal combinado para dizer a Leavey e Helen que estava tudo bem. Não podia vê-los, mas deviam tê-la seguido. Não queria que aparecessem de repente e assustassem Baxter.

– O que está fazendo? – questionou o homem.

– Nada. Só tirando o cabelo do meu rosto. Está ventando.

– Temos que voltar lá para dentro.

– Sim, é claro. Não queremos que Cecil desconfie de nada – disse Ellie. – Mas o que vamos fazer? Qual é o nosso plano?

– Não posso fazer nada até falar com Riley. Ele precisa saber que trocamos de lado. – Baxter estreitou os olhos. – Você dará 50 libras a ele também, certo?

– É claro – repondeu Ellie, presumindo que Riley era o outro brutamontes vigiando a porta.

– Tudo bem. Vou conversar com Riley assim que estiver sozinho com ele, depois agimos.

– Sim, mas...

Ellie queria dizer que precisavam de uma estratégia, de um plano, mas Baxter já a arrastava de volta para dentro. Ele a empurrou para o quarto, e ela tropeçou na cama.

– Estou me sentindo muito melhor agora – anunciou Ellie.

Cecil resmungou algo sobre não se importar nem um pouco, mas Charles olhou para ela com atenção. Ellie lançou-lhe um rápido sorriso antes de olhar para Baxter, tentando lembrá-lo de que precisava falar com Riley.

Mas Riley tinha outras ideias.

– Também preciso me aliviar – anunciou ele, saindo com passos pesados do quarto.

Ellie olhou para Baxter, mas ele não foi atrás de Riley. Talvez pensasse que pareceria muito suspeito sair de novo logo depois de voltar com Ellie.

Passados alguns minutos, ouviram uma terrível agitação do lado de fora da cabana. Todos se levantaram, menos Charles, que estava amarrado.

– Mas que diabo está acontecendo? – perguntou Cecil.

Baxter deu de ombros.

Ellie levou a mão à boca. Ah, Deus, Riley não sabia que estava trabalhando para ela agora, e se tivesse encontrado Helen ou Leavey lá fora...

– Riley! – gritou Cecil.

Todos os piores medos de Ellie se concretizaram quando Riley irrompeu no quarto, segurando Helen junto ao corpo, uma faca pressionando a garganta dela.

– Olhe o que achei! – grasnou ele.

– Helen! – exclamou Cecil, parecendo achar graça.

– Cecil! – exclamou Helen, não parecendo achar a mínima graça.

– Baxter! – gritou Ellie em pânico.

Ele precisava informar a Riley sobre a mudança de planos *naquele instante*. Ela observou horrorizada Cecil se aproximar de Helen e puxá-la para o seu lado. Mas ele estava de costas para Ellie, e ela aproveitou sua distração para pegar uma das pistolas amarradas às suas pernas e escondê-la sob as dobras da saia.

– Helen, você não deveria ter vindo – declarou Cecil, quase sussurrando.

– Baxter, diga a ele *agora*! – gritou Ellie.

Cecil virou-se para encará-la.

– Dizer o que a quem?

Ellie nem sequer parou para pensar. Pegou a pistola, armou-a e puxou o gatilho. Com o coice da explosão, ela caiu de volta na cama.

O rosto de Cecil era a imagem da surpresa ao levar a mão ao peito, perto da clavícula. O sangue escorria por entre seus dedos.

– Sua vadia – sibilou ele, erguendo a arma.

– Nããão! – gritou Charles, atirando-se de sua cadeira sobre Cecil.

Não conseguiu mirar bem, mas acertou as pernas do primo, e o braço de Cecil foi jogado para cima antes de puxar o gatilho.

Ellie sentiu uma dor terrível no braço e ouviu Helen gritar seu nome.

– Ah, meu Deus – sussurrou ela em estado de choque. – Ele me acertou. – Então o choque foi substituído pela raiva. – Ele me acertou! – exclamou ela.

Ellie olhou para cima bem a tempo de ver Cecil reajustando a mira para Charles. Antes que tivesse tempo de pensar, Ellie estendeu o braço para baixo, pegou a outra pistola e atirou em Cecil.

O silêncio tomou conta do quarto, e desta vez não havia dúvida de que ele estava morto.

Riley ainda segurava uma faca na garganta de Helen, mas agora parecia não saber o que fazer com ela. Finalmente, Baxter disse:

– Solte ela, Riley.

– O quê?

– Eu disse para soltar ela.

Riley baixou o braço e Helen correu para o lado de Ellie.

– Ah, Ellie! – gritou Helen. – Você está muito ferida?

Ellie a ignorou e fulminou Baxter com o olhar.

– Ajudou muito.

– Eu disse a Riley para soltar ela, não disse?

Ela franziu a testa.

– Se você quer merecer seu pagamento, pelo menos solte meu marido.

– Ellie, deixe-me ver seu braço – pediu Helen.

Ellie olhou para baixo, onde pressionava a ferida com a mão.

– Não posso – sussurrou ela.

Se retirasse a mão dali, o sangue começaria a jorrar e...

Helen puxou os dedos dela.

– Por favor, Ellie. Preciso ver a gravidade do ferimento.

Ellie gemeu.

– Não posso, entende? Quando vejo meu próprio sangue...

Mas Helen já tinha conseguido soltar os dedos de Ellie.

– Pronto – falou Helen. – Não é tão ruim. Ellie? Ellie?

Ellie já havia desmaiado.

⁂

– Quem teria pensado – disse Helen várias horas depois, quando Ellie estava confortavelmente instalada em sua cama – que Ellie se mostraria tão sensível?

– Eu não. Com certeza – respondeu Charles, tirando com muito carinho uma mecha de cabelo da testa da esposa. – Afinal, ela deu uma série de pontos no meu braço que deixaria qualquer costureira impressionada.

– Vocês não precisam falar como se eu não estivesse aqui – declarou Ellie, irritada. – Cecil me acertou no braço, não na orelha.

Ao ouvir o nome de Cecil, Charles sentiu-se invadido por uma agora familiar onda de raiva. Levaria algum tempo até que ele pudesse relembrar os acontecimentos daquele dia sem tremer de fúria.

Ele mandara alguém buscar o corpo de Cecil, embora ainda não tivesse decidido o que faria com ele. Certamente não permitiria que ele fosse enterrado com o restante da família Wycombe.

Baxter e Riley foram pagos e mandados embora depois que Riley os mostrou onde deixara o pobre Leavey, que não tivera tempo nem de gritar antes que Riley o acertasse na cabeça e agarrasse Helen.

Charles concentrava sua atenção em Ellie e em se certificar de que o ferimento dela não fosse mais sério do que ela afirmara. A bala não parecia ter atingido maiores vasos ou ossos, embora Charles tivesse quase morrido de susto ao vê-la desmaiar.

Ele acariciou o braço bom da esposa.

– Tudo o que importa é que você está bem. O Dr. Summers diz que, com alguns dias de repouso, se recuperará por completo. Disse também que é bastante comum desmaiar quando se vê sangue.

– Não desmaio quando vejo *qualquer* sangue, somente quando se trata do meu – murmurou Ellie.

– Que estranho – provocou Charles. – Afinal, o meu sangue é da mesma cor do seu. Parece igual para mim.

Ela olhou de cara fechada para ele.

– Se não pode ser agradável, então me deixe com Helen.

Ele via pelo seu tom que ela também estava brincando, então se abaixou e beijou o nariz dela.

Helen levantou-se.

– Vou buscar um pouco de chá – disse ela.

Charles observou a prima sair do quarto e fechar a porta.

– Ela sempre sabe quando queremos ficar sozinhos, não é?

– Helen é muito mais perspicaz e diplomática do que nós dois – concordou Ellie.

– Talvez seja por isso que combinamos tanto.

Ellie sorriu.

– Combinamos, não é mesmo?

Charles se acomodou ao lado dela e passou o braço por seus ombros.

– Percebe que podemos enfim ter um casamento normal?

– Como nunca estive casada antes, não sabia que nosso casamento era anormal.

– Talvez não seja precisamente "anormal", mas duvido que a maioria dos recém-casados tenha que lidar com envenenamentos e ferimentos de bala.

– E não se esqueça de acidentes de carruagem e explosões de geleia – disse Ellie, rindo.

– Isso sem falar de pontos no meu braço, carcaças na estufa e incêndios na cozinha.

– Deus, foi um mês emocionante.

– Não sei quanto a você, mas eu me contentaria com um pouco menos de emoção.

– Ah, não sei. Não me importo com um pouco de emoção, embora eu prefira de um tipo diferente.

Ele ergueu uma sobrancelha.

– O que você quer dizer?

– Só que Judith poderia gostar de ter outro pequeno Wycombe em quem mandar.

O coração de Charles parecia ter despencado; um feito notável, considerando que ele estava deitado.

– Você está...? – perguntou ele, ofegante, incapaz de completar a frase. – Você está...?

– É claro que não – disse ela, batendo no ombro dele. – Bem, na verdade, acho que poderia estar, mas, considerando que só começamos... *você sabe*... recentemente, nem tive a oportunidade de saber se eu estava ou não, e...

– Aonde quer chegar?

Ela sorriu timidamente.

– Só que não há motivo para não começarmos a tentar transformar este sonho em realidade.

– Helen voltará com o chá a qualquer momento.

– Ela vai bater.

– Mas seu braço...
– Tenho certeza de que você será cuidadoso.
Charles abriu um sorriso.
– Já lhe disse recentemente que amo você?
Ellie assentiu.
– Eu lhe disse?
Ele assentiu de volta.
– Por que não a tiramos desse robe e tratamos de transformar seus sonhos em realidade?

EPÍLOGO

Nove meses e um dia depois, Ellie era a mulher mais feliz do mundo. Não que ela não se achasse a mulher mais feliz do mundo no dia anterior, e no anterior a esse, mas aquele dia era especial.

Ellie finalmente tinha certeza de que ela e Charles teriam um filho.

O casamento deles, que começara quase como um acidente, transformara-se em algo verdadeiramente mágico. Seus dias eram cheios de risadas, suas noites, de paixão, e seus sonhos, de esperança e encantamento.

Isso sem falar de sua estufa, que estava cheia de laranjas, graças aos diligentes cuidados que ela e Claire dedicavam ao lugar.

Ellie olhou para sua barriga com uma sensação de assombro. Como era estranho que uma nova vida estivesse crescendo ali, que uma pessoa que um dia iria andar e conversar e ter seu próprio nome e ideias estivesse dentro dela.

Ellie sorriu. Já pensava naquele novo bebê como uma menina. Não sabia por que, mas tinha certeza de que seria uma garota. Queria chamá-la de Mary, em homenagem à sua mãe. Tinha certeza de que Charles aprovaria a ideia.

Ellie atravessou o grande salão, ainda procurando pelo marido. Maldição, onde estava Charles quando precisava dele? Esperara meses por aquele momento, para lhe contar a maravilhosa novidade, e agora não conseguia encontrá-lo em lugar nenhum. Por fim, desistiu de toda pretensão de decoro e gritou seu nome:

– Charles! Charles!

Ele apareceu do outro lado do salão, com uma laranja nas mãos.

– Boa tarde, Ellie. Por que tanta agitação?

O rosto dela se iluminou com um sorriso.

– Charles, finalmente conseguimos.

Ele piscou.

– Conseguimos o quê?

– O bebê, Charles. Vamos ter um bebê.

– Que bom. Tenho me empenhado ao máximo nos últimos nove meses.

Ela parecia perplexa.

– *Essa* é a sua reação?

– Bem, se parar para pensar, você estaria dando à luz agora mesmo em vez de estar anunciando sua gravidez se tivéssemos conseguido da primeira vez.

– Charles! – exclamou ela, batendo em seu ombro.

Ele riu e segurou-a em seus braços.

– Acalme-se, Ellie. Você sabe que estou brincando.

– Então está feliz?

Ele a beijou com ternura.

– Mais do que eu poderia colocar em palavras.

Ellie abriu um sorriso.

– Nunca pensei que eu poderia amar outra pessoa tanto quanto amo você, mas estava enganada. – Ela colocou as mãos na barriga ainda sem volume. – Já amo esta pequena tanto, tanto, e ela ainda nem nasceu.

– Ela?

– É uma menina. Tenho certeza disso.

– Se você tem certeza, então também tenho.

– É mesmo?

– Já aprendi a nunca discutir com você.

– Eu não fazia ideia de que você estava tão bem treinado.

Charles sorriu.

– E sou um bom marido, não sou?

– O melhor. E também será um excelente pai.

Charles ficou emocionado ao tocar na barriga dela.

– Também já amo esta pequena – sussurrou ele.

– Ama?

Ele assentiu.

– Agora, que tal mostrarmos à nossa filha seu primeiro pôr do sol? Olhei pela janela. O céu está quase tão brilhante quanto seu sorriso.

– Acho que ela iria gostar. E eu também.

De mãos dadas, eles saíram de casa e ficaram olhando o céu.

LEIA UM TRECHO DO LIVRO

Nada escapa a lady Whistledown

Trinta e seis cartões de amor
Julia Quinn

CAPÍTULO 1

Chegou ao conhecimento desta autora que o honorável Clive Mann-Formsby e a Srta. Harriet Snowe casaram-se no mês passado na tradicional propriedade do irmão mais velho do Sr. Mann-Formsby, o conde de Renminster.

Os recém-casados voltaram a Londres para desfrutar das festividades de inverno, assim como a Srta. Susannah Ballister, que, como é de conhecimento de todos que estiveram em Londres na última temporada, foi assiduamente cortejada pelo Sr. Mann-Formsby, até o momento em que ele pediu a Srta. Snowe em casamento.

Esta autora imagina que anfitriãs de toda a cidade estejam revendo sua lista de convidados. Sem dúvida, não seria de bom-tom convidar os Mann-Formsbies e os Ballisters para o mesmo evento. Faz frio o suficiente lá fora; um encontro entre Clive, Harriet e Susannah certamente deixaria o ar ainda mais gélido.

CRÔNICAS DA SOCIEDADE DE LADY WHISTLEDOWN,
21 de janeiro de 1814

De acordo com lorde Middlethorpe, que acabara de consultar o relógio de bolso, eram precisamente 23h06, e Susannah Ballister sabia muito bem que era uma quinta-feira e que a data era 27 de janeiro do ano de 1814.

E, precisamente nesse momento – precisamente às 23h06 de uma quinta-feira, 27 de janeiro de 1814, Susannah Ballister fez três desejos, nenhum dos quais se tornou realidade.

O primeiro desejo era uma impossibilidade. Desejou, de alguma forma, talvez por meio de alguma mágica misteriosa e benevolente, desaparecer do salão no qual se encontrava e estar confortavelmente aconchegada em sua cama, na casa da família, em Portman Square, ao norte de Mayfair. Não, melhor ainda, desejou estar confortavelmente aconchegada em sua cama na casa de campo da família, em Sussex, que ficava bem longe de Londres e, o mais importante, de todos os seus habitantes.

Susannah chegou a fechar os olhos enquanto ponderava a adorável possibilidade de abri-los e encontrar-se em outro lugar, mas, sem muita surpresa, permaneceu onde estava, escondida em um canto escuro do salão de baile de lady Worth, segurando uma xícara de chá morno que não tinha a menor intenção de beber.

Quando ficou claro que não iria a lugar algum, fosse por meios sobrenaturais ou normais (Susannah não podia sair do baile antes dos pais e, a julgar pelas aparências, eles levariam pelo menos três horas para dar a noite por encerrada), ela, então, desejou que Clive Mann-Formsby e a esposa, Harriet, que estavam perto de uma mesa de bolos de chocolate, desaparecessem.

Aquela parecia uma possibilidade real. Os dois estavam em perfeitas condições de saúde, poderiam simplesmente levantar-se e ir embora. O que melhoraria muito a situação de Susannah, pois poderia aproveitar a noite sem ter que encarar o homem que a humilhara publicamente.

Além disso, poderia servir-se de um pedaço de bolo de chocolate.

Mas Clive e Harriet pareciam estar se divertindo. Tanto, na verdade, quanto os pais de Susannah, o que significava que não tinham a intenção de ir embora tão cedo.

Agonia. Pura agonia.

Mas ela tinha direito a três desejos, não? As heroínas dos contos de fadas não tinham sempre direito a três desejos? Se fosse para ficar presa ali, em um canto escuro, imaginando desejos tolos porque não tinha o que fazer, usaria tudo a que tinha direito.

– Desejo que não estivesse tão frio – disse ela entre dentes cerrados.

– Amém – disse o idoso lorde Middlethorpe, de cuja presença ao seu lado Susannah praticamente se esquecera.

Ela lançou-lhe um sorriso, mas ele estava ocupado demais tomando algum tipo de bebida alcoólica proibida a damas solteiras, então voltaram à tarefa de ignorar educadamente um ao outro.

Olhou para seu chá. A qualquer momento certamente brotaria um cubo de gelo nele. A anfitriã havia substituído por chá quente as bebidas oferecidas tradicionalmente, limonada e champanhe, alegando o clima gélido, mas o chá não permanecera quente por muito tempo e, quando uma pessoa tentava se esconder nos cantos do salão, como fazia Susannah, os criados nunca apareciam para recolher copos ou xícaras usados.

Susannah estremeceu. Não conseguia lembrar-se de um inverno tão frio, ninguém conseguia. Aquele fora, perversamente, o motivo de seu retorno precoce à cidade. Toda a alta sociedade havia ido para Londres no pouco elegante mês de janeiro, na ânsia de desfrutar da patinação no gelo, dos trenós e da iminente Feira de Inverno.

Susannah, ao contrário, acreditava que o frio intenso, os ventos gelados e a neve suja eram motivos tolos para essa agitação toda, mas a decisão não lhe cabia e ali estava ela, observando todas as pessoas que testemunharam sua derrota social no verão anterior. Não quisera vir para Londres, mas a família insistira, afirmando que ela e a irmã, Letitia, não podiam perder a inesperada temporada social de inverno.

Acreditara que teria pelo menos até a primavera antes de ter que voltar e enfrentar a todos. Quase não houvera tempo para ensaiar a postura altiva e dizer:

– Bem, é claro que o Sr. Mann-Formsby e eu percebemos que não daria certo.

Precisava mesmo ser uma ótima atriz para levar aquilo adiante, já que todos sabiam que Clive a descartara feito lixo quando os parentes endinheirados de Harriet Snowe começaram a se aproximar.

Não que Clive precisasse de dinheiro. Seu irmão mais velho era o conde de Renminster, pelo amor de Deus, e todos sabiam que ele era riquíssimo.

Mas Clive havia escolhido Harriet, Susannah fora humilhada publicamente e até hoje, quase seis meses depois do ocorrido, as pessoas ainda comentavam. Até lady Whistledown achara adequado mencionar o assunto em sua coluna.

Susannah suspirou e escorou-se contra a parede, na esperança de que ninguém percebesse sua postura desleixada. Deduziu que não podia realmente culpar lady Whistledown. A misteriosa colunista de fofocas apenas repetia o que todos diziam. Só naquela semana, Susannah recebera catorze visitas, e nenhuma delas fora educada o suficiente para evitar mencionar Clive e Harriet.

Será que realmente pensavam que queria saber sobre a presença daqueles dois no recente sarau musical das Smythe-Smiths? Como se quisesse saber o que Harriet havia vestido ou o que Clive sussurrara em seu ouvido durante todo o recital.

Aquilo não significava nada. Clive sempre tivera maneiras abomináveis em recitais. Susannah não conseguia se lembrar de nenhum no qual tivesse tido a força de vontade de manter-se calado durante o espetáculo.

Mas as fofocas não eram a pior parte das visitas. Esse título era reservado às almas bem-intencionadas que não pareciam olhar para ela com qualquer outra expressão a não ser a de pena. Geralmente, eram as mesmas mulheres que tinham um sobrinho viúvo de Shropshire ou Somerset ou algum outro condado longínquo em busca de uma esposa, e gostariam de apresentá-lo a Susannah, mas não naquela semana porque ele estaria ocupado levando seis de seus oito filhos para Eton.

Susannah esforçou-se para não cair no choro. Tinha apenas 21 anos. E acabara de completá-los. Não estava desesperada.

E não queria que sentissem pena dela.

De repente, tornou-se imperativo sair do salão. Não queria estar ali, não queria assistir a Clive e Harriet como se fosse uma patética *voyeuse*. Sua família não estava pronta para ir embora, mas ela certamente conseguiria encontrar um local silencioso onde pudesse descansar por alguns minutos. Se pretendia se esconder, era bom que o fizesse direito. Ficar de pé em um canto era terrível. Já havia visto três pessoas apontando em sua direção e, em seguida, cochichando algo com a mão sobre a boca.

Nunca se considerara covarde, mas também nunca se considerara tola e, honestamente, somente uma tola se sujeitaria a esse tipo de infelicidade.

Pousou a xícara de chá sobre o parapeito de uma janela e despediu-se do lorde Middlethorpe. Não que houvessem trocado mais do que meia dúzia de palavras, apesar de terem ficado de pé, um ao lado do outro, por quase 45 minutos. Esgueirou-se pelo salão em busca das portas que levavam ao corredor. Já havia estado ali antes, quando, graças à sua associação a Clive, era a jovem dama mais popular da cidade, e lembrava-se de que havia um cômodo de descanso para damas ao fim da sala.

Entretanto, ao chegar ao seu destino, tropeçou e viu-se frente a frente com – como era mesmo o nome dela? Cabelos castanhos, levemente rechonchuda... ah, sim. Penelope. Penelope Alguma Coisa. Uma garota com quem nunca havia trocado mais do que meia dúzia de palavras. Haviam começado a frequentar os salões no mesmo ano, mas deviam ter vivido em mundos diferentes, tão raras foram as vezes que seus caminhos se cruzaram. Susannah era a dama do momento quando Clive a largou, já Penelope era… uma menina tímida, supunha ela.

– Não entre aí – advertiu Penelope, com delicadeza, sem olhá-la nos olhos, de um jeito que apenas as pessoas mais tímidas fazem.

Os lábios de Susannah se abriram com surpresa, e ela sabia que seu olhar estava cheio de perguntas.

– Há uma dezena de moças na sala de descanso – disse Penelope.

A explicação bastou. O único lugar onde Susannah gostaria ainda menos de estar era numa sala cheia de moças falando sem parar e fofocando. Todas certamente suporiam que havia fugido para escapar de Clive e Harriet.

O que era verdade, mas isso não significava que Susannah quisesse que soubessem daquilo.

– Obrigada – sussurrou Susannah, surpresa com a gentileza de Penelope.

Ela nunca havia dedicado mais do que um minuto pensando em Penelope no último verão, e a jovem havia lhe retribuído salvando-a de enormes constrangimentos e dor. Impulsivamente, tomou a mão de Penelope e a apertou.

– Obrigada.

E, naquele momento, desejou ter prestado mais atenção a moças como aquela quando ocupara lugar de destaque na alta sociedade. Hoje sabia o que era ficar nos cantos do salão, e não era nada divertido.

Entretanto, antes que pudesse dizer qualquer outra coisa, Penelope murmurou uma tímida despedida e se foi, deixando Susannah à própria sorte.

Ela estava na parte mais cheia do salão, e não queria ficar ali, então começou a andar. Não tinha certeza para onde, mas desejava continuar andando porque sentia que isso a fazia parecer determinada.

Aderira à ideia de que uma pessoa deve aparentar saber o que está fazendo, mesmo quando não sabe. Clive havia lhe ensinado isso, na verdade. Foi uma das poucas coisas boas do tempo em que ele a cortejara.

Mas, em toda a sua determinação, não estava realmente olhando ao redor e por isso foi tomada de surpresa quando ouviu a voz *dele*.

– Srta. Ballister.

Não, não era Clive. Ainda pior. Era o irmão mais velho de Clive, o conde de Renminster. Em sua beleza de cabelos escuros e olhos verdes.

Ele nunca havia gostado dela. Sim, sempre fora educado, mas era educado com todos. Entretanto, Susannah sempre sentira certo desdém da parte dele, uma nítida convicção de que ela não era boa o suficiente para o irmão.

Imaginava que ele estivesse feliz agora. Clive estava casado com Harriet, e Susannah nunca mancharia a árvore genealógica dos Mann-Formsbies.

– Milorde – disse ela, tentando manter a voz tão calma e educada quanto a dele.

Não conseguia imaginar o que ele poderia querer com ela. Não havia motivo para ter chamado seu nome. Ele poderia simplesmente tê-la deixado passar por ele sem que notasse sua presença. Não teria sido rude da parte dele. Susannah estava caminhando da forma mais apressada possível no salão lotado, claramente a caminho de outro lugar.

Ele sorriu para ela, se é que alguém podia chamar aquilo de sorriso – o sentimento nunca chegou aos olhos dele.

– Srta. Ballister, como vai? – perguntou ele.

Por um instante, ela não conseguiu fazer nada além de encará-lo. Ele não era do tipo que fazia uma pergunta a não ser que realmente desejasse uma resposta, e não havia motivo para acreditar que se interessasse em saber como estava.

– Srta. Ballister? – murmurou ele, parecendo vagamente surpreso.

Finalmente, ela conseguiu responder "Muito bem, obrigada", mesmo que ambos soubessem que aquilo estava longe da verdade.

Durante um bom tempo, ele simplesmente a olhou fixamente, quase como se a estivesse examinando, procurando algo que ela não conseguia sequer começar a imaginar.

– Milorde? – perguntou ela, pois o momento parecia pedir algo que quebrasse o silêncio.

Ele voltou a prestar atenção nela, como se sua voz o tivesse tirado de um leve torpor.

– Perdão – falou ele calmamente. – A senhorita gostaria de dançar?

Susannah emudeceu.

– Dançar? – repetiu, finalmente, incomodada com sua incapacidade de proferir algo mais elaborado.

– Sim – murmurou ele.

Ela aceitou a mão que ele lhe oferecia – havia pouco a ser feito com tantas pessoas olhando – e permitiu que ele a guiasse até a pista de dança. Ele era alto, ainda mais alto do que Clive, que era uma cabeça mais alto do que ela, tinha um ar estranhamente reservado – talvez controlado demais, se isso fosse possível. Ao observá-lo movimentando-se no meio da multidão, ela foi pega pelo estranho pensamento de que um dia o famoso autocontrole dele com certeza se dissiparia.

E só então o verdadeiro conde de Renminster se revelaria.

Havia meses que David Mann-Formsby não pensava em Susannah Ballister, desde que o irmão decidira se casar com Harriet Snowe em detrimento da beleza de cabelos escuros que atualmente valsava em seus braços. Entretanto, uma pontinha de culpa começou a incomodá-lo, porque assim que a viu se movimentando pelo salão como se tivesse que sair dali, quando qualquer pessoa que se dedicasse a olhar para ela por mais do que um segundo perceberia a expressão tensa em seu rosto, a dor à espreita nos olhos, ele se lembrara do tratamento vergonhoso que ela havia recebido pela sociedade depois que Clive decidira casar-se com Harriet.

E, honestamente, nada daquilo era culpa dela.

A família de Susannah, embora perfeitamente respeitável, não tinha títulos de nobreza nem era particularmente rica. E quando Clive a trocou por Harriet, cujo nome era tão antigo quanto o tamanho de seu dote, a sociedade riu pelas suas costas – e, supôs ele, também diante dela. Susannah fora chamada de gananciosa, arrogante, excessivamente ambiciosa. Várias matronas da sociedade – do tipo que tinha filhas cuja beleza e charme não chegavam perto dos de Susannah Ballister – comentaram que a pequena pretensiosa agora havia sido colocada em seu devido lugar; como ousava imaginar que poderia receber uma proposta de casamento do irmão de um conde?

David considerava o episódio todo repugnante, mas o que poderia ter feito? Clive havia tomado sua decisão e, na opinião de David, era a decisão mais acertada. Harriet, no fim das contas, seria uma esposa muito melhor para seu irmão.

No entanto, Susannah fora uma inocente espectadora do escândalo. Ela não sabia que Clive estava sendo cortejado pelo pai de Harriet ou que Clive achava que Harriet, pequenina e de olhos azuis, seria de fato uma boa esposa. Clive deveria ter dito algo a Susannah antes de anunciar o noivado, e, mesmo que fosse covarde demais para avisá-la pessoalmente, sem dúvida teria sido inteligente não fazer o anúncio no baile dos Mottrams antes mesmo de ser publicado no *Times*. Quando Clive tomou a dianteira da pequena orquestra, com uma taça de champanhe nas mãos, e fez seu animado discurso, ninguém olhou para Harriet, que estava de pé ao seu lado.

Susannah fora a atração principal, Susannah com sua surpresa nos lábios e olhos marejados. Susannah, que se esforçara tanto para continuar forte e orgulhosa antes de finalmente fugir dali.

Seu rosto angustiado era a imagem que David havia carregado em sua mente durante muitas semanas, até mesmo meses, até lentamente desaparecer, esquecida em meio a atividades e tarefas cotidianas.

Até agora.

Até vê-la em um canto, fingindo não se importar com o fato de Clive e Harriet estarem rodeados por um bando de bajuladores. Ela era uma mulher orgulhosa, ele sabia disso, mas o orgulho duraria apenas até o momento em que desejasse desaparecer e ficar sozinha.

Ele não ficou surpreso quando finalmente a viu dirigir-se à porta.

Em um primeiro momento, cogitou deixá-la passar, talvez até mesmo dar um passo para trás, para que ela não fosse forçada a vê-lo testemunhar sua partida. Porém, algum impulso estranho e irresistível conduziu seus pés. Não o incomodava o fato de ela ter se tornado uma pessoa tímida, sempre haveria pessoas tímidas na alta sociedade, e não havia muito o que fazer para remediar a situação.

Mas David era um Mann-Formsby por inteiro e, se havia algo que não conseguia tolerar, era saber que sua família havia prejudicado alguém. E seu irmão havia certamente prejudicado essa jovem. David não chegaria a ponto de dizer que Clive arruinara sua vida, mas ela certamente fora alvo de uma quantidade imerecida de infelicidade.

Como conde de Renminster – não, como um Mann-Formsby –, cabia-lhe remediar a situação.

Então a tirou para dançar. Uma dança seria percebida. Uma dança seria observada. E embora não fosse da natureza de David se gabar, ele sabia que um simples convite para dançar de sua parte faria maravilhas para que Susannah recuperasse a popularidade.

Ela pareceu ter ficado assustada com seu convite, mas aceitou. Afinal de contas, o que mais poderia fazer com tantas pessoas ao redor?

Ele a levou até o meio do salão, os olhos focados o tempo inteiro no rosto dela. David nunca teve dificuldade para entender por que Clive havia se sentido atraído por ela. Susannah tinha uma beleza suave e castanha que ele considerava muito mais atraente do que o ideal louro de olhos azuis tão popular na sociedade. Sua pele era uma pálida porcelana, com sobrancelhas perfeitamente arqueadas e lábios cor de framboesa. Ele ouvira que ela tinha ancestrais galeses na família e conseguia facilmente ver sua influência.

– Uma valsa – disse ela secamente, quando o quinteto de cordas começou a tocar. – Que sorte.

Ele riu de seu sarcasmo. Ela nunca fora extrovertida, mas sempre fora direta, e ele admirava tal característica, principalmente quando era combinada com inteligência. Começaram a dançar e, em seguida, quando ele decidira fazer algum comentário tolo sobre o tempo – para que pudessem ser observados conversando como adultos sensatos –, ela o atacou com a pergunta:

– Por que o senhor me convidou para dançar?

Por um momento, ele ficou sem palavras. De fato, ela era direta.

– Um cavalheiro precisa de motivo para tirar uma dama para dançar? – contestou.

Os lábios dela se apertaram de leve nos cantos.

– O senhor nunca me pareceu o tipo de cavalheiro que faz alguma coisa sem motivo.

Ele deu de ombros.

– A senhorita parecia um tanto solitária ali no canto.

– Eu estava com lorde Middlethorpe – respondeu ela, com desdém.

Ele apenas levantou as sobrancelhas, já que ambos sabiam que o idoso lorde Middlethorpe geralmente não era considerado a primeira escolha de companhia por parte de uma dama.

– Não preciso da sua compaixão – murmurou ela.

CONHEÇA OS LIVROS DE JULIA QUINN

OS BRIDGERTONS
O duque e eu
O visconde que me amava
Um perfeito cavalheiro
Os segredos de Colin Bridgerton
Para Sir Phillip, com amor
O conde enfeitiçado
Um beijo inesquecível
A caminho do altar
E viveram felizes para sempre

Os Bridgertons, um amor de família

Rainha Charlotte

QUARTETO SMYTHE-SMITH
Simplesmente o paraíso
Uma noite como esta
A soma de todos os beijos
Os mistérios de sir Richard

AGENTES DA COROA
Como agarrar uma herdeira
Como se casar com um marquês

IRMÃS LYNDON
Mais lindo que a lua
Mais forte que o sol

OS ROKESBYS
Uma dama fora dos padrões
Um marido de faz de conta
Um cavalheiro a bordo
Uma noiva rebelde

TRILOGIA BEVELSTOKE
História de um grande amor
O que acontece em Londres
Dez coisas que eu amo em você

DAMAS REBELDES
Esplêndida – A história de Emma
Brilhante – A história de Belle
Indomável – A história de Henry

Os dois duques de Wyndham – O fora da lei / O aristocrata

A Srta. Butterworth e o barão louco

editoraarqueiro.com.br

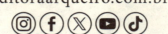